MOLLY FLANAGHAN

Der Tag beginnt mit Mord

atb aufbau taschenbuch

MOLLY FLANAGHAN, geboren 1978, reiste als Studentin während der Semesterferien mit dem Rucksack durch Irland und verliebte sich Hals über Kopf in das Land. Während einer zweiten Reise lernte sie ihren späteren Ehemann kennen, mit dem sie inzwischen in Deutschland lebt. Irland ist ihr zur zweiten Heimat geworden.

Fiona O'Connor kehrt aus Dublin in ihren Heimatort Ballinwroe zurück. Sie ist vor Jahren mit einem Geheimnis aus dem kleinen Ort geflohen, und nun stehen ihr die meisten Dorfbewohner feindselig gegenüber. Fiona eröffnet ein Bed & Breakfast, in dem schon bald alle Zimmer ausgebucht sind. Nach kurzer Zeit fühlt sie sich jedoch nicht mehr sicher: Jemand schleicht nachts um ihr Haus, und sie findet tote Vögel vor der Tür. Will man sie aus dem Dorf verjagen? Nachdem einer ihrer Gäste tot aufgefunden wird, schaltet sich die Polizei in Dublin ein. Als Inspector Aidan Connolly herausfindet, um wen es sich bei dem Toten handelt, reist er sofort nach Ballinwroe. Doch in der Zwischenzeit stellt Fiona ihre eigenen Ermittlungen an …

MOLLY FLANAGHAN

Der Tag beginnt mit Mord

EIN KRIMI IN IRLAND

atb aufbau taschenbuch

MIX
Papier aus verantwortungsvollen Quellen
FSC® C083411
www.fsc.org

ISBN 978-3-7466-3722-8

Aufbau Taschenbuch ist eine Marke
der Aufbau Verlag GmbH & Co. KG

1. Auflage 2021

Umschlaggestaltung www.buerosued.de, München
unter Verwendung von Motiven von © mauritius images / Johannes Rigg / Alamy, © mauritius images / Loop Images / Tom Hanslien / Loop Images und © mauritius images / Image Source / Roberto Westbrook
Satz LVD GmbH, Berlin
Druck und Binden CPI books GmbH, Leck, Germany
Printed in Germany

www.aufbau-verlag.de

Though the mills of God grind slowly; Yet they grind exceeding small;
Though with patience He stands waiting, with exactness grinds He all.

Henry Wadsworth Longfellow

1

Die Ruinen der Mühle von Ballinwroe ragten schwarz und still in den irischen Nachthimmel. Der Winter in Clare war dieses Jahr unerwartet lang und kalt gewesen, nur vorsichtig streckten die ersten Frühlingsblumen ihre Köpfe zwischen den regennassen Steinen hervor.

Ein Fuchs hatte unter der Mühle einen alten Kaninchenbau bezogen und ausgebaut. Auch wenn es ungewohnt für seine Art war, so dicht an Menschen zu leben, so hatten die Gärten mit ihren Mäusen und Schnecken und die oft nur achtlos verschlossenen Mülleimer ihm in diesem rauen Winter ausreichend Nahrung geboten. Er war ungestört, nur ab und zu spielten Kinder hier, kletterten auf den schweren Mühlstein und erzählten sich schaudernd Geschichten über den Geist des letzten Müllers, dessen Klagen in mondlosen Nächten angeblich in der Ruine zu hören waren.

Die Mühle selbst hatte bis vor vierzig Jahren ihren Dienst getan. Das Mühlrad, gespeist durch den breiten Fluss, war mehr als hundert Jahre lang stetig in Bewegung gewesen, um den schweren Mahlstein anzutreiben. Doch dann wurden die Aufträge weniger, die Bauern lieferten ihr Getreide an die großen Betriebe in Ennis. Die Zeit der Wassermühle war vorbei. Doch der alte Müller hatte trotzig weiter jeden Morgen das Mühlrad mit dem schweren Hebel ins Wasser gelassen und beobachtet, wie die Kraft des Flusses das Mahlwerk in Bewegung versetzte. Bis er eines Tages – es war die letzte Nacht des Jahres – ein Seil am Mühlstein befestigte, das andere Ende zu einer Schlinge band, es sich um den Hals legte und ein allerletztes Mal das Rad zu Wasser ließ. Die Schulden zu groß, die neue Welt zu fremd. Seine Frau fand ihn und rief den Priester. Der schnitt ihn los, warf Seil und Schlinge in den Fluss. Sollte doch Gott über ihn richten, er würde es nicht tun. Und so hielten die Dorfbewohner die Totenwache für ihren Müller, trugen ihn in allen Ehren zu Grabe, und die Mühle verfiel.

Viele Jahre später brach ein Feuer aus und zerstörte das Mühlrad und den hölzernen Dachstuhl. Der Mühlstein zersprang unter der Hitze, die Außenmauern fielen zusammen. So kam es, dass die Mühle, die dem Dorf Ballinwroe ihren Namen gegeben hatte, ihre Überreste still und schwarz in den Nachthimmel streckte.

Bis diese Stille gestört wurde.

Der Fuchs, eine tote Maus zwischen seinen spitzen Zähnen, verharrte im Windschatten der eingefallenen Mauer und lauschte.

»Du hast mich also doch gefunden. Irgendwie habe ich immer darauf gewartet.«

Die erste Stimme klang fest, ruhig, doch er konnte die Angst des Menschen riechen.

»Es hat lange gedauert.«

Die andere Stimme war tiefer, bedrohlich. Die Menschen schienen den Fuchs nicht zu bemerken. Er blieb sitzen und lauschte mit schräg gelegtem Kopf.

»Was willst du? Geld?«

Ein Lachen, das in einem tiefen Knurren endete.

»Als ob Geld …«

»Ich –«

»Nein! Geld? Du fragst ernsthaft, ob ich Geld will?«

Ein Geräusch, ein Schlag durchfuhr die Nacht. Der Fuchs lugte um die Ecke, jederzeit zur Flucht bereit, die Maus lag vergessen vor seinen Füßen.

»Lass mich doch erklären, was …«

Der Geruch von Angst wurde immer stärker. Der Mensch hielt sich die Hände vor das Gesicht.

»Oh nein, keine Erklärungen mehr, kein Geschwätz mehr von dir.«

»Verstanden. Was willst du dann?«

»Kannst du dir das nicht denken?«

»Doch. Aber ich werde es dir nie verraten. Lieber …«

»Lieber stirbst du? Wolltest du das sagen? Dich heldenhaft opfern? O nein, so einfach werde ich es dir nicht machen. Ich habe dich beobachtet. Du hast hier Freunde gefunden, oder? Familie? Ich werde nicht dich töten. Ich werde sie töten. Ihnen wehtun. Unfälle, vielleicht ein Feuer, nachts? Die Türen verschlossen. Das passt doch. Und du wirst zusehen und um deine Schuld wissen. Also sag mir, was ich wissen will: Wo ist er?«

Der Fuchs bewegte sich noch etwas weiter hinaus aus seinem Versteck.

»Nein!«

Ein Wimmern.

»Sag mir, wo er ist, und ich werde gehen. Und nie wiederkommen.«

Die Stimme des Menschen war lauter geworden, als wiegte er sich schon als Sieger. Doch der Fuchs konnte jetzt riechen, wie die Angst des anderen Menschen so stark geworden war, dass sie sich verwandelte, sich umkehrte in Stärke. Wut. Auch er kannte das. Trieb er eine Maus zu weit, wurde ihre Angst zu groß, drehte sie sich in der letzten Sekunde um und biss zu. Spitze, kleine Zähne, die sich in seine Nase schlugen und ihn zum Innehalten zwangen. Wollte man töten, musste man schnell sein.

Doch der Mensch vor ihm war blind, glaubte, schon gewonnen zu haben. Ein Fehler.

»Nein!«

Plötzlich senkte sich Stille über die Mühle. Der Mond war durch die Wolken gebrochen, und sein Licht traf auf einen glänzenden Gegenstand. Der Fuchs zog sich zurück und rannte zum Eingang seines Baues.

»Fahr zur Hölle!«

Ein Schuss zerriss die Nacht, dann ein zweiter und ein dritter. Der Fuchs kroch tiefer und tiefer in seinen Bau, wo er blieb, auch als der süße Geruch von Blut an seine Nase drang. Erst mit der Morgendämmerung verließ er ihn und kehrte nie wieder zu der alten Mühle zurück.

Er und seine Art hatten auf den Feldern dieses Landes etwas gelernt: Jedem Tropfen Menschenblut, der den Boden berührte, würden hundert weitere folgen.

2

Fiona O'Connor stand auf der steinernen Türschwelle ihres Hauses und blickte, eine Tasse Tee in der Hand, in den kalten Märzmorgen. Der leise Regen fiel auf den noch wintergrauen Garten und die von flachen Steinmauern umgebenen Felder. Sie meinte, das Meer riechen zu können, und holte tief Luft. Kein Geräusch durchbrach die Stille.

Seit sie vor einigen Monaten zur Beerdigung ihrer Mutter nach Jahren zum ersten Mal wieder aus Dublin in ihr kleines Heimatdorf zurückgekehrt war, war viel geschehen. Sie hatte ihr Elternhaus, das jetzt ihr gehörte, mit seinen grob behauenen Steinmauern, den Erkern und den blank gescheuerten Holzböden nur verkaufen wollen. Ihr Plan war eigentlich gewesen, alles schnell abzuwickeln, die Vergangenheit endlich hinter sich zu lassen und dann in die Stadt zurückzukehren. Eigentlich.

Doch dann war sie nach der Beerdigung alleine den Weg vom Friedhof zum Haus gegangen, mied dabei den Kontakt zu den Dorfbewohnern Ballinwroes ebenso, wie diese sie mieden.

Sie war also den Weg gegangen, den sie als Mädchen unzählige Male gelaufen war: die kleine Straße neben der Kirche entlang, die Steinbrücke über den Fluss, an den Ruinen der alten Mühle, am Pub und dem kleinen Laden vorbei und dann den Hügel hinauf. Jeder Schritt eine Erinnerung, viele unbeschwerte, kindlich unschuldige Erinnerungen, und später dann, nach dem letzten Sommer, schwere und dunkle. Bis sie damals den Weg ein letztes Mal gegangen war, weg vom Haus, weg aus dem Dorf, weg aus dem Leben, das ihr dort gedroht hatte, nach Dublin.

Sie hatte nicht vorgehabt, jemals hierher zurückzukehren. Und doch war sie, als sie die Nachricht vom Tod ihrer Mutter erhalten hatte, in Richtung Westen geeilt. Sie wollte nur Abschied nehmen. Doch stattdessen war sie nach Hause gekommen.

Fiona spürte neben sich eine Bewegung und drehte sich lächelnd um.

»Guten Morgen, Orla.«

Orla King ließ sich auch an einem verregneten Morgen nicht davon abhalten, ihr sorgfältiges Make-up, einen Duft von Chanel, einen wild gemusterten Morgenmantel aus Seide und schmale Slipper in Gold zu tragen. So stand sie nun auf der Türschwelle des kleinen traditionellen Cottage, die Haare unter einer Art Turban aus einem silbrig schillernden Tuch versteckt. Fiona fühlte sich sofort in ein Märchen aus »Tausendundeine Nacht« versetzt. Sie lächelte.

»Très chic. Ich hätte nie gedacht, dass du jemals zu einer so frühen Stunde wach sein würdest.«

Orla zupfte eine imaginäre Fluse vom Ärmel ihres Morgenmantels und gähnte ausgiebig. Dann legte sie ihren Arm um Fionas Hüfte und blickte nach oben. Orla war klein, selbst wenn sie wie üblich ihre hohen Absätze trug, und mit den flachen Slippern wirkte sie wie eine zugegebenermaßen etwas in die Jahre gekommene Elfe.

»Werd nicht frech, Mädchen. Was meinst du, wie ich an mein Geld gekommen bin? Sicherlich nicht, indem ich tagaus, tagein bis in die Puppen geschlafen habe. Jedenfalls nicht jeden Tag.«

Fiona musste leise lachen.

Orla hatte ihr Geld und das feine Dubliner Hotel geerbt und es dann, geschickt wie sie war, zu einem der erfolgreichsten der Stadt gemacht. Sie arbeitete hart, keine Frage, aber Fiona war sich sicher, dass Orla seit Jahren nicht mehr vor dem Läuten der Mittagsglocken wach gewesen war, es sei denn, eine ihrer legendären Feiern im Salon ihrer großen Stadtwohnung hatte bis in die Morgendämmerung angehalten. Die kleine Frau neben ihr ließ ihren Blick über den nassen Garten und die Felder gleiten. Einige Schafe standen stoisch neben einer Mauer und sahen so aus, als müssten sie dringend ausgewrungen werden.

»Und du willst wirklich hier …«, Orlas schmale Hand, an der sogar schon so früh am Morgen einige funkelnde Ringe den Blick von den Altersflecken ablenkten, wies auf das Panorama vor der Tür, »… hier draußen bleiben?«

Fiona nickte. Es war verrückt, das wusste sie selbst. Niemand wollte sie hier haben. Sie war vor Jahren geflohen und hatte sich geschworen, niemals zurückzukehren. Und doch –

»Ja. Das will ich.«

Sie drehte sich zu Orla um. Orla. Mehr eine Mutter, als es ihre eigene je für sie gewesen war. Bei dem Gedanken musste Fiona schmunzeln. Würde sie je auf die Idee kommen, Orla dieses Gefühl mitzuteilen? Die elegante, eigenwillige und so lebensfrohe Frau, deren Alter wahrscheinlich eines der bestgehüteten Geheimnisse Dublins war, die vor niemandem Angst hatte und ihr Leben lang immer das aussprach, was sie dachte, steckte gerade eine schmale Zigarette in eine silberne Zigarettenspitze. *Du bist wie eine Mutter für mich.* Fiona formulierte den Satz in ihrem Kopf, aber sie wusste, Orla würde eine ihrer fein nachgezeichneten Augenbrauen heben und den Satz ins Lächerliche ziehen, einen Witz daraus machen. Gefühlsduseleien waren nicht ihre Sache. Also versuchte Fiona es anders.

»Ja, ich bleibe. Aber ich werde dich und Dublin fürchterlich vermissen. Sogar deine Zigaretten. Sogar die.«

Orla lächelte und blies wie zur Bestätigung einen kleinen Rauchkringel in die feuchte Morgenluft.

»Du wirst schneller wieder bei mir sein, als du glaubst.«

Als sie Fionas Gesichtsausdruck sah, hob sie schnell die Hand.

»Versteh mich nicht falsch, Kleines.«

Orla liebte es, den Menschen in ihrer Umgebung Kosenamen zu geben. Fiona fand, sie klang dabei immer wie eine Gaunerin aus den zwanziger Jahren. Wahrscheinlich fand Orla das auch und machte es genau deswegen. Sie hätte gut in das New York der Goldenen Zwanziger gepasst. Fiona war sich sicher, dass Orla mit nur einer Hand, in der anderen eine Zigarette, einen Fluchtwagen lenken könnte. Das schwarze eng anliegende Haar unter eine schmale Kappe gesteckt, ein feines Lächeln auf den Lippen und ein gefährliches Funkeln in den Augen.

Doch jetzt blickten diese Augen ernst.

»Der Umbau des Hauses ist ein Traum, das Bed and Breakfast perfekt. Sogar der Name: ›Greenhill Cottage‹. Schlicht, treffend. Die amerikanischen Touristen werden dir die Bude einrennen und dich mit ihren Dollarnoten überschütten. Ich weiß, was du leisten kannst.«

Sie wurde rot. Ein Lob von Orla war selten – und umso wertvoller.

»Immerhin hab ich es dir ja beigebracht.«

Fiona lächelte. Sie hatte alles von Orla gelernt. Als sie Ballinwroe vor Jahren verlassen hatte, als sie geflüchtet war nach Dublin – ein junges Mädchen, sechzehn, schwanger und verzweifelt –, hatte sie in Orlas Hotel einen Job als Zimmermädchen bekommen. Warum Orla gerade sie mit ihrem breiten westirischen Akzent, den unbeholfenen Bewegungen, den viel zu stark geschminkten Augen und der sichtbaren Verzweiflung aufgenommen hatte, war ihr bis heute ein Rätsel. Aber die Hotelbesitzerin hatte ihr den Job gegeben und, was sie ihr niemals vergessen würde, zu ihr gestanden, als die Schwangerschaft sichtbar wurde. Hatte zu ihr gestanden, als ihr Baby, ihre Tochter, geboren wurde und ihre Entscheidung respektiert.

Fiona verdrängte die Erinnerung mit aller Macht und blickte Orla an.

»Aber wenn es hier so perfekt ist, warum glaubst du dann, dass ich nach Dublin zurückkehren werde?«

Orla zögerte, sprach dann ungewohnt ernst weiter.

»Liebes, sie wollen dich hier nicht. Sie wollen nicht, dass du hier bist mit deinem Bed and Breakfast, mit deinem Erfolg. Du hast sie damals verlassen, dich gegen die Regeln gestellt. Wärst du zurückgekehrt, vom Leben geschlagen, dann hätten sie dich vielleicht aufgenommen.«

Fiona umfasste ihre Teetasse fester. Sie war nach Hause gekommen, doch es war ein Zuhause, in dem sie nicht willkommen war.

»Weil du dann der Beweis dafür gewesen wärst, dass es schlimm ausgeht, wenn man das Dorf verlässt, verstehst du? Dass es nicht gut sein kann und nie etwas Gutes dabei herauskommt, gegen die Regeln zu verstoßen, sich aufzulehnen.«

Orla seufzte.

»Aber so? Mit dem Bed and Breakfast, mit deinem Erfolg? Mit deinem Geld?«

»Jeder zweite Penny, der in diesem Haus steckt, ist deiner, vergessen?«

Orla lachte kurz auf.

»Nein, das habe ich nicht vergessen, und ich freue mich schon auf die monatlichen Schecks, die du mir schicken wirst, wenn der Laden brummt. Aber die hier wissen das nicht. Die sehen nur, dass du gegangen bist und es dir gut geht. Du bist ein Schlag ins Gesicht aller, die geblieben sind.«

Fiona nippte an ihrem Tee und blickte über die Wiesen.

»Nicht jeder hier denkt so.«

»Aber die meisten. Dieser ungehobelte Kerl, Flynn, der Bürgermeister, der hat dich im Visier. Und wenn er gegen dich ist, dann …«

Fiona erinnerte sich an die Blicke, die ihr Nathan Flynn, Bürgermeister von Ballinwroe und Besitzer des einzigen, ziemlich in die Jahre gekommenen Hotels des Dorfes, zugeworfen hatte. Und daran, dass sie für die Umbauten in dem Bed and Breakfast nur mit Mühe einen Handwerker bekommen hatte. Einer der Zimmerleute hatte ihr gesteckt, dass Nathan Flynn allen gedroht hatte, ihnen über Jahre die Aufträge in seinem Hotel und im Dorf zu entziehen, wenn sie bei Fiona arbeiteten.

»Flynn ist gegen mich, weil er die Konkurrenz für sein schäbiges Hotel fürchtet. Mit Recht.«

Sie hatte bisher jede Herausforderung angenommen und hob kämpferisch ihren Kopf.

Orla lächelte stolz.

»Du wirst bestimmt mit ihm fertig. Aber du weißt, dass das nicht der einzige Grund ist, warum er dich so angreift, oder?«

Fionas Gesicht verschloss sich.

Nathan Flynn war Leahs Vater. Leah, die Dylan McGowan geheiratet hatte. Sie hatte Dylan bis jetzt noch nicht wiedergesehen. Er war nicht zur Beerdigung erschienen.

»Das geht ihn nichts an. Das geht niemanden etwas an.«

»Fiona, sei nicht albern. Natürlich geht es ihn etwas an. Seine Tochter hat den Mann geheiratet, von dem du damals schwanger warst. Der dich heiraten wollte und den du sitzengelassen hast. Dessen Kind …«

Fiona schüttelte wütend den Kopf. »Orla, ich …«

»Willst du ihnen denn nicht endlich erzählen, was …?«

Fiona drehte sich ruckartig um.

»Nein! Sie haben sich ein Urteil gebildet. Sie haben über mich gerichtet, ohne zu fragen, ohne überhaupt einmal …«

Ihre Stimme brach.

»Sogar meine Eltern. Sogar sie.«

Orla legte ihre Hand beruhigend an Fionas Wange.

»Ich weiß. Das weiß ich doch, Kleines. Aber umso weniger verstehe ich, warum du hierbleiben willst.«

Fiona schaute über das Land vor ihrem Haus. Die Schafe standen noch genauso schicksalsergeben an derselben Stelle wie zuvor. Sie spürte eine Ruhe, die sie so seit Jahren nicht mehr gespürt hatte. Mit einem leisen Lächeln blickte sie auf Orla.

»Ich gehöre hierher. Ich – meine Augen wollen nicht auf die Häuser in Dublin blicken, meine Ohren wollen nicht den Lärm von Autos und so vielen Menschen hören, meine Nase will nicht den Gestank der Abgase und der Stadt riechen. Ich finde einfach keine anderen Worte dafür, Orla, aber meine Seele will hier sein. Das hier sehen. Das hier hören. Das hier riechen. Es ist mein Zuhause.«

Orla schüttelte den Kopf und sah auf die tropfenden Schafe.

»Du bist verrückt. Aber ich liebe dich trotzdem, weißt du das?«

Fiona lachte und legte ihren Arm sanft auf Orlas Schultern, um sie zu drücken.

»Ich weiß es, und ich werde es nie vergessen.«

Schweigend blickte sie auf das, was einmal ihr Kräutergarten werden sollte und jetzt noch als braune und matschige Fläche zwischen den grauen Steinmauern lag.

»Lass uns reingehen. Es ist kalt. Ich hole schnell die Milch und die Eier, und dann mache ich uns Frühstück.«

Fiona drückte Orla ihre leere Teetasse in die Hand.

Vorsichtig umrundete sie dann die Pfützen auf dem Weg. Die Handwerker müssten auch ihn neu anlegen, das Wasser sollte ablaufen, so dass ihre Gäste sicher und trockenen Fußes durch den Garten wandern konnten.

Der Milchmann stellte die Stiege mit den Flaschen und Gläsern von Milch und Joghurt in einen eigens dafür gebauten Verschlag an der Außenmauer. Sie lächelte bei dem Gedanken daran, wie sehr ihre Gäste es lieben würden, auf so eine traditionelle Weise mit frischen Lebensmitteln versorgt zu werden.

Sie bückte sich und hob die Stiege mit den Milchflaschen hoch, drehte sich zum Haus und blieb stehen. Die Kiste rutschte ihr aus der Hand, und die Flaschen und Gläser fielen mit einem lauten Krachen zu Boden, wo sie in tausend Scherben zerbrachen. Weiße Milch floss über die nassen Steine und durchnässte Fionas Schuhe.

»Oh mein Gott!«

Orla war auf sie zugeeilt und folgte ihrem Blick zu dem großen Schild, auf dem in eleganten Buchstaben »Greenhill Cottage« zu lesen war.

Doch jetzt waren die Buchstaben unter einer dicken Schicht

dunkelroter Flüssigkeit, die über dem Schild ausgekippt worden sein musste, nur noch zu erahnen.

»Ist das Blut?«

Orla wurde blass und griff nach Fionas Arm.

»Ruf die Polizei.«

Fiona schluckte und versuchte, ihr Zittern unter Kontrolle zu bringen.

»Die wird doch sowieso wieder nichts tun.«

»Wieder?«

Orla drehte sich ruckartig zu ihr um, und Fiona unterdrückte einen Fluch. Das hätte sie nicht sagen sollen. Orla mochte zwar klein sein, aber ihr Beschützerinstinkt war umso größer.

»Was soll das heißen? Ist so etwas schon einmal vorgekommen?«

Fiona beugte sich hinunter, um die Scherben aufzusammeln. Nur mit großer Mühe schaffte sie es, das Zittern ihrer Hände unter Kontrolle zu bekommen.

»Das erzähle ich dir besser drinnen bei einer weiteren Tasse Tee. Und nur, wenn du mir versprichst, nicht das ganze Dorf in Aufruhr zu versetzen.«

Sie versuchte, ihrer Stimme einen leichteren Klang zu geben. Sie wollte nicht, dass sich Orla noch mehr Sorgen machte, als sie es ohnehin schon tat.

»Du wirst das nicht einfach so auf sich beruhen lassen, oder?«

Orlas Augen blitzten vor Wut, und Fiona beeilte sich, ihre Freundin zu beruhigen.

»O nein, das werde ich nicht. Ganz sicher nicht.«

3

Im »Gallaghers« war an einem Freitagabend zu dieser Stunde schon einiges los. Zufrieden saß Pater Michael Moran an der Theke, lauschte mit einem Ohr auf die Gespräche um ihn herum, die sich mal wieder um Pferde, genauer gesagt um die Gewinnchancen eines gewissen Plumpie im nächsten Rennen drehten. Mit dem anderen Ohr hörte er auf die Stimmen der Jugendlichen, die im hinteren Teil des Pubs Dart spielten. Er wusste, dass es in den letzten Tagen Streit gegeben hatte, und hoffte, dass die jungen Leute das Ganze ohne Handgreiflichkeiten geregelt bekämen. Da er beileibe kein Don Camillo war, würde er nicht eingreifen und diesen Teil lieber Evan Gallagher, dem breitschultrigen Wirt des »Gallaghers«, überlassen. Er wusste aber, dass er dann die Woche darauf mit allen Varianten der Geschichte bestürmt werden würde. Aus Gründen, die ihm selbst noch nicht ganz klar waren, hatten die jungen Leute ihn zu ihrem Vertrauten gewählt und es sich zur Gewohnheit gemacht, seine Ruhe im Pfarrhaus regelmäßig zu stören und ihm von ihren Problemen zu erzählen, die sich zum Glück meist um Liebeskummer oder Ärger mit den Eltern drehten. Er hatte weiß Gott schon ganz andere Dinge gesehen und gehört. Daher nickte er nur ab und zu, schüttelte den Kopf oder zog fragend eine Augenbraue hoch. Den Kindern, und das waren sie doch meist noch, egal wie erwachsen sie sich gaben, schien das zu genügen.

Er verzog die Mundwinkel und trank einen Schluck von seinem Kaffee, den der Wirt mit einem ordentlichen Schuss Whisky versetzt hatte. Schon nach den ersten Tagen in Ballinwroe hatte er gelernt, dass ein Priester, der abends im Pub etwas trinkt und das nicht einmal zu verstecken versuchte, nicht gern gesehen wurde. Nathan Flynn, der Bürgermeister und unangefochtener Patron des Dorfes, hatte ihm das unumwunden gesagt. Um sich Ärger und weitere Konfrontationen mit dem unsympathischen Mann zu ersparen, trank Michael Moran seinen Gute-Nacht-Drink seitdem aus einer Kaffeetasse. Und prostete damit den sichtlich amüsierten Stammgästen zu. Aber der Schein wurde gewahrt, und das war verdammt wichtig. Hier und überall sonst auf der Welt, das hatte er in den letzten Jahren schmerzhaft gelernt, obwohl er noch jung war für einen Priester in einem kleinen Dorf am gefühlten Ende der Welt. Er war froh, hier zu sein und sich mit den Problemen der Dorfjugend, den kleinen und etwas größeren Sünden der Bewohner herumzuschlagen und ansonsten mit wenig mehr. Er wusste, dass das Dorf redete und darüber spekulierte, was einen so jungen Priester in eine so kleine Gemeinde trieb, warum die Kirche ihn gerade zu ihnen geschickt hatte. Er wusste, dass es wilde Gerüchte über ihn gab, aber er schwieg.

In den Monaten seit seiner Ankunft in Ballinwroe hatte er das kleine Pfarrhaus renoviert, den Garten von Brombeerranken und Unkraut befreit und vor wenigen Wochen damit begonnen, vorsichtig die vielen Schichten Ruß von den Wänden der alten Kirche abzutragen. Unter dem Ruß befanden sich Wandmalereien, naive, unbeholfen ausgeführte Bilder, die die Geschichte des heiligen Christophorus, des Schutzpatrons des Dorfes, erzählten. Er hatte Bilder davon an seinen Bischof geschickt, mit der Bitte um Mittel für eine professionelle Restauration, die aber abgelehnt worden war. Anscheinend waren die Bilder in den Augen der Kirche nicht wertvoll genug. Also hatte er sich Bücher über Restaurierung besorgt und hoffte, mit seinen unbeholfenen Bemühungen nicht alles zu zerstören. Etwas an den Bildern an den Wänden rührte ihn – und je mehr er von ihnen freilegte, umso mehr wollte er sie erhalten und schützen. Und solange seine Hände zu arbeiten hatten, solange er nur dafür sorgte, dass er am Abend müde und erschlagen ins Bett fiel, so lange ließen ihn die Erinnerungen in Frieden.

Keiner im Dorf konnte ihm sagen, wann oder von wem die Bilder an die Wände der Kirche angebracht worden waren. Auch die einige Hundert Jahre zurückreichenden Haushaltsbücher der Gemeinde, sorgfältig aufgereiht in dem staubigen und dunklen Arbeitszimmer des Pfarrhauses, gaben nichts her. Wer immer die Bilder gemalt hatte, hatte es nicht gegen Lohn getan. Er nippte an seiner Kaffeetasse. Die Ablehnung seiner Bitte war auch eine Botschaft an ihn gewesen: Die Kirche war vor zehn Monaten seinem Versetzungsgesuch an die Westküste nachgekommen, so viel schienen sie ihm schuldig zu sein, aber mehr war in dem Deal nicht eingeschlossen. Er sollte froh sein, dass er nach Ballinwroe geschickt worden war, und ansonsten still und ohne viel Aufhebens seine Arbeit tun.

Seine Augen schweiften durch den Raum und blieben an Anna Gallagher hängen, der Frau des Wirtes, die gerade ein Tablett mit Essen aus der Küche zu einem der Tische trug. Die schmale, blasse Frau wirkte auf den ersten Blick zerbrechlich, doch trug sie das schwere Tablett anscheinend ohne Anstrengung. Sie mied ihn. Seit dem Tag, als er zum ersten Mal in den Pub gekommen war, ging sie ihm aus dem Weg. Vielleicht war es sein Priesterkragen. Gerade er wusste ja, wie viel Böses sich in diesem Land unter solchen Krägen versteckt hatte und auch weiterhin versteckte.

Als er Anna Gallaghers Blick auffing, versuchte er daher, ihr freundlich zuzulächeln, aber wieder wich sie ihm aus und ging zurück in die große Küche, in der sie ihr hervorragendes Essen kochte. Da Michael nicht kochen konnte, freute ihn das sehr. Am Anfang hatten ihm noch einige Frauen aus dem Dorf Essen vorbeigebracht, dann aber, enttäuscht von seiner Schweigsamkeit und der Weigerung, über seine Vergangenheit zu sprechen, die Besuche eingestellt. Was ihm nur recht war. Er kümmerte sich um die Alten des Dorfes, machte seine Hausbesuche, ließ sich Geschichten von früher erzählen und ganze Leben in schmalen, sorgfältig beklebten Fotoalben an sich vorbeiziehen. Das war der Teil seiner Arbeit, den er liebte. Wenn er gerufen wurde, um die Sterbesakramente zu spenden, hoffte er, dass der armselige kleine Rest Glauben, der ihm geblieben war, ausreichte, den Sterbenden Frieden zu geben.

Michael blickte auf, als es im Pub auf einmal leiser wurde. Den Grund dafür konnte er wenige Sekunden später in der Tür ausmachen. Fiona O'Connor. Er hatte die Frau bei der Beerdigung ihrer Mutter kennengelernt, bei der sie ihm verschlossen und kühl begegnet war.

Und dann, als klar wurde, dass sie das Haus ihrer Eltern nicht einfach verkaufen und wieder nach Dublin verschwinden würde, waren nach und nach die Dorfbewohner zu ihm gekommen und hatten ihm ihre Geschichte erzählt. Er kannte das. Die angeblichen Sünden der anderen wurden ihm immer in aller Ausführlichkeit erzählt.

Auch der Bürgermeister Nathan Flynn hatte ihn eines Sonntags vor der Messe aufgehalten und ihm allen Ernstes vorgeschlagen, mit der Frau über ihre Sünden zu sprechen und – da war der kleine und energische Mann deutlich geworden – doch am besten gleich dafür zu sorgen, dass sie nach Dublin zurückkehrte.

Michael hatte dann die geplante Predigt über den Haufen geworfen und mit kaum versteckten Blicken auf Flynn über Johannes 8,7 gepredigt: »Wer unter euch ohne Sünde ist, der werfe den ersten Stein.«

Und hinterher hatte er sich geärgert, weil er mal wieder seinem eigenen Vorsatz, sich einfach nicht mehr einzumischen, untreu geworden war.

Die wütenden Versuche Nathan Flynns, ihn daraufhin loszuwerden, scheiterten an der Kirche, die ihrerseits ja auch froh war, den jungen Priester losgeworden zu sein. Michael hätte nie gedacht, dass er jemals darüber lachen würde, von niemandem gewollt zu werden. Und so begnügte sich der Bürgermeister damit, Michael jeden Sonntag böse anzufunkeln und seinen Teil zu den Gerüchten über ihn beizutragen. Der Auslöser des Ganzen, Fiona O'Connor, hatte wahrscheinlich gar nichts davon mitbekommen, da sie noch nie in der Kirche erschienen war. Etwas, was Michael ihr nicht verdenken konnte.

Nach allem, was er sah und hörte, lief Greenhill Cottage gut an.

Fiona O'Connor stand nun im Türrahmen, das Kinn trotzig vorgestreckt, blickte sich eisig im Raum um und ging dann schnurstracks zum Tresen.

»Hallo Evan.«

Der Wirt schenkte ihr ein warmes Lächeln. Evan Gallagher war einer der – Michael fiel kein anderes Wort ein – edelmütigsten Menschen, die er je kennengelernt hatte, und scherte sich einen Dreck um Gerüchte.

»Pater Moran.«

Michael nickte Fiona zu und wies mit einer Hand auf den freien Barhocker neben sich. Doch sie schüttelte den Kopf, langte mit der Hand über den Tresen und schlug gegen den Gong, mit dem der Wirt die letzte Runde des Abends anzukündigen pflegte.

Das laute Scheppern ließ augenblicklich Stille im Pub einkehren. Michael lehnte sich zurück und wartete neugierig, was nun geschehen würde.

»Ich habe euch etwas zu sagen, und ihr solltet besser zuhören: Wer auch immer in der letzten Wochen nachts um mein Haus geschlichen ist, wer auch immer die toten Vögel an meinen Zaun genagelt und die Frühlingsblumen mit Gülle überkippt hat, wer von euch dafür sorgt, dass die Milch auf meinen Stufen sauer ist und wer auch nur im Entferntesten glaubt, mich mit solch albernen Aktionen zu vertreiben, der sei gewarnt: Ich habe eine Schrotflinte, und ich werde sie benutzen.«

So wie die Frau dort stand, glaubte Michael ihr das sofort.

»Ich werde jeden, der sich meinem Grund und Boden nachts unerlaubt nähert, ins Visier nehmen und nicht zögern abzudrücken. Ich werde jeden, den ich erkenne, bei der Polizei anzeigen.«

Michael hatte wie alle anderen im Pub die Luft angehalten. Fiona O'Connor war sehr wütend, und sie schien es ernst zu meinen.

»Wenn ihr glaubt, dass ich stillhalte, Angst habe und mich verkrieche, dann habt ihr euch geschnitten. Ich bin eine O'Connor, und ich bleibe, so wie es Generationen meiner Vorfahren getan haben, auf meinem Land.«

Fiona ließ den Blick langsam von Gesicht zu Gesicht wandern.

»Schämt euch! Was für feige Taten. Wollt ihr, dass meine Gäste das Dorf so sehen? Dass sie nach Hause zurückkehren und erzählen, was für ein Haufen ehrloser und feiger Menschen in Ballinwroe lebt?«

Michael sah, wie einige der Anwesenden mit zunehmender Wut zu ihr sahen. Er hoffte, sie übertrieb es nicht. Aber sie schien einen Plan zu haben und sprach ruhiger weiter.

»Wann immer ich gefragt wurde, wo meine Heimat ist, woher ich meinen Akzent, meine Dickköpfigkeit und meinen Mut habe, erzählte ich mit Stolz von diesem Dorf. Von aufrechten Menschen, die sich durch schwere Zeiten gekämpft haben. Und nun bin ich wieder nach Hause gekommen, und so begegnet ihr mir? Warum? Das passt nicht zu den Menschen, die ich in Erinnerung habe.«

Es war nun sehr still im Pub, und Michael beobachtete, wie einige der Anwesenden die Köpfe senkten. Auch einige der Jugendlichen wichen Fiona O'Connors Blick aus. Er merkte sich die Gesichter, um bei der nächsten Gelegenheit mit ihnen zu sprechen.

Sie erhob wieder die Stimme. Michael bewunderte, wie sie die Menschen im Pub in ihren Bann ziehen konnte.

»Gut. Dann hoffe ich, dass der Spuk nun vorbei ist. Denkt doch daran: Jeder Tourist bringt auch Geld mit, das er im Pub, in den Läden und in der Region lassen wird. Ihr müsst mich nicht mögen oder zum Teil des Dorfes machen, aber wenn ihr mein Bed and Breakfast sabotiert, dann schneidet ihr euch ins eigene Fleisch.«

Michael sah, wie nach und nach einige der Anwesenden zu nicken begannen.

Fiona O'Connor hatte sie geschickt zu Verbündeten gemacht. Nicht schlecht. Er konnte förmlich spüren, wie die Stimmung im Raum zu ihren Gunsten kippte. »Gut. Ich denke, das …«

»Was bildest du dir eigentlich ein?«

Michael schloss kurz die Augen. Nathan Flynns Stimme durchdrang den Raum. Er musste im hinteren Zimmer gesessen haben und war jetzt in den Schankraum getreten.

»Ah, Flynn. Es freut mich, dass auch du mich also gehört hast.«

Michael bewunderte die Ruhe in Fionas Stimme, auch wenn er bemerkt hatte, wie sich ihre Schultern beim Klang von Flynns Stimme versteift hatten.

»Und ob ich dich gehört habe. Ich habe gehört, wie eine Frau, die jahrelang nicht hier war, die nach Dublin abgehauen ist, die ihre Familie im Stich gelassen hat, meint, uns erzählen zu können, was wir tun dürfen.«

»Flynn, ich habe weder …«

Michael seufzte. Ein Fehler. Sie war in Verteidigungshaltung gegangen. Und Flynn nutzte das aus.

»Was hast du nicht? Bist du etwa nicht gegangen? Hast du etwa nicht Dylan und deine Eltern verlassen? Hast du etwa nicht das Kind getötet, das du in dir getragen hast? Mörderin!«

Michael hielt die Luft an und mit ihm der gesamte Raum.

Fiona war bei Flynns ersten Worten zurückgewichen, wie um sich zu schützen, bei seinen letzten Worten allerdings blitzschnell auf Flynn zugetreten, die Hand zum Schlag erhoben.

»Wage es nie wieder, jemals …«

»Schluss!«

Die tiefe und ruhige Stimme von Evan Gallagher. Der massige Mann war erstaunlich schnell hinter seinem Tresen hervorgekommen und stand nun vor Flynn.

»Hier in meinem Pub wird über niemanden so gesprochen. Flynn, du gehst. Beruhige dich draußen. Sofort, oder ich werde dich hinauswerfen.«

Er winkte einer schlanken, elegant gekleideten Frau zu. Mary, Flynns Ehefrau, hatte die Szene mit der für sie typischen unbewegten Miene beobachtet. Michael hatte Mary, die als Vorsitzende der Landfrauen von Ballinwroe im Dorf eine fast so wichtige Rolle spielte wie ihr Mann, schon bei einigen Veranstaltungen getroffen und wurde nicht schlau aus ihr. Die oft in beige oder dunkelgrüne Twinsets gekleidete Frau mit der obligatorischen

Perlenkette und den vernünftigen Schuhen trat immer ruhig und sachlich auf, lächelte freundlich und schien das oft so aggressive und feindselige Verhalten ihres Mannes nicht zu bemerken. Auch jetzt stand sie einfach nur da, unbeeindruckt von allem, was gerade geschah.

»Mary. Bring deinen Mann nach Hause. Was genug ist, ist genug.«

Ohne eine Reaktion abzuwarten, drehte er sich zu Fiona um.

»Fiona, du gehst auch. Ich habe dich vorhin sprechen lassen, weil auch ich es nicht gutheiße, was dir in den letzten Wochen angetan wurde. Die Sache zwischen dir und Flynn ist allerdings privat. Klärt das unter euch, aber nicht hier in meinem Pub. Der Pater wird dich nach Hause bringen.«

Michael schaute erstaunt. Es geschah äußerst selten, dass Evan seine Stimme erhob, aber wenn, dann taten die Menschen meist, was er sagte. Sogar Flynn hatte den Pub schon an der Seite seiner Frau verlassen.

4

Fiona ging mit schnellen Schritten vor dem Priester her. Sie war wütend und erschüttert. Die Anschuldigungen hatten sie tief getroffen. Sie hatte Nathan Flynn nicht gesehen und gedacht, er sei nicht im Pub. Sie wusste ja, dass er hinter den Angriffen steckte. Und ihr Plan war es gewesen, die Leute zu erwischen, wenn sie einmal nicht unter seiner Beeinflussung standen. Der Priester schien sich nicht von ihrem schnellen Tempo abschrecken zu lassen. Also blieb sie stehen und drehte sich um.

»Ich brauche keinen Wachhund.«

»Oh, ich bin auch keiner. Nur habe ich keine Lust, Evan erklären zu müssen, warum ich Sie nicht nach Hause gebracht habe. Er hat eine, nun ja, eine gewisse Intensität – und ich mache lieber, was er sagt.«

Fiona holte tief Luft. Der Mann vor ihr konnte nichts dafür.

Und nach allem, was sie gehört hatte, stand auch er auf Flynns Abschussliste.

»Gut, dann kommen Sie.«

Sie nahm wieder ihren Weg auf, diesmal aber langsamer. Der Regen hatte aufgehört, und zwischen den Wolken war immer wieder der Mond zu sehen.

»Mit der Intensität haben Sie recht. Evan, der heilige Evan. Immer so aufrecht, immer so fair, oder? Er hat schon immer für Frieden im Dorf gesorgt. Wissen Sie, dass er vor Jahren ein Jurastudium in Dublin begonnen hatte? Er wollte Anwalt werden. Das hätte gut zu ihm gepasst.«

Fiona warf einen kurzen Seitenblick auf ihren Begleiter. Der aber schwieg und hatte die Hände hinter dem Rücken verschränkt. Wie alt er wohl sein mochte? Was hatte ihn in ein Dorf wie Ballinwroe gebracht? Sie merkte, dass sein Schweigen sie nervös machte, und sprach schnell weiter.

»Ich finde, er hätte Nathan Flynn eine Abreibung verpassen und ihn in den nächsten Misthaufen schmeißen sollen. Flynn hätte damals beinahe Evans Vater den Pub abgenommen. Der alte Gallagher hatte Schulden und trank selbst für einen Wirt zu viel. Flynn versuchte, das auszunutzen, angeblich wollte er nur helfen. Pah! Evan hat es verhindert, indem er zurückgekommen ist, sein Studium abgebrochen und den Pub übernommen hat. Um ein Haar hätten sie alles verloren. Ich verstehe nicht, wieso er den Kerl überhaupt in seinem Pub dulden mag.«

Fiona merkte, dass sie ihre Fäuste geballt hatte.

»Wäre ich ein Mann, würde ich ihn selbst verprügeln.«

»Wären Sie ein Mann, dann würde Flynn nur halb so wütend sein. Sie bringen seine Welt durcheinander. Sie sind erfolgreich und mutig, wie Sie eben bewiesen haben. Sie könnten ihm gefährlich werden. Die Leute im Pub haben Ihnen zugehört.«

Fiona sah ihn erstaunt an und schnaubte.

»Naiv bin ich, nichts weiter. Flynn stiftet die Leute an, gegen mich vorzugehen, und ich liefere mich ihm auch noch aus.«

»Seine Tochter ist mit dem Mann verheiratet, mit dem Sie damals … verlobt waren?«

Fiona lachte auf.

»Verlobt? Ist es das, was Flynn erzählt?«

Sie war stehen geblieben und blickte dem Priester ins Gesicht.

»Wollen Sie wissen, wie es wirklich war?«

Sie wartete seine Antwort gar nicht ab. Irgendetwas in ihr drängte sie dazu weiterzusprechen. Vielleicht war sie nach all den Jahren das Schweigen einfach leid.

»Dylan war einige Jahre älter als ich, der Schwarm aller Mädchen, doch er hatte ein Auge auf mich geworfen. Wir landeten eines Tages in einer Scheune im Heu. Dummerweise wurde ich schwanger – und plötzlich sprachen alle von Heirat. Ich war gerade mal sechzehn. Ich wollte nicht hierbleiben und zu Dylan und seinen Eltern auf den Hof ziehen. Ich …«

Fiona merkte, dass sie immer noch das Gefühl hatte, sich verteidigen zu müssen. Und dass sie sich wieder wie sechzehn fühlte. Dabei war es doch schon so lange her.

»Ich liebte ihn nicht. Mein Gott, ich war selbst noch ein halbes Kind. Alle machten Druck. Meine Eltern, Dylans Eltern. Sogar der damalige Priester schlug bei uns auf, um mit mir über meine Sünde zu sprechen und mich zu einer Ehe mit Dylan zu drängen. Es war fürchterlich.«

Der Mond war nun voll durch die Wolken gebrochen und schien auf die Steinbrücke am Fluss und die Ruinen der alten Mühle. Fiona blieb stehen und lehnte sich gegen die Mauer der Brücke. Die Erinnerung tat immer noch weh.

»Ich bin abgehauen, nach Dublin. Ich wollte einfach nur weg.« Ihre Stimme war leise geworden. Sie zögerte.

»Sie wollen wissen, ob es stimmt, was Flynn im Pub gesagt hat, oder?«

Der junge Mann neben ihr schlug den Kragen seiner Jacke hoch und schaute nun seinerseits auf die alte Mühle.

»Nein. Will ich nicht. Nicht als Mensch und nicht als Priester.«

Seine dunklen Augen blickten sie ruhig und gelassen an.

»Aber ich kann zuhören und schweigen. Wenn Sie es erzählen wollen.«

Fiona war skeptisch.

»Aber Flynn hat angedeutet, ich hätte das Kind abgetrieben. Das wäre eine Todsünde.«

Michael Moran lachte kurz auf. Es klang irgendwie merkwürdig.

»Glauben Sie das?«

Fiona schüttelte den Kopf.

»Und, haben Sie es getan?«

Fiona blickte wieder auf die Mühle. Sie hatte wie alle Kinder des Dorfes früher dort gespielt. Vor dem Brand waren sie heimlich durch eines der zerbrochenen Fenster in den Mahlraum geklettert. Eine Mutprobe. Fiona hatte mitgemacht, die Hände klamm vor Angst. Dylan und die anderen Jungs hatten Witze gemacht über den Geist des Müllers. Sie hatte an jenem Tag etwas gespürt, einen seltsamen Hauch, eine Trauer und dann ein Stöhnen gehört. Evan hatte ihr später anvertraut, dass auch er etwas gehört hatte. Wenig später war die Mühle dann abgebrannt.

Der Priester sah sie immer noch abwartend an.

»Nein. Habe ich nicht. Ich habe daran gedacht, mehr als einmal, aber ich konnte nicht. Die ersten Monate habe ich einfach versucht, die Schwangerschaft zu verstecken. Ich log, was mein Alter betraf, und bekam einen Job als Zimmermädchen in einem Hotel. Ich wohnte in einem klitzekleinen Angestelltenzimmer und kaufte mir von meinem ersten Geld eine weite Bluse, um meinen Bauch zu verdecken. Ich hatte solche Angst. Und ich war allein. Und dann spürte ich irgendwann etwas. Das Baby bewegte sich. Ich trug ein Kind in mir. Mein Kind.«

Fiona merkte, dass sie bei der Erinnerung an diesen Moment erneut schützend eine Hand über ihren Bauch gelegt hatte.

»Ich wusste nicht, was ich tun sollte. Wohin ich gehen sollte, wie ich das alles schaffen sollte. Aber dann fand ich Hilfe. Unerwartete, uneigennützige Hilfe.«

Sie lächelte bei dem Gedanken an den Tag, an dem sie Orla King kennengelernt hatte. Orla hatte in ihrem Büro auf einem massiven Ledersessel gesessen und sie neugierig angeblickt.

»Die Hotelbesitzerin rief mich eines Tages zu sich und konfrontierte mich damit, dass ich schwanger sei. Anscheinend hatten die anderen Mädchen meinen Zustand bemerkt und es ihr erzählt. Ich dachte schon, ich müsste gehen, dass sie mich auf die Straße setzen würde, aber das tat sie nicht.«

Fiona spürte noch jetzt die tiefe Erleichterung und Dankbarkeit in sich.

»Die Frau, die letzte Woche hier zu Besuch war, oder? Man konnte sehen, dass zwischen Ihnen eine tiefe Bindung besteht. Die Art, wie Sie nebeneinander gingen, die Schritte aufeinander abgestimmt. Wie sie miteinander gelacht haben. Hätte ich es nicht besser gewusst, hätte ich sie für Ihre Mutter gehalten.«

Fiona sah erstaunt auf. Er hatte etwas beschrieben, was ihr selbst erst nach Jahren klar geworden war.

»Orla ist mir näher, als es meine Mutter jemals war. Ich sollte das nicht denken, nicht so kurz nach ihrem Tod, aber …«

Moran nickte nur, und Fiona erzählte weiter.

»Ich brachte meine Tochter im April zur Welt. Sie war wunderschön und so klein, ich konnte es nicht fassen, als sie mir in die Arme gelegt wurde. Ich hielt sie, mehrere Stunden. Atmete ihren Duft ein, spürte ihr Herz schlagen. Und dann verabschiedete ich mich von ihr, reichte sie Orla, die mit ihr den Raum verließ und sie dem Paar in die Arme drückte, dessen Tochter sie in Zukunft sein würde.«

Fionas Stimme brach. Sie versuchte, sich wieder unter Kontrolle zu bringen.

»Orla kam wenig später zu mir zurück, ohne mein Baby. Erst da wurde mir so richtig klar, was ich getan hatte. Und dass ich mein Kind nie wiedersehen würde.«

Nun liefen ihr endgültig die Tränen über das Gesicht, aber sie wischte sie nicht fort. Sie war dankbar, dass der Mann neben ihr einfach schwieg und sie weinen ließ. Sie wollte keinen Trost. Nach einigen Minuten sprach sie leise weiter:

»Als ich später versuchte, meine Eltern zu erreichen, wollten sie nicht mit mir reden. Sie hatten schon über mich geurteilt. Sie glaubten den Gerüchten, waren verletzt, weil ich gegangen war, sie verlassen hatte, ohne …«

Fiona brach ab und starrte in das dunkle Wasser des Flusses, das stetig und unberührt von dem Leid der Menschen in Richtung Meer floss. Sie löste ihre eiskalten Hände von der steinernen Brüstung der Brücke und drehte sich zu Michael Moran um. Die Haare vom Nachtwind zerzaust, sah er noch jünger aus als sonst. Wie alt mochte er sein? Bestimmt nicht älter als dreißig. Was dachte er über das, was sie erzählt hatte? Seine Miene ließ nicht erkennen, was in ihm vorging. Auch er schaute wie gebannt auf das dunkle Strömen des Wassers unter ihnen. Hoffentlich hatte sie keinen Fehler gemacht, als sie sich ihm anvertraut hatte. Sie wurde nervös. Er war erst der zweite Mensch, dem sie von ihrem Baby erzählt hatte. Außer Orla wusste niemand Bescheid.

»Und Sie? Was denken Sie?«

Als der Priester sich umdrehte, sah sie ein schmerzvolles Lächeln seine Augen umspielen. Augen, die älter wirkten, als sie sein sollten.

»Ist das wichtig für Sie?«

Fiona dachte nach.

»Ja. Ich habe außer Orla noch nie jemandem davon erzählt. Es war keine offizielle Adoption. Orla wusste, wie viele Probleme es mit sich bringen würde und dass meine Eltern oder Dylan anfangen könnten, Ansprüche auf das Kind zu erheben. Ich wollte nicht, dass mein Baby in all das hineingezogen würde. Ich wollte, dass es ein friedliches Leben führen könnte, mit Eltern, die es wie ihre eigene Tochter lieben. Doch manchmal frage ich mich, ob ich nicht doch hätte hierbleiben, Dylan einfach heiraten sollen.«

Sie sah ihn an.

»Dann wäre meine Tochter jetzt bei mir.«

Der Priester griff kurz nach Fionas Hand, schwieg aber.

»Glauben Sie nicht, dass sie mir, sollte sie jemals davon erfahren, die Schuld geben wird?«

»Wir können über die Schuld Dylans sprechen, Sie so missbraucht zu haben.«

Als Fiona protestieren wollte, hob der Priester die Hand.

»Fiona, Sie waren gerade mal sechzehn, oder? Und er muss damals schon neunzehn oder zwanzig Jahre alt gewesen sein. Er wusste, was er tat. Und Sie? Wussten Sie es wirklich?«

Fiona antwortete nicht. Es gefiel ihr nicht, was der Priester sagte, aber irgendwo in ihr gab es eine leise Stimme, die ihm recht gab.

»Wir können auch über die Schuld Ihrer Eltern reden, die Sie hätten schützen müssen. Über die Schuld des Priesters, der Sie hätte unterstützen müssen.«

Michael Moran löste seine Hand von Fionas, drehte sich um und blickte über den Fluss.

Sie sah ihn nachdenklich an. Einen Priester wie ihn hatte sie noch nie getroffen. Sie war gespannt, was er noch zu sagen hatte.

Doch plötzlich beugte er sich vor und wies mit der Hand auf eine Lücke in den zusammengesunkenen Steinen der Ruine, die gerade vom Mondlicht beschienen wurde.

»Was ist das dort?«

Fiona kniff die Augen zusammen, um besser sehen zu können, und schnappte erschrocken nach Luft.

Die beiden blickten einander an und rannten los zur Mühle – zu der im Mondlicht weiß leuchtenden Hand, die zwischen den Steinen herausragte.

5

Inspektor Aidan Connolly saß, aufgrund seiner Größe etwas zusammengestaucht, auf dem Beifahrersitz des kleinen altersschwachen Autos, das sie heute von der Fahrbereitschaft mit einem wissenden Lächeln aufs Auge gedrückt bekommen hatten. Ihm allein hätten sie vermutlich einen besseren Wagen gegeben – nur sein derzeitiger Sergeant hatte es sich durch seine pedantische Art und absolute Humorlosigkeit mit so ziemlich jedem im Hauptquartier verdorben. Thomas Scott saß am Steuer und fuhr, zwar zu schnell, aber mit sicherer Hand, die noch leere M7 in Richtung Westen. Es war fünf Uhr morgens – vor zwei Stunden hatte ihn der Anruf geweckt. Ein Mord in einem Dorf im County Clare. Und dummerweise hatte er Bereitschaft. Fluchend war er aus dem Bett gekrochen, hatte eine wilde Auswahl regenfester und warmer Kleidungsstücke in seine immer bereitstehende Einsatztasche geschmissen, einen Zettel für seine Tochter und seinen Vater auf den Küchentisch gelegt und war in die Harcourt Street zum Sitz der Kriminalpolizei gefahren.

Clare Anfang März.

Aidan seufzte lautlos, als er in das glatt rasierte und völlig wache Gesicht seines Sergeants blickte, und fuhr sich mit der Hand über die eigenen stoppeligen Wangen. Ihm war es ein Rätsel, wie der junge Mann neben ihm es zur Garda gebracht hatte. Wobei, das Wie war vielleicht nicht das Verwunderliche. Scott war ein Einser-Absolvent. Aber warum in aller Welt war jemand, der alles Irische so ablehnte wie Scott, gerade zur traditionsreichen Garda gekommen?

Die Garda Síochána na hÉireann, die »Hüter des Friedens von Irland«. Ein stolzer Name und eine stolze Truppe. Wer hier arbeitete, wusste um die Traditionen. Stattdessen machte sich Scott jedoch über alles Irische lustig, trank aus Prinzip nur amerikanisches Bier und schwärmte ständig von seiner Zeit in New York, wo er als Gaststudent an der Polizeiakademie gewesen war.

Seit der junge Mann in den aktiven Dienst des NBCI, des National Bureau of Criminal Investigation getreten war, war er vor Aidan schon fünf weiteren Beamten unterstellt gewesen. Keiner hatte länger mit ihm arbeiten wollen. Aidan fragte sich, ob Scott wusste, dass dies seine letzte Chance war. Die Chief Superintendentin hatte sich an Aidan gewandt und war sehr deutlich geworden: Sollte Thomas Scott es innerhalb der nächsten Monate unter seiner Anleitung nicht schaffen, seine Umgangsformen und sein Gespür für Menschen auszubauen, würde er in irgendein Archiv im Keller versetzt werden. Dann wäre es aus mit jeglicher Karrierechance.

Aidan selbst kam aus einer Familie von Polizisten. Sein Vater war der örtliche Garda in einer kleinen Stadt im Südwesten gewesen, bevor er nach Dublin gegangen war und sich dort mit viel Ehrgeiz bis zum Inspektor hochgearbeitet hatte.

Aidan war sich schon früh sicher gewesen, den gleichen Weg einschlagen zu wollen. Er mochte seine Arbeit. Und, was vielleicht noch mehr wog, er war gut darin.

Wieder fuhr er mit der Hand über seine Bartstoppeln und unterdrückte ein Gähnen.

Draußen zog in der Dunkelheit die nasse Landschaft vorbei. Es würde noch einige Stunden dauern, bis es hell war. Er hoffte, vor Ort ein vernünftiges Frühstück zu bekommen.

»Fassen Sie die Fakten noch einmal für mich zusammen.«

Aidan schloss die Augen und machte sich bereit, der emotionslosen Stimme neben sich zu lauschen. Fakten waren im Gegenzug zu Menschen eindeutig Scotts Element.

»Das Dorf heißt Ballinwroe. Liegt ungefähr siebzig Kilometer nordwestlich von Ennis. Dreihundertfünfzig Einwohner. Früher züchteten die Menschen dort Schafe und Rinder, heute kommt das meiste Geld durch die Touristen. Die Cliffs of Moher sind nicht weit entfernt.«

Aidan war als Kind oft mit seinem Vater an die Klippen gefahren und angesichts ihrer Größe und der wilden Kraft des Atlantiks immer wieder sprachlos gewesen. Dort hatte er das erste Mal ein Gefühl dafür bekommen, wie klein ein Mensch eigentlich ist. Die Aillte an Mhothair, wie die Klippen auf Gälisch hießen, hatten sich tief in seine Erinnerungen eingegraben. Die Stimme Scotts holte ihn aus seinen Gedanken zurück.

»Gestern Abend gegen einundzwanzig Uhr haben Michael Moran, der Priester des Dorfes, und Fiona O'Connor, Eigentümerin eines Bed and Breakfast, in den Ruinen einer alten Mühle den Leichnam eines gewissen Steven Miller gefunden. Miller war Gast von Miss O'Connor. Drei Schusswunden. Die in der Brust führte zum Tod. Die beiden anderen trafen seinen Unterleib.«

Aidan öffnete kurz die Augen und sah seinen Sergeant von der Seite an.

»Den Unterleib? Sie meinen ...?«

Aidan zuckte bei der Vorstellung zusammen, wie es wohl jeder Mann getan hätte.

»Ja. Die erste Kugel traf genau das Herz. Da konnte jemand zielen. Sieht nicht nach Zufall aus. Die Schüsse müssen kurz nacheinander abgegeben worden sein.«

Aidan nickte. Er hatte schon Schlimmeres gehört und gesehen.

»Schusswaffe?«

»Auf den ersten Blick ein Kleinkaliber. Keine Schmauchspuren, saubere Eintrittswunden. Die Kugeln sind im Labor. Der Tatort gibt wohl nicht viel her, es hat am Tag immer wieder stark geregnet. Der Arzt vor Ort schätzt, dass der Körper dort wohl um die achtzehn Stunden gelegen haben muss, Todeszeitpunkt also wahrscheinlich irgendwann gestern am frühen Morgen – der Bericht der Gerichtsmedizin steht noch aus. Gesehen wurde der Tote, soweit bisher bekannt, das letzte Mal am Vorabend des Mordes im Bed and Breakfast.«

»Was wissen wir über das Opfer?«

Aidan versuchte erfolglos, seine Beine irgendwie um einige

weitere Millimeter auszustrecken. Noch ein ganzes Stück bis Ennis. Verdammt.

»Er war seit drei Tagen Gast im Bed and Breakfast, kam mit einem Leihwagen aus Shannon. Er gab an, als Fotograf an einem Bildband über die Grafschaft zu arbeiten. Die Eigentümerin des Bed and Breakfast hat sich seinen Ausweis ordnungsgemäß zeigen lassen, und er hat sich ins Gästeregister eingetragen. Laut Ausweis war er fünfundvierzig Jahre alt, wohnhaft in Dublin. Der Ausweis befand sich bei der Leiche, ebenso ein wenige Wochen alter Führerschein. Ansonsten nur Bargeld, keine weiteren Papiere oder Kreditkarten.«

Scott machte eine Pause, wohl um die Spannung zu steigern. Aidan gönnte ihm das aber nicht und war schneller.

»Erst wenige Wochen alt? Lassen Sie mich raten: gefälscht?«

»Ja.«

Aidan hörte die Enttäuschung in Scotts Stimme.

»Sowohl Ausweis als auch der Führerschein. Beides sind wohl ganz passable Fälschungen. Doch als ein Kollege vor Ort die Personalien des Opfers durch das System schickte, fand er keinen Steven Miller. Er wurde misstrauisch und hat sich die Ausweise genauer angesehen.«

Aidan starrte nachdenklich aus dem Fenster.

»Wurde ein Foto des Opfers an das Hauptquartier geschickt?«

»Ja, und die Kollegen suchen in den Datenbanken. Bis jetzt keine Treffer. Wir gehen auch den Fälschungen nach. Das sind professionelle Arbeiten, keine Ausweise aus dem Hinterzimmer.«

Aidan dachte über das nach, was er bisher gehört hatte.

»Die Kollegen sollen auch nach Toten mit ähnlichen Verletzungen suchen. Und mit den Unterlagen zum organisierten Verbrechen beginnen. Vielleicht waren die Schüsse in den Unterleib ja eine Form von Strafe oder Rache?«

»Ich habe auch einen Abzug des Fotos und den vorläufigen Bericht aus Ennis ins Hauptquartier geschickt. Sie haben ebenfalls alles per Mail bekommen.«

Gerade als Aidan etwas sagen wollte, wies Scott mit einem Nicken auf eine schmale grüne Akte, die auf dem Rücksitz lag.

»Und ich habe es Ihnen natürlich ausgedruckt.«

Aidan angelte mit einiger Mühe nach der Akte und betrachtete das Bild auf dem ersten Blatt. Die Leichenstarre musste zum Zeitpunkt der Aufnahme schon wieder abgeklungen sein, die Gesichtszüge des Mannes wirkten völlig erschlafft. Es war schwierig, mit einem solchen Foto Zeugen zu befragen. Beim Anblick der Nahaufnahmen der Schusswunden zuckte er kurz zusammen.

»Kümmern Sie sich bitte morgen als Erstes darum, dass der Polizeizeichner ein Bild des Mannes erstellt und uns zuschickt.«

Aidan hatte die Erfahrung gemacht, dass Zeugen besser mit einer guten Zeichnung umgehen konnten als mit den starren Ausweisfotos oder dem fotografierten Gesicht eines Toten. Die Polizeizeichner schufen Bilder, auf denen die Gesichter lebendig wirkten. Das war bei der Zeugenbefragung viel wert.

»Ich habe ihm schon vor der Abfahrt eine Nachricht hinterlassen.«

Aidan seufzte schon wieder. Wäre Scott nicht so schwierig in seinem Verhalten anderen Menschen gegenüber, wäre er der perfekte Sergeant. Er dachte mit, merkte sich jede Kleinigkeit. Doch die Überheblichkeit, mit der er Kollegen und Zeugen behandelte, würde ihm jede Karriere verbauen. Empathie ist eine notwendige Fähigkeit für einen Polizisten im Außendienst. Und die Fähigkeit, das eigene Verhalten zu reflektieren, ebenso. Beides hatte Aidan bisher bei Scott noch nicht mal im Ansatz beobachten können. Er musste es wirklich schaffen, dem Jungen etwas Vernunft einzuflößen.

»Gut, sehr gut. Wurden die Dorfbewohner befragt? Hat das Opfer sich mit jemandem getroffen? Warum war er in dieser Ruine?«

»Die Kollegen sind von Tür zu Tür gegangen. Keiner kannte ihn näher. Einige hatten ihn am Vortag gesehen, als er wohl Bilder vom Dorf gemacht hatte, von den Häusern. Und auch von der Ruine.«

Aidan horchte auf. Scotts Stimme klang verändert. Was hatte …

»Die Kamera mit den Aufnahmen?«

Scott nickte, und diesmal sah Aidan ihm an, dass er, wenn auch widerwillig, beeindruckt war.

»Treffer. Die ist weg. Nicht bei der Leiche, nicht in seinem Zimmer. Die Kollegen haben alles abgesucht. Laut der Vermieterin trug er seine Kamera in einem schwarzen Rucksack. Sie weiß nicht, um welches Modell es sich handelte. Aber sie sah groß und teuer aus.«

»Andere Wertsachen?«

»Er hatte knapp vierhundert Pfund in seiner Brieftasche, im Zimmer fanden die Kollegen nochmals ungefähr tausend Pfund in bar. Das Zimmer hatte er im Voraus bezahlt, auch in bar. Die Vermieterin meinte, dass sei nicht ungewöhnlich, gerade bei Gästen, die das Zimmer über Spesen bezahlt bekämen. Wohl eine gute Möglichkeit, den Arbeitgeber um einige Pfund zu schröpfen. Die Kollegen haben Stichproben der Seriennummern durch den Rechner laufen lassen. Bisher keine Treffer. Keine Uhr, kein Ehering.«

»Das Mobiltelefon?«

»Laut Vermieterin hatte er eines dabei. Doch das scheint ebenfalls verschwunden zu sein. Durch die Besonderheit der Schusswunden, das viele Bargeld, das bei der Leiche gefunden wurde, und den gefälschten Ausweis scheint ein Raubmord trotz verschwundener Kamera und Handy unwahrscheinlich zu sein.«

»Auto?«

»Ein Leihwagen, in Dublin wenige Tage zuvor mit den falschen Papieren angemietet.«

Aidan blätterte durch die dünne Akte.

»Die Kollegen des Ordnungsamtes sollen alle Nummernschilder der Autos, die im nahen Umfeld der Leihwagenfirma stehen, durch das System laufen lassen und uns die Daten zukommen lassen. Und falls es Kameras im Empfangsraum der Firma oder vom Parkplatz gibt, will ich die auch haben.«

Die nächsten Minuten fuhren sie schweigend weiter. Aidan hatte es aufgegeben, eine bequeme Position für seine Beine zu finden.

»Wo werden wir unterkommen?«

»Es gibt ein Hotel an der Bundesstraße. Das ›Ballinwroe Inn‹. Es gehört dem Bürgermeister. Die Kollegen haben uns da zwei Zimmer reserviert.«

»Was ist mit dem Bed and Breakfast, in dem das Opfer untergebracht war?«

»Das Greenhill Cottage. Laut Vermieterin sind alle Zimmer ausgebucht.«

Aidan schnaubte. Im März? Bei diesem Wetter? Wahrscheinlich wollte da jemand keine Polizei im Haus haben. Er dachte nach.

»Rufen Sie die Vermieterin an und fragen Sie sie, wie lange das Opfer das Zimmer reserviert hatte und dass ich es, nachdem unsere Leute fertig sind, übernehmen werde.«

»Jetzt?«

Aidan blickte auf die Uhr. Mittlerweile war es fünf Uhr am Morgen. Eine gute Gastgeberin war sicherlich schon wach, buk Brot oder Kuchen und bereitete das Frühstück für die Gäste vor. Sein Magen knurrte bei der Vorstellung von Eiern, Speck und frischem Gerstenbrot.

»Jetzt.«

Er lehnte sich zurück und lauschte mit geschlossenen Augen, wie Thomas Scott über sein Headset mit der Vermieterin sprach. Der Ton seines Sergeant war dabei wie immer etwas unhöflich. Nie so sehr, dass Aidan es an etwas Bestimmtem hätte festmachen können, doch Scott war, so hätte sein Vater es formuliert, immer auf Angriff gebürstet. Lief immer mit gebleckten Zähnen durch die Welt und bellte alles und jeden an – auch, wenn es gar keinen Grund dafür gab.

Aidan seufzte. Die Vermieterin würde ihn nach dem Telefonat auf jeden Fall erst einmal nicht mit offenen Armen empfangen. Er würde all seinen Charme spielen lassen müssen, um die alte Dame zu besänftigen.

6

Fiona legte den Hörer auf und starrte durch das Fenster der Küchentür auf den in der Dämmerung liegenden Garten. Das Letzte, was sie jetzt noch gebrauchen konnte, war ein schlecht gelaunter Garda, der in ihr Bed and Breakfast einfiel und ihre Gäste vertrieb.

»Greenhill Cottage« war auf gute Bewertungen angewiesen. Sollte ihr Bed and Breakfast in den ersten Wochen schlechte Bewertungen bekommen, würde sie das nur schwer wieder ausgleichen können.

Sie lehnte ihre Stirn gegen das kalte Glas der Küchentür. Vielleicht war das alles doch ein großer Fehler gewesen. Vielleicht hatte Orla recht, und sie gehörte gar nicht mehr hierher, vielleicht hätte sie in Dublin bleiben sollen, vielleicht …

Vor dem Fenster bewegte sich etwas. Im ersten Licht des Morgens sah Fiona, wie ein schmaler Schatten durch den Garten schlich. Ein Fuchs, sie hatte ihn schon in den letzten Wochen mehrmals gesehen. Wahrscheinlich war er auf der Suche nach einer unvorsichtigen Maus. Fiona lächelte und ließ ihre Schultern sinken, während sie mit den Augen verfolgte, wie der rotbraune Fleck unter dem Zaun hindurch in Richtung Obstgarten huschte. Vielleicht erinnerte sich der Fuchs auch daran, dass bis vor wenigen Monaten in dem schmalen Hühnerstall hinter dem Obstgarten die Chance auf fettere Beute bestanden hatte.

Nun ja, er würde enttäuscht werden. Denn dort, wo der Hühnerstall einst gestanden hatte, lebte jetzt Fiona in einem kleinen Häuschen. Jeder Zentimeter Platz in Greenhills war für die neuen Gästezimmer gebraucht worden, und so hatte die Architektin aus

Dublin, eine Freundin von Orla, bei der ersten Begehung nachdenklich vor dem Cottage gestanden und sich langsam im Kreis gedreht.

»Was ist da hinter den Obstbäumen?«

Fiona erinnerte sich an ihr Erstaunen, als die Frau mit forschen Schritten über die Obstwiese zu dem alten Hühnerstall gegangen war.

»Perfekt. Das ist einfach perfekt! Hier wirst du wohnen.«

Auf den einst grün gestrichenen, mit den Jahren und der Witterung aber fast grau gewordenen Holzwänden des Hühnerstalls wuchsen Efeuranken, die stumpfen Scheiben hatten Risse, und das ganze Häuschen neigte sich wie ein betrunkener Wanderer zur Seite.

Fiona lächelte bei der Erinnerung an ihre eigene Skepsis und Orlas sichtbares Entsetzen. Aber die Architektin, die Lippen gespitzt und ein begeistertes Funkeln in den Augen, hatte alle Bedenken mit einer schnellen Handbewegung fortgewischt.

»Zwanzig Quadratmeter. Eine kleine Kochgelegenheit, du wirst ja eh die große Küche im Cottage zur Verfügung haben. Ein Duschbad. Ein Raum mit einem Schlafsofa und einem Schreibtisch. Warum auch mehr? Du hast für alles, was die Arbeit angeht, ein Büro drüben im großen Haus. Bücherregale. Ein Bollerofen, natürlich. Hier wird es im Winter sicherlich ungemütlich. Du kannst doch mit einem Ofen umgehen? Dachte ich mir. Vor dem Haus eine erhöhte kleine Terrasse. Überdacht. Im Sommer wirst du draußen sitzen und den Fledermäusen über der Obstwiese zusehen können. Wir benutzen die alten Bretter, aber nur für die vordere Fassade, der Rest wird …«

Fiona hatte an diesem Nachmittag einfach nur genickt. Ihr war es wichtiger gewesen, dass die Gästezimmer, die Küche und der große Frühstücksraum genau ihren Vorstellungen entsprachen. Sie selbst wäre auch mit einem der Dachzimmer zufrieden gewesen.

Aber als sie dann die ersten Zeichnungen ihres eigenen kleinen Reiches hinter den Obstbäumen gesehen hatte, war ihr vor Vorfreude das Blut in die Wangen geschossen. Ein winziges Haus, das durch seine Form und die über eine kleine Treppe zu erreichende Tür an der Stirnseite aussah wie einer der Zirkuswagen aus den Büchern ihrer Kindheit.

Während sie sprachlos und begeistert war, hatte sich Orla über die Pläne gebeugt und nur den Kopf geschüttelt.

»Du wirst mehr als die Hälfte deiner Kleidung hier in Dublin lassen müssen. Mindestens.«

Und so war es gekommen. Sie hatte die hohen Schuhe, die engen und schmalen Kostüme in den gedeckten Farben, die Seidenstoffe und vieles mehr aussortiert, eingepackt und auf dem riesigen Speicher von Orlas Dubliner Stadthaus verstaut.

Hier in Ballinwroe trug sie lieber Jeans oder Cordhosen, weiche Strickjacken und flache Lederschuhe oder feste Stiefel. Ihre langen Haare, in Dublin meist zu einem Knoten geschlungen und festgesteckt, auch, um älter zu wirken, hatte sie ein ganzes Stück gekürzt. Sie fielen ihr nun locker auf die Schultern oder wurden, wie jetzt während der Arbeit in der Küche, zu einem wippenden Pferdeschwanz zusammengebunden. Hier musste sie keine Mitarbeitersitzungen führen, Konflikte austragen, mit der Konkurrenz klarkommen oder wichtige Personalfragen entscheiden. Hier war sie ihre eigene Chefin. So hatte sie es gewollt, dafür hatte sie gearbeitet, und nun würde sie sich unter keinen Umständen kleinkriegen lassen.

Sie atmete einmal tief durch und wandte sich energisch vom Fenster ab. Greenhill war voll belegt, und in weniger als zwei Stunden würden die ersten Gäste den Frühstücksraum betreten. Die Werbung, die Orla für sie gemacht hatte, zahlte sich aus. Und viele ihrer Gäste nutzten die Tage um den St. Patrick's Day für einen Urlaub. Entschlossen griff sie zu einer großen Schüssel und suchte die Zutaten für den Pancake-Teig heraus. Im Ofen buken schon mehrere Laibe frisches Brot, und auf dem Herd wartete ein großer Topf mit Porridge auf die Gäste, die es lieber traditionell mochten. Es erfüllte sie mit Stolz und Freude, in ihrer eigenen Küche zu stehen und von dem Duft nach frischem Brot umgeben zu sein. Das Apfelkompott auf dem Herd hatte sie mit Zimt und Nelken gewürzt – das warme Aroma der Wintergewürze würde diesen Morgen durch den Frühstücksraum ziehen und den Gästen so den Start in den Tag versüßen. Sobald die ersten Gäste zum Frühstück bereit wären, würde sich unter all das auch noch der würzige Geruch des gebratenen Specks und der frisch gemahlenen Kaffeebohnen mischen. Fiona summte vor sich hin, während sie die Zutaten für ihre Pfannkuchen verrührte. Sie hatte den Ehrgeiz, im Greenhill Cottage das beste Frühstück der Westküste zu servieren.

Die Küche des Cottage stand einer Profiküche in nichts nach. Fiona selbst hatte in Orlas Dubliner Hotel jeden Bereich durchlaufen. Sie hatte sowohl über Monate in der Buchhaltung an einem Schreibtisch gesessen und die Welt der Zahlen kennengelernt als auch in der Küche von Orlas größtem Hotel unter den Launen des Chefkochs gelitten. Aber trotz der Lautstärke, der Hitze und des oft rauen Umgangstons, der auch oder gerade vor Orlas Schützling keinen Halt machte, war ihr die Küche lieber gewesen als das Büro.

Von zu Hause kannte sie die einfache Küche ihrer Mutter. Es hatte Kartoffeln, Fleisch und Gemüse gegeben, oft in Eintöpfen und Suppen über Stunden gekocht. Kochen als Notwendigkeit. Das Brot war zwar immer selbst gebacken, aber auch immer das gleiche gewesen. Ihr Vater hatte als Arbeiter im Sägewerk und Kleinbauer nicht viel Geld verdient, das Haushaltsgeld war immer knapp bemessen.

Fiona seufzte und sah sich um. Die kleine Küche ihrer Mutter gab es nun nicht mehr. Die Architektin hatte einen zweigeschossigen Anbau an das Cottage vorgeschlagen. Modern, gewagt, aus Beton und Glas. Ein Kontrast zu den grauen Natursteinmauern des Hauses. Die Küche im Erdgeschoss, darüber ein Frühstücksraum für die Gäste, dessen fast durchgehende Verglasung ihnen, egal bei welchem Wetter, einen phantastischen Ausblick über den Fluss und das Dorf bot.

Altes und neues, die Gastfreundschaft eines traditionellen Bed and Breakfast verbunden mit modernem Komfort. Liefe es im ersten Jahr gut, könnte sie die Pläne umsetzen und die alte Remise an der Westseite des Hauses zu zwei Apartments umbauen.

Sie hatte alles geplant – nur tauchte dabei weder ein rachsüchtiger Bürgermeister auf, noch ließ sich einer ihrer Gäste in der alten Mühle ermorden.

Bei dem Gedanken an die Mühle und die letzte Nacht stockte ihr der Atem. Sie war mit dem jungen Pater losgerannt, über die alten und nassen Steine geklettert und dann schwer atmend stehen geblieben. Zu der bleichen Hand gehörte ein Körper, ausgestreckt zwischen den Steinen. Die Augen offen und stumpf zum Himmel gewendet. Das Mondlicht hatte das Gesicht beleuchtet – und sie hatte sofort einen ihrer Gäste erkannt. Mr Miller. Verzerrt und seltsam schief, war ihr sein Gesicht eher vorgekommen wie eine Maske. Erst als der Pater neben ihr einen Fluch ausstieß, war ihr Blick auf die großen dunklen Flecken auf der Brust und unterhalb des Bauches gefallen.

Keiner von ihnen hatte sich hingekniet und den Körper angefasst. In ihm steckte kein Hauch Leben mehr. Fiona schauderte. Ihr war nie klar gewesen, wie sehr ein toter Mensch seine Menschlichkeit verlor, wie sehr die Natur innerhalb von wahrscheinlich Stunden ihn in etwas anderes verwandelte. In ihrem bisherigen Leben hatte sie nur wenige tote Menschen gesehen. Als Kind hier in Ballinwroe ihre Großeltern, aufgebahrt für die traditionelle Totenwache, ausgepolstert und geschminkt, umgeben von warmem Kerzenschein. In Dublin, im Hotel, hatte sie einen älteren Gast wenige Minuten nach seinem tödlichen Herzinfarkt gesehen. Noch ohne die Spuren dessen, was sich gestern Nacht über den toten Mann in der Mühle gelegt hatte.

Sie sah erneut die helle, bleiche Hand vor sich, die sich ihr scheinbar entgegenstreckte, und merkte, wie ihr ein Schauder über den Rücken lief. Noch bevor sie die Wunden gesehen hatte, war ihr klar geworden, dass sie an einem Ort stand, an dem Gewalt geschehen war.

Fiona war nicht abergläubisch, aber gestern Abend hatte sie sich gewünscht, etwas bei sich zu tragen, was sie gegen all das zu schützen vermochte, was zwischen den dunklen Steinen der Ruine zu lauern schien.

Sie schüttelte den Kopf und griff mit beiden Händen nach der warmen Teekanne, um sich den süßen Tee einzugießen. Mit jedem Schluck verblasste die Ruine, verblasste die Erinnerung an die bleiche Hand und die bedrohliche Stille der letzten Nacht.

Sie stellte die Tasse ab und krempelte sich die Ärmel hoch. Sie hatte noch einiges zu tun, bevor bald die ersten Gäste zum Frühstück aus ihren Zimmern kamen.

7

Er konnte sich nicht bewegen, stand mit dem Rücken zu einem tiefen Abgrund, einer Schlucht, vor ihm die Dunkelheit. Es war jedes Mal das gleiche erschreckende Gefühl. Angst kroch seinen Rücken hinauf und legte sich auf seine Schultern und seinen Brustkorb wie eine enge, kalte Schicht Metall. Das Atmen fiel ihm schwerer und schwerer. Alles in ihm wollte fliehen, wollte loslaufen, wegrennen und sich dann an einem sicheren Ort für alle Ewigkeit verkriechen. Er wollte nur noch fort von allem, was vor ihm in der Schwärze der tiefen Schatten wartete.

Seine Kehle wurde enger und enger, als sich einer der Schatten langsam und lautlos wie eine ölige Masse auf ihn zubewegte.

Ein Schluchzen stieg in ihm auf, ein Schrei. Er schloss die Augen und ließ sich steif nach hinten fallen.

Wieder hatte er sich im Schlaf so stark auf die Zunge gebissen, dass er mit dem Geschmack von Blut im Mund aufgewacht war.

Michael saß zitternd auf der Kante seines schlichten Holzbettes und war froh um den warmen Lichtschein seiner Nachttischlampe. Es hatte Zeiten gegeben, in denen er ohne eine angeschaltete Lampe in seinem Zimmer erst gar nicht hatte einschlafen können. Mittlerweile konnte er die Dunkelheit wieder ertragen, wenn auf dem Nachttisch für alle Fälle auch noch eine aufgeladene Taschenlampe lag.

Er seufzte und strich sich mit der flachen Hand die schweißnassen Haare aus der Stirn.

Der tote Mann, die Leiche gestern in den Ruinen der Mühle, hatte den Traum ausgelöst, so weit war er sich sicher. Er hatte schon mehr Tote gesehen als viele andere Menschen, der Tod war Teil seines Geschäftes, aber die Wunden, die großen, dunklen Flecken Blut und der nasse und unheimliche Ort hatten ihn aus der Bahn geworfen.

Einigen Menschen, die ihm damals hatten helfen wollen, hatte er von seinem Traum erzählt. Sie hatten ihm die Hoffnung gemacht, sobald er wüsste, was in den Schatten lauerte, wenn er es demaskieren und ins Licht zerren könnte, verlöre es seinen Schrecken.

Michael schnaubte. Seine Beine zitterten immer noch. Sein Problem war vielmehr, dass er genau wusste, was in den Schatten lag, was ihn bedrohte und ihn dazu brachte, sich lieber in den Abgrund fallen zu lassen, als sich dem Schrecken zu stellen. Er griff zu den Laufschuhen, die unter seinem Bett standen. Er würde laufen gehen, wie er es schon so viele Male zuvor in solchen Momenten getan hatte.

Seine übliche Strecke führte ihn fünf Meilen den Fluss entlang in Richtung Westen, über eine alte steinerne Brücke, die schon seit Jahren nur noch von einsamen Spaziergängern genutzt wurde, am anderen Ufer entlang zurück nach Ballinwroe. Den ersten Teil der Strecke lief er in hohem Tempo, wie um seine Dämonen hinter sich zu lassen. An der kleinen Brücke wurde er langsamer, fand ein mittleres Tempo und ließ seinen

Blick über die ihn umgebenden Felder und Bäume schweifen. Oft hatte er auf seinen nächtlichen Läufen schon Füchse und Hirsche gesehen. Einmal hatte eine große Eule seine Bahn lautlos gekreuzt und ihm vor Schreck den Atem geraubt. Das Laufen und die kalte Luft erfüllten auch diesmal ihre Aufgabe und gaben ihm etwas Frieden.

Wieder im Dorf angekommen, in dem noch alle zu schlafen schienen, blieb er neben der Brücke an der Ruine der Mühle stehen. Gestern erst hatte er hier mit Fiona O'Connor gestanden, hatten sie gemeinsam die Leiche entdeckt und danach zitternd auf die Polizei gewartet. Zum Glück waren die anderen Dorfbewohner erst gekommen, als das Blaulicht des Rettungswagens in ihre Fenster gefallen war. Man wusste, Ballinwroes Hauptstraße führte ins Nichts, es gab keinen Durchgangsverkehr, der Rettungseinsatz musste also einen von ihnen betreffen.

Michael hatte, nachdem er die Polizei benachrichtigt hatte, widerwillig und mit einem Seitenblick auf Fiona auch Nathan Flynn angerufen. Nathan war nicht nur der Bürgermeister, sondern auch der Wehrführer der Freiwilligen Feuerwehr, und Michael war klar gewesen, dass die Ruinen abgesperrt werden mussten.

Zum Glück hatte Nathan nicht viele Fragen gestellt, sondern war mit zwei weiteren Männern kurz vor der Polizei eingetroffen und hatte begonnen, das Gelände und den Zugangsweg abzusperren. Fiona hatte er einfach ignoriert.

Eine Stunde später war ein Wagen aus Ennis gekommen, mitsamt einer ranghöheren Polizistin. Diese hatte ruhig zugehört und ihren Leuten die Anweisung gegeben, den Tatort zu fotografieren und auf die Spurensicherung zu warten. Ihn und Fiona hatte sie nach Hause geschickt mit der Ansage, dass sich am nächsten Tag jemand bei Ihnen melden werde.

Michael dachte an Fionas bleiches Gesicht und seufzte leise. Dann lief er, diesmal deutlich langsamer, den Weg zu Greenhills hinauf. Er sollte nachsehen, ob es ihr gut ging. Die innere Stimme, die ihn sich fragen ließ, wie er ihr helfen sollte, wenn er ja noch nicht einmal sich selbst helfen könnte, schob er zur Seite.

»Ich habe Licht gesehen und dachte, ich schaue einmal vorbei.«

Entschuldigend schaute Michael sich in der großen Küche um. Vor ihm stand Fiona O'Connor, ein warmes Lächeln im Gesicht.

»Wer Gäste bewirtet, steht meist schon vor Sonnenaufgang auf. Aber ein Priester? Kommen Sie herein!«

Sie holte eine Teetasse aus dem Regal, füllte sie aus einer großen irdenen Teekanne und stellte sie ungefragt vor Michael auf den Tisch.

»Kommen Sie, weil Sie glauben, ich bräuchte Ihren Beistand nach gestern Nacht?«

Michael lächelte. In der Küche roch es phantastisch nach frischem Brot.

»Sie sehen nicht so aus, als hätte Sie der gestrige Abend aus der Bahn geworfen. Geht es Ihnen gut?«

Fiona holte mit geübter Bewegung das Brot aus dem Ofen und schob eine weitere Form hinein.

»Ich sollte wahrscheinlich entsetzter sein, einen Toten gefunden zu haben.«

Sie schüttelte den Kopf.

»Wenn ich an die Leiche denke, läuft mir schon noch ein Schauder über den Rücken. Aber die Wahrheit ist, dass ich weniger entsetzt als wütend bin. Wütend, dass jemand hier im Dorf so etwas getan hat, dass jemand die Mühle, in der ich als Kind gespielt habe, so benutzt hat. Und ich bin wütend, weil heute wahrscheinlich irgendein aufgeblasener Dubliner Polizist hier reinplatzen und alles durcheinanderbringen wird. Und natürlich bin ich wütend, weil ein Mensch gestorben ist.«

Währenddessen hatte Fiona Eier in eine große Schüssel geschlagen, und jetzt begann sie, die Masse kräftig durchzuschlagen.

»Wahrscheinlich kommt der Schock erst später. Vielleicht heute Abend, wenn ich allein bin. Wer weiß.«

Sie goss den Inhalt der Schüssel in die Auflaufform und klappte die Tür des Backofens wieder zu.

»Und Sie?«

Michael trank einen Schluck Tee und überlegte, ob Fiona wirklich so taff war, wie sie tat.

»Mein Beruf bringt eine gewisse Nähe zum Tod mit sich.«

Er dachte an den alten Mann auf dem kleinen Hof außerhalb von Ballinwroe, den er in den letzten Wochen vor seinem Tod jeden Tag besucht hatte. Seamus Ryan war 1930 geboren und hatte bis auf einen Besuch bei seinem Bruder in den Staaten sein gesamtes Leben hier an der Westküste auf seinem kleinen Stück Land verbracht. Ein langes Leben. Eng verbunden mit seiner Heimat, hatte er bis zuletzt die Welt da draußen, die sich von den Pferdegespannen seiner Kindheit bis hin zum Internet seiner Enkel so schnell verändert hatte, mit einem amüsierten Lächeln beobachtet. Er hatte in seinen letzten Tagen in Michaels Augen nach einer Gewissheit gesucht, die der ihm nicht geben konnte. Und so hatte er einfach die Hand des Mannes gehalten, mit ihm die Gebete aus seiner Kindheit gesprochen, ihm vorgelesen und den nicht enden wollenden Strom aus Familienangehörigen, Freunden und Nachbarn beobachtet, die nach und nach an das Bett getreten waren, um sich zu verabschieden.

»Und trotzdem konnten Sie nicht schlafen?«

Fionas Stimme holte ihn in die Gegenwart zurück.

Michael nickte nur und trank erneut einen Schluck von seinem Tee.

Zeit, das Thema zu wechseln.

»Sie kochen alles selbst?«

Fiona lachte.

»Das hätten Sie nicht gedacht, oder? Ich bin sogar eine ganz passable Köchin. Haben Sie Hunger?«

Michael lächelte.

»Immer.«

»Porridge? Brot? Eier? Der Auflauf braucht noch etwas.«

»Gerne alles.«

Wenig später standen vor ihm ein großer Teller mit zwei dicken Scheiben Brot und glänzendem Rührei sowie eine dampfende Schüssel Porridge, auf dem eine Schicht brauner Zucker langsam schmolz.

Begeistert begann er zu essen.

»Normalerweise besteht mein Frühstück aus Cornflakes. Gerade probiere ich welche, die rosa sind, auf der Zunge kribbeln und entfernt nach Erdbeeren schmecken.«

Er steckte sich einen weiteren Löffel Porridge in den Mund.

»Ein Sonderangebot im Dorfladen. Zwei für den Preis von einem.«

»Ernsthaft?«

Aus Fionas Stimme klang ehrliches Entsetzen, doch Michael zuckte nur mit den Schultern und aß mit sichtlicher Freude weiter. Zwischen zwei Bissen blickte er auf Fiona, deren Hände schon wieder beschäftigt waren damit, dicke grüne Blätter, die Michael für Kohl hielt, in kleine Streifen zu schneiden.

»Die Zeiten, in denen man als Priester auf dem Land eine Haushälterin zur Seite gestellt bekam, sind lange vorbei. Und mein Budget ist schmal.«

»Aber bei Ihrem Vorgänger hat Mrs Murphy mehrmals die Woche ausgeholfen, oder?«

Michael verdrehte die Augen. Anscheinend war seine Weigerung, sich von Mrs Murphy im Haushalt helfen zu lassen, ein Thema im Dorf gewesen.

»Am Anfang war sie auch bei mir, aber ich schaffe das bisschen Haushalt schon alleine.«

Er sah, wie Fiona nun grinste. Die kleinen Lachfalten um ihre Augen standen ihr gut, und Michael merkte, wie auch er zu lächeln begann.

»Ich wette, Mrs Murphy hat in Ihren Sachen gewühlt wie ein Schwein auf der Suche nach Trüffeln.«

Michael lachte laut auf.

»Das haben Sie gesagt. Ich sage nur, dass es mir lieber ist, mich um meine eigenen Sachen zu kümmern.«

»Können Sie denn überhaupt kochen?«

»Nein. Das hat man uns auf dem Priesterseminar nicht beigebracht. Und meine Mutter war der Überzeugung, dass ein irischer Junge sich gefälligst eine Frau suchen soll, die das für ihn tut. Als ihr dann klar wurde, dass sie von mir keine Schwiegertochter und Enkelkinder zu erwarten hatte, war es schon zu spät.«

Michael dachte an seine Mutter, die seine Entscheidung für ein Leben als Priester nie verstanden hatte. Die versucht hatte, ihn davon abzubringen. Als er trotzdem gegangen war, bestrafte sie ihn mit Schweigen. Und das Schlimmste war: Sie hatte recht gehabt. Sie hatte mit so vielen ihrer Befürchtungen recht gehabt – aber er konnte und wollte ihr das nicht sagen. Das weiche Brot verwandelte sich in seinem Mund zu einer zähen Masse, und er versuchte, ein Würgen zu unterdrücken. Atmen. Seine Ohren rauschten, und Fionas Stimme drang nur leise an seine Ohren.

»Pater Moran? Geht es Ihnen gut?«

Michael zwang sich, von seinem Teller aufzusehen.

»Jaja.«

Er bemerkte, dass Fiona ihn besorgt ansah, wich ihrem Blick aber aus und schob seinen Teller ein Stück zurück.

»Ich habe wahrscheinlich einfach nur zu schnell gegessen.«

Er zwang sich, langsam zu atmen, seinen Puls wieder unter Kontrolle zu bringen, während er versuchte, die Bilder in seinem Kopf zu verdrängen. Ablenkung, er brauchte Ablenkung.

»Was schneiden Sie da?«

»Das ist Winterkohl. Zwei meiner Gäste, Mr Nolan und seine Frau, legen großen Wert auf eine gesunde Ernährung. Kein Mehl, kein Zucker, keine tierischen Produkte. Das hier sind die Zutaten für einen grünen Smoothie. Es wird mit einigen anderen Dingen durchgemixt und kann dann getrunken werden.«

»Und, schmeckt das?«

Michael versuchte erst gar nicht, die Skepsis in seiner Stimme zu unterdrücken.

»Es ist auf jeden Fall sehr gesund.«

»Also nein.«

Fiona lachte.

»Das bleibt unter uns, aber Mrs Nolan stiehlt sich nach den Mahlzeiten des Öfteren unter einem Vorwand noch in die Küche. Ihr Mann ist derjenige, dem die Sache mit der gesunden Ernährung am Herzen liegt. Zufällig steht dann meist auf dem Tisch noch ein Teller …«

Fiona legte ihren Finger an die Lippen und zwinkerte ihm zu.

»Tun Sie so etwas für alle Gäste?«

»Ich versuche es. ›Greenhills‹ soll bekannt dafür werden, dass wir individuell auf die Gäste eingehen. Die Nolans sind aus Dublin, ich kenne sie noch aus meiner Zeit dort. Sie sind ziemlich bekannt. Mrs Nolan führt eine Galerie und stellt einheimische junge Künstler aus, und Mr Nolan hat in der Wirtschaft gearbeitet, ist aber nach einem leichten Herzinfarkt in den Vorruhestand getreten. Daher wohl auch das Interesse an dem gesunden Essen. Mrs Nolan sagt, sie hoffe, dass es sich bald wieder etwas normalisiert. Wenn es den beiden hier gefällt und sie ihrem Dubliner Freundeskreis vom Greenhill Cottage erzählen, dann ist das eine unbezahlbare Werbung.«

»Stört es Sie nicht, immerzu fremde Menschen um sich herum zu haben?«

»Nein. Ich liebe es und finde es spannend. Ich mag es, Menschen zu beobachten. Aber Sie sind der Priester. Sie haben doch noch viel mehr mit Menschen zu tun.«

Michael verdrehte die Augen.

»Ja. Aber das heißt nicht, dass ich das immer gut finden muss.«

Er nahm einen Schluck Tee und grinste.

»Nehmen Sie die McCarthy-Schwestern.«

Er sah, wie sich Fionas Gesicht verzog und sie nickte.

»Marge McCarthy ist Gast bei mir.«

»Dann wissen Sie ja, was ich meine. Edna McCarthy alleine ist ja schon eine ausreichende Beschäftigung. Als ich neu hier war, stand sie einmal am Morgen, ohne anzuklopfen, in meiner Küche. Ich hatte zum Glück wenigstens eine Hose an.«

Edna McCarthy gehörte der einzige noch verbliebene Laden in Ballinwroe, und sie verkaufte alles von Schuhcreme bis hin zur Fertigsuppe. Michael schätzte, dass ihr Umsatz im Monat nicht mehr als eine Handvoll Euro betragen konnte, aber Haus und Laden gehörten ihr. Die meisten Kunden kamen eh nur, um sich über den neuesten Klatsch informieren zu lassen.

»Lachen Sie nicht! Am Tag vorher hätte sie mich sicherlich so gesehen, wie Gott mich geschaffen hat. Und als ich ihr zu erklären versuchte, dass sie doch bitte anklopfen solle und dass auch ich nicht zu jeder Tageszeit für Gemeindemitglieder zu sprechen sei, war sie vollkommen entrüstet. Seitdem schließe ich ab.«

Er seufzte.

»Und seitdem ist kein Tag vergangen, an dem sie mir nicht irgendwo aufgelauert hat. Ich gehe jetzt schon immer in ihrem Laden einkaufen, in der Hoffnung, dass es ihr reicht, mein Gesicht nur einmal am Tag zu sehen. Seitdem ihre Schwester zu Besuch ist, ist es fast noch schlimmer. Die beiden haben es sich zur Aufgabe gemacht, mich über den Seelenfrieden eines jeden Dorfbewohners aufzuklären. Zusammen mit Nathan Flynn sind die beiden eine wahre Plage.«

Er sah, dass Fiona nur mühsam ein Lachen unterdrücken konnte, und grinste.

»Sehen Sie! Ich mag Menschen. Aber in wohldosierten Mengen.«

Zufrieden, sich und seine Gastgeberin wieder in eine leichtere

Stimmung versetzt zu haben, lehnte er sich zurück und begann eine weitere Geschichte zu erzählen.

»In meiner alten Gemeinde in Dublin, da gab es einmal …«

8

Inspector Aidan Connolly hatte sich von seinem Sergeant in der Dämmerung mitten im Dorf absetzen lassen. Seine Beine sehnten sich nach der Fahrt in dem zu kleinem Wagen nach Bewegung. Der Akte, die ihm Scott zusammengestellt hatte, war auch ein kleiner Übersichtsplan des Dorfes beigelegt. So wusste er, dass er sich, um zum Greenhill Cottage zu gelangen, nach links wenden und den kleinen Hügel hinaufgehen musste. Der Tatort, die Ruinen der alten Mühle, lag nun ebenfalls links von ihm, und er zögerte kurz. Die Kollegen hatten das Gelände jedoch abgesucht. Er konnte die Schemen einiger Planen und des Absperrbandes sehen.

Wahrscheinlich würde er ohne Licht ohnehin nur wenig erkennen. Also verschob er die Besichtigung des Tatorts auf später, schulterte seine Tasche und ging den Hügel hinauf in Richtung Bed and Breakfast.

Ab und an blieb er stehen und warf einen Blick zurück auf das Dorf, das er im Laufe der nächsten Tage ausleuchten würde.

Das Auffälligste war der breite Fluss, der sich seinen Weg mitten durch die Ansammlung kleiner Cottages bahnte. Sein Flussbett war breit und steinig, er führte nicht viel Wasser. Wahrscheinlich war das früher anders gewesen, immerhin hatte er eine Mühle angetrieben.

Vielleicht aber hatten die Bewohner auch an einer höher gelegenen Stelle des Flusses das Wasser vorgestaut und dann für den Antrieb der Mühle das Wehr geöffnet. Er kannte sich mit solchen Dingen nicht aus, erinnerte sich aber dunkel an ein Kinderbuch seiner Tochter. Ella hatte die bunten Sachbücher geliebt und, anstatt sich von Geschichten über Feen oder Prinzessinnen in den Schlaf geleiten zu lassen, immer nach ihnen verlangt. Und so hatte Aidan ihr alles über Eisenbahnen, den Bau von Hochhäusern, die Zeit des alten Ägypten oder eben auch Mühlen vorgelesen. Kein Wunder, dass sie auch jetzt lieber mit ihrem Chemiebaukasten experimentierte und Buch um Buch verschlang, als mit den anderen Mädchen die Einkaufszentren unsicher zu machen. Manchmal machte ihm die Intelligenz seiner Tochter fast ein wenig Angst. Er fragte sich, ob sie nicht noch viel mehr Kind sein sollte, ob es gut für sie gewesen war, nur mit ihm und seinem Vater groß zu werden. Aber dann sah er ihr zufriedenes Lächeln, wenn sie über ein Buch gebeugt auf der Küchenbank saß, und atmete auf. Ihr ging es gut, und er sollte ihr mehr vertrauen.

Das gesamte Dorf bestand vielleicht aus vier Dutzend Häusern. Oben an der Zufahrtsstraße lag laut Scott noch das Hotel, in dem sein Sergeant absteigen würde. Und am Ende der Dorfstraße, bevor der Fluss Richtung Westen abbog, sah Aidan einige Hallen und große Stapel Holzbretter in der Dämmerung liegen.

Ein Sägewerk. Dann musste der Fluss früher wirklich einiges mehr an Wasser geführt haben. Früher waren Sägewerke durch Wasserkraft angetrieben worden. Noch so ein Stückchen Wissen, das er aus einem von Ellas Kinderbüchern hatte.

In der Mitte des Dorfes wurde die Straße etwas breiter, und Aidan konnte Sitzbänke und ein breites Schild an einem der Häuser erkennen. Sicherlich der Pub. Laut Scotts Bericht waren die Vermieterin und der Priester von dort gekommen, als sie die Leiche entdeckten.

Er freute sich, dass das Dorf sich seinen Pub erhalten hatte. In so vielen kleinen Dörfern waren die Pubs in den letzten Jahren geschlossen worden. Es war, als nähme man damit den Dörfern ihren letzten Rest Seele. Mit Schaudern dachte er daran, was mit Dublins über sechshundert Pubs geschehen würde, wenn immer mehr Ketten die alten Läden aufkauften und nach und nach zu gesichtslosen Klonen machten. Er hoffte, die Dubliner träten dem geschlossen entgegen. Das Problem waren die Touristen. Auf der einen Seite waren sie lebensnotwendig und herzlich willkommen, denn die Iren waren nun mal bekannt für ihre Gastfreundschaft und stolz darauf. Auf der anderen Seite waren Touristen willige Kunden, die oft nicht zwischen einem inhabergeführten, authentischen Pub und einer herzlosen Filiale einer Kette unterscheiden konnten. Aidan freute sich darauf, den Pub von innen zu sehen.

Als er am höchsten Punkt des Hügels angekommen war, lag das kleine Dorf hinter ihm in der nur von einzelnen Lichtern durchbrochenen Dämmerung. Vor ihm sah er, geduckt in einer weiten Senke, die Umrisse eines recht großen Cottage. Neben einem gepflasterten Parkplatz führte ein breiter Weg zu einer großen Eingangstür. Ein helles und augenscheinlich neues Schild trug in schwarzen, elegant geschwungen Buchstaben die Aufschrift *Greenhill Cottage*. Links erkannte er die Umrisse einer großen Scheune, in der früher sicherlich einmal ein Heuwagen seinen Platz neben den Tieren gefunden hatte. In den Fenstern des Cottage war noch kein Licht zu sehen, jedoch drang ein warmer Schein aus einem modernen zweistöckigen Anbau an der Ostseite des Hauses auf den Rasen.

Als er das Tor in der niedrigen Umrandung des Küchengartens öffnen wollte, spürte er etwas hinter sich und drehte sich um.

Er sah sich einem großen Fuchs gegenüber, dessen bauschige Rute unbeweglich herabhing und dessen schmale Augen den Lichtschein der Küchentür widerspiegelten.

Sollte er etwas tun? Aidan war in Dublin groß geworden, und auch in Dublin gab es Stadtfüchse, die die Mülltonnen durchwühlten und leise und schnell verschwanden, wenn ein Mensch in ihre Reichweite kam. Gerade wenn er frühmorgens, müde von einer langen Nacht, den Weg durch die schmalen Gassen seines

Viertels nach Hause ging, hatte er oft ihre huschenden und geduckten Schatten gesehen.

Aber dieser Fuchs war anders. Zum einen war er größer. Größer, als Aidan sich einen Fuchs normalerweise vorstellte. Er war zwar ebenfalls schmal, aber nichts erinnerte an die dünnen, fast hageren Tiere in Dublin. Er hielt den Kopf leicht erhoben und nach vorn gestreckt, nahm Aidans Witterung auf und blickte ihm dabei ruhig in die Augen.

Aidan trat einen Schritt nach vorn und hörte seine eigene leise Stimme durch die kalte Luft:

»Hallo.«

Was tat er da? Doch bevor er noch einen weiteren Schritt auf den Fuchs zugehen konnte, der ihn immer noch so ruhig beobachtete, zerriss der Klingelton seines Handys die morgendliche Stille.

Das große Tier senkte den Kopf und war mit drei großen Sprüngen in der Dämmerung verschwunden.

Aidan stieß die Luft aus. Hoffentlich hatte das niemand gesehen. Immer noch kopfschüttelnd über sich selbst zerrte er sein Mobiltelefon aus der Tasche und nahm den Anruf an.

»Connolly.«

»Ah, der Junior.«

Aidan zuckte zusammen, wie jedes Mal, wenn jemand ihn bei seinem alten Spitznamen aus seinen Anfangstagen bei der Garda nannte.

»Dr Fitzgerald? Was haben Sie für mich? Ich dachte, die Leiche ist gerade erst bei Ihnen angekommen.«

»Ja. Ich habe sie eben frisch ausgepackt.«

Aidan hörte das Klicken eines Feuerzeuges und musste grinsen.

Irland hatte eines der strengsten Nichtrauchergesetze Europas, gerade in Dublin gab es kaum noch Orte, an denen das Rauchen außerhalb der eigenen vier Wände überhaupt noch möglich war. Doch Dr Fitzgerald störte sich nicht daran, und der

Rauch ihrer Mentholzigaretten durchzog die gesamte Gerichtsmedizinische Abteilung.

Vielleicht versuchte sie damit, den eigentlichen Geruch der Leichenhalle zu überdecken. Wahrscheinlich setzte sie darauf, dass sowieso kein Mitarbeiter des Ordnungsamtes ihre Räume freiwillig beträte. Und wahrscheinlich hatte sich auch noch nie jemand getraut, sich wegen ihrer Zigaretten zu beschweren. Das wäre wahrscheinlich so, als versuchte man, einem Tiger den Knochen wegzunehmen. Keine gute Idee.

»Und?«

Aidan sah zu der erleuchteten Küche und merkte, wie ihm die Kälte unter seine dünne Lederjacke kroch. Hoffentlich hatte die Vermieterin einen Tee für ihn.

»Ich wollte Ihnen nur mitteilen, dass unser Opfer sowohl an den Fingerknöcheln, an den Oberarmen als auch an Brust und Rücken großflächige Narben hat. Da hat jemand ziemlich unprofessionell mit einem Laser Tätowierungen entfernt. Die Prozedur muss sehr schmerzhaft gewesen sein.«

Aidans Gedanken rasten.

»Können Sie einschätzen, wann die Tätowierungen entfernt wurden? Wie lange es her ist?«

Er hörte wieder einen tiefen Atemzug an der Zigarette und konnte den Rauch förmlich riechen.

»Nein, nicht genau. Die Narben sind definitiv älter als zehn Jahre. Aber ob es zwölf oder zwanzig Jahre sind? Da mittlerweile jeder Wald-und-Wiesen-Doktor einen Laser bedienen kann, ohne solche Narben zu hinterlassen, würde ich eher auf zwanzig Jahre als auf zwölf tippen.«

»Irgendwelche Umrisse zu erkennen?«

»Nein. Aber ich habe gerade einem Kollegen in Mexiko City angeschrieben, der sich mit so etwas viel beschäftigt hat. Vielleicht finde ich mit seiner Hilfe einen Weg, einige der Umrisse wieder sichtbar zu machen. Ich kann nichts versprechen.«

»Danke.«

»Immer doch. Und Connolly?«

»Ja?«

»Grüßen Sie Ihren Vater von mir. Er soll sich mal wieder sehen lassen.«

Aidan biss sich auf die Zunge.

»Natürlich. Ich sage es ihm.«

Den Teufel würde er tun. Seit sein Vater in Pension war, versuchte er, sich ständig in seine Ermittlungen einzumischen. Was zuerst mit einigen freundlichen Nachfragen begonnen hatte, war mittlerweile zu einer regelrechten Manie geworden. Sein Vater ertrug es einfach nicht, von der aktiven Polizeiarbeit ausgeschlossen zu sein.

Aidan sah den Hügel hinab auf das kleine Dorf, in dem nach und nach immer mehr Fenster erleuchtet waren. Es war kurz nach sechs. Der Tag begann. Wie passten die neuen Informationen hierher? Entfernte Tätowierungen an den Fingerknöcheln konnten auf eine Menge unschöner Verbindungen hinweisen. Hatte sich der Mann alte Gefängniserinnerungen entfernen lassen? Mit seiner Vergangenheit gebrochen? Sowohl Mitglieder rechter Gruppierungen als auch der IRA nachfolgende Gruppen zeigten ihre Zugehörigkeit gerne über Tätowierungen. Und die Überschneidungen dieser Gruppierungen zum organisierten Verbrechen waren riesig. Erst im letzten Jahr hatten er und sein Team in einem Mord ermittelt, der …

Aidan schüttelte seinen Kopf. Die Welt, die er da gerade in Gedanken betreten hatte, schien so weit entfernt von dem zu sein, was er vor seinen Augen sah, wie die Erde vom Mond.

Doch er hatte in seinem Leben schon genug gesehen, um der Idylle nicht zu trauen. Er wusste aus leidvoller Erfahrung, dass hinter einem von zehn einladend erleuchteten Fenstern die Ruhe trügerisch war und dahinter etwas anderes, etwas Böses lauerte. Auch hier, gefühlt am Ende der Welt, nah an den steil ins Meer abfallenden Klippen, hatte jemand zu einer Waffe gegriffen, um das Leben eines anderen Menschen – wie er es bisher einschätzte – voller Wut auszulöschen. Anders konnte er sich die Wunden des Mannes nicht erklären.

Mit einem letzten Blick auf das verschlafene Dorf, die taunassen Wiesen und die grauen Steinmauern drehte er sich zur erleuchteten Küche um und griff nach dem Riegel des Gartentors. Er würde nach dem Menschen suchen, der das Verbrechen begangen hatte. Du sollst nicht töten. Aidan glaubte nicht an viel, aber daran schon.

Bevor er die Küche erreichte, sah er auf den steinernen Stufen davor etwas liegen. Ein dunkler Umriss, ein Schatten, kaum zu sehen. Aidan erkannte einen kleinen Vogel, ein Rotkehlchen mit gebrochenem Hals. Hatte der Fuchs etwa den Vogel auf den Stufen zurückgelassen? Taten Füchse so etwas?

Aidan sah sich um und zog ein Paar dünner Handschuhe aus seiner Jackentasche. Er wollte es der Vermieterin ersparen, am Morgen als Erstes über einen toten Vogel zu stolpern. Vorsichtig griff er nach dem noch warmen Körper und legte ihn sanft einige Meter entfernt neben die Gartenmauer.

Dann zog er die Handschuhe aus. Sie waren unbefleckt. Wie auch immer der Vogel gestorben war, ein Biss schien es nicht gewesen zu sein.

Aidan zuckte mit den Schultern und ging zurück zur Küchentür. Hoffentlich gab es im Cottage Tee.

9

Pater Moran wurde mitten im Satz durch ein lautes Klopfen unterbrochen, und Fiona ging neugierig zur Tür. Die meisten ihrer Gäste nutzten morgens die Durchgangstür vom Wohnhaus. Doch ihre Gäste fanden meist schnell heraus, dass es schon vor der offiziellen Frühstückszeit in der warmen Küche immer einen Tee oder einen Kaffee gab.

Verwundert schaute Fiona durch die Scheibe der Küchentür und öffnete sie dann zögernd. Vor ihr stand ein groß gewachsener Mann in einer dunklen Jeans und Lederjacke, in der Hand eine kleine graue Reisetasche.

»Guten Tag. Ich bin Inspector Connolly. Mein Sergeant hat mit Miss O'Connor telefoniert. Ist sie da?«

Seine Stimme war etwas rau, sein Akzent verriet sofort, dass er aus Dublin stammte.

»Ich bin Miss O'Connor.«

Sie sah, wie sich die grauen Augen des Mannes für einen kurzen Moment weiteten, dann war sein Gesicht wieder völlig unbewegt.

»Dann bin ich ja richtig hier. Darf ich hereinkommen?«

»Natürlich. Bitte.«

Fiona bemühte sich, ihrer Stimme einen neutralen Ton zu verleihen. Am liebsten hätte sie den Mann vor ihrer Tür stehen lassen.

Doch der schien ihren Widerwillen nicht zu bemerken und sah sich in der Küche um. Pater Moran war höflich aufgestanden und wartete ruhig neben dem Tisch.

Der Unterschied zwischen den beiden Männern hätte nicht größer sein können. Pater Moran trug eine dunkle Laufhose und einen schwarzen Kapuzenpullover, die hellen, lockigen Haare umgaben seinen Kopf wie einen Heiligenschein, das junge Gesicht war glatt und wirkte unschuldig. Nur die braunen Augen, dachte Fiona, die hatten schon mehr gesehen, als sein Alter vermuten ließ. Auf dem Gesicht des Garda aus Dublin hingegen hatte sich das Leben eingegraben. Die grauen Augen wirkten kalt, doch Fiona war sich nicht sicher, ob der Eindruck nicht täuschte. Denn die Falten um seine Augen herum schienen nicht nur von Sorgen, sondern vor allem durch Lachen entstanden zu sein.

Sie wartete gespannt darauf, wie die beiden Männer aufeinandertreffen würden.

Der Inspector hatte seine Musterung der Küche abgeschlossen und trat, ohne die Hand zur Begrüßung auszustrecken oder auch nur zu lächeln, auf den jungen Pater zu.

»Inspector Connolly. Und Sie sind …?

»Michael Moran.«

Fiona sah, wie ein erstaunter Ausdruck über das Gesicht des Polizeibeamten glitt.

»*Pater* Moran, richtig? Sie sind früh unterwegs.«

Der Polizist ließ seinen Blick unverhohlen über die Kleidung des Paters wandern. Der lächelte nur.

»Und gerade schon wieder auf dem Sprung.«

Fiona ging zum Tisch und griff zu dem immer noch halb gefüllten Teller.

»Warten Sie, ich packe Ihnen noch etwas ein.«

Sie sah, wie der Pater kurz sehnsuchtsvoll zur Tür blickte. Er wollte anscheinend so schnell wie möglich raus.

»Es dauert nicht lange.«

Während sie in die Hocke ging, um aus einem der unteren Schränke eine Metalldose hervorzuholen, in denen sie für ihre Gäste bei Wunsch Lunchpakete zusammenstellte, hörte sie die Stimme des Polizisten in ihrem Rücken.

»Pater Moran, ich würde Sie auch gerne über gestern Abend befragen.«

Das klang mehr nach einem Befehl als nach einer Frage. Fiona wunderte sich, ob alle Polizisten diesen Tonfall beherrschten. Bei ihrer Arbeit in Dublin hatte sie selten mit der Polizei zu tun gehabt. Einige Diebstähle, einmal war ein älterer Gast an einem Herzinfarkt gestorben. Um die Gäste, die aufgrund von zu viel Alkohol auffielen, kümmerte sich in allen Häusern von Orla der hauseigene Sicherheitsdienst. Schnell und effizient, ohne viel Aufsehen. Sie füllte die Metalldose und drückte sie Michael Moran in die Hand.

»Damit können Sie den Cornflakes noch einen weiteren Tag entkommen.«

Sie sah, wie der Polizist fragend die Augenbrauen hochzog, hatte aber nicht vor, ihm eine Erklärung zu geben. Pater Moran sah auf die Dose in seiner Hand und lächelte dann. Wenn er lächelte, verschwanden die dunklen Ringe um seine Augen, und sie bekam einen Eindruck davon, wie verdammt jung er wirklich war.

»Oh. Danke. Das wird mir auf jeden Fall den Tag versüßen.«

Dann drehte er sich zu dem Inspector um, der stumm die ganze Szene beobachtet hatte.

»Sie finden mich heute sicherlich im Pfarrhaus oder in der Kirche. Kommen Sie doch gerne dort vorbei, wenn Sie Fragen haben. Meine Türen und die der Kirche stehen für alle offen.«

Fiona lächelte. Pater Moran war vielleicht jung, aber er hatte gerade völlig ruhig den Inspector von einem Befehlsgeber zu einem Fragesteller degradiert.

»Miss O'Connor – vielen Dank für das phantastische Frühstück. Inspector.«

Mit einem Lächeln öffnete er die Tür, und Fiona konnte sehen, wie er schon hinter ihrem Gartentor in einen schnellen Lauf fiel. Sie hoffte, er würde irgendwann weit genug gelaufen sein und ankommen. Aber die Dunkelheit in seinen Augen ließ sie befürchten, dass es für ihn nie weit genug sein konnte.

»Frühstückt Pater Moran öfter bei Ihnen?«

Fiona, die gerade dabei gewesen war, eine neue Tasse für den Inspector auf den Tisch zu stellen, hielt in der Bewegung inne. Seine grauen Augen beobachteten sie kalt. Sie merkte, wie die Wut, die sie in den letzten Wochen, seit jemand beschlossen hatte, ihr einen Stein nach dem anderen in den Weg zu legen, kurz davor war auszubrechen.

Lass dich nicht provozieren. Behandle ihn einfach wie einen Gast, wie einen unangenehmen, idiotischen Gast.

Sie stellte die Tasse sanft auf den Tisch und lächelte ihn freundlich an.

»Inspector Connolly, richtig? Aus Dublin? »

Er nickte und sah sie skeptisch an. Wahrscheinlich hatte er mit einer anderen Reaktion gerechnet. Sie setzte sich und nahm ihre Tasse in die Hand, dann stützte sie die Ellbogen auf den Tisch und beugte sich leicht vor. Bildete sie es sich nur ein, oder war er ein Stückchen zurückgewichen? Gut. Er schien es gewohnt zu sein, dass die Menschen um ihn herum so reagierten, wie er es erwartete. Dass die Menschen Respekt vor ihm hatten oder gar eingeschüchtert waren. Das würde sie ändern. Sie war mit gerade mal dreißig zur Geschäftsführerin von Orlas Hotel ernannt worden, und die Männer, die sich ihr gegenüber aufgeplustert oder versucht hatten, sie wie ein kleines Mädchen abzukanzeln, hatten sich die Klinke in die Hand gegeben. Sie hatte gelernt, wie man solche Spielchen beendete, und achtete nun darauf, ihrer Stimme einen leichten und unbeschwerten Tonfall zu geben.

»Ich freue mich, dass Sie da sind. Und natürlich werde ich Sie mit allem, was nötig ist, unterstützen. Sehen Sie …«

Jetzt lehnte sie sich zurück, stellte die Tasse ab und hob die Hände zu einer entschuldigenden Geste.

»Als ich gestern Nacht mit meiner ehemaligen Chefin, Mrs Orla King telefonierte, war sie auch sehr erschüttert und besorgt. Sie kennen sie wahrscheinlich, oder?«

Sie sah in einer kurzen Bewegung seiner Augen, dass er wusste, wer Orla war. Jeder in Dublin kannte ihren Namen.

»Sie wollte mir natürlich sofort helfen und erinnerte sich daran, dass ihr guter Freund Deputy Commissioner Fisher jederzeit für sie da wäre.«

Fiona hatte nun seine volle Aufmerksamkeit. Fisher war, soweit sie wusste, mehr oder weniger der oberste Chef des Inspectors.

»Sie bot an, mit ihm zu sprechen, nur um ihm unsere Unterstützung bei der Aufklärung des Falles zuzusichern.«

Fiona sah, wie der Polizist seine Augen zu schmalen Schlitzen zusammenzog. Er wusste nicht, dass sie bluffte. Sie hatte nicht mit Orla telefoniert und wusste nicht, ob sie überhaupt mit dem Mann befreundet war. Aber ein guter Bluff war immer mit einem Risiko verbunden.

Wieder lächelte sie den Inspector an und hob die Schultern.

»Natürlich habe ich sie beruhigt und ihr gesagt, dass wir das hier vor Ort gut meistern werden. Und dass ich mir sicher bin, dass der zuständige Beamte mit ausreichender Sorgfalt in der Sache vorgehen wird.«

Bei den letzten Worten hatte sie ihre Stimme verschärft und sah ihm direkt in die Augen. Sie hatte ihn offenbar getroffen. Er war wütend über die Drohung, aber er schwieg. Sie nippte an ihrem Tee und hatte das Gefühl, dass die Temperatur im Raum um einige Grad gefallen war. Zeit, das Eis zu brechen.

»Denn ich für meinen Teil mag solche Spielchen nicht. Wie gesagt: Ich helfe Ihnen mit allem, so gut ich kann. Ich heiße Sie als Gast in meinem Haus willkommen, öffne Ihnen alle Türen und werde Sie voll unterstützen.«

Sie machte eine kleine Pause.

»Im Gegenzug erwarte ich Höflichkeit von Ihnen – auch meinen Gästen gegenüber.«

Sie sah ihn unumwunden an. Immerhin war er ihr bisher noch nicht ins Wort gefallen. Sie beschloss, dass das fürs Erste reichen musste.

»Pater Moran war gestern ebenso schockiert wie ich von dem Fund. Er kam heute Morgen zu mir, um zu sehen, ob es mir gut geht.«

Sie nahm einen Schluck von ihrem Tee. Der Inspector schwieg, dann nickte er langsam. Sie meinte, in seinen Augen so etwas wie Respekt zu sehen. Es würde ihnen die nächsten Tage sicherlich erleichtern, wenn er sie auf Augenhöhe wahrnahm.

»Ich muss mich für meine Andeutung entschuldigen, Miss O'Connor.«

Seine Haltung wurde etwas weicher, und er entspannte sich zum ersten Mal, seit er ihre Küche betreten hatte.

Fiona lächelte ihn an, zufrieden mit dem Verlauf des Gesprächs und überrascht, dass er sich für seine Bemerkung entschuldigte. Vielleicht waren die kalten Augen und die steife Haltung eine Art Uniform und nicht sein Charakter. Aber sie würde nicht darauf wetten wollen. Noch nicht.

»Gut. Tee?«

10

Aidan sah zu, wie seine Gastgeberin aufstand und die bauchige Teekanne vom Tisch mitnahm. Sie wandte ihm den schmalen Rücken zu, während sie den kalten Tee ausgoss und die Kanne mit schnellen Handgriffen neu füllte. Sie hatte ihn tatsächlich dazu gebracht, sich zu entschuldigen. Das war ihm lange nicht passiert. Wäre er etwas weniger ehrlich mit sich selbst, könnte er es auf ihre großen, dunklen Augen und das ausdrucksvolle Gesicht schieben.

Aber das wäre gelogen. Was ihn beeindruckte, war die ruhige Kraft, mit der sie ihre Wut nach seiner zugegebenermaßen unangemessenen Nachfrage kontrolliert hatte. Kontrolle wusste er zu schätzen, mehr als jedes schöne Gesicht.

Und so hatte er auch seine Wut, als sie ihm unverhohlen mit einer Beschwerde drohte, im Zaum gehalten. Er war nicht wütend auf sie gewesen, o nein. Sie hatte geschickt eine Karte ausgespielt, die er an ihrer Stelle ebenso benutzt hätte. Was ihn wütend machte, war das Wissen, dass der für ihn zuständige Minister sich wirklich eingemischt hätte, um einer einflussreichen Freundin wie Orla King einen Gefallen zu tun. Was ihn wütend machte, war das Netzwerk aus Gefallen und Abhängigkeiten, das die obersten Ränge des Innenministeriums durchzog und seine Fäden bis in die Garda spannte. Die Garda, korrumpierbar? Eine erschreckende Vorstellung, aber Aidan hatte allen Grund, davon auszugehen. Seit dem letzten Jahr war seine dringende Frage vielmehr, wie weit die Korruption reichte. Seine Chefin selbst,

Superintendent Keala Daly, war eine Ausnahme. Innerhalb der Garda durch Ehrgeiz, Disziplin und Können aufgestiegen, statt durch Beziehungen und die richtigen Freunde. Aber auch sie kämpfte jeden Tag gegen das System. Denn die Beamten, die seine Einsätze absegneten, waren nicht blind, was die Macht und den Geldbeutel wichtiger Leute anging. Doch vielleicht gäbe es bald eine Möglichkeit, etwas dagegen zu tun. Wenn …

Bevor Aidan sich noch mehr in seinen dunklen Gedanken verirren konnte, wurden ihm ein Becher, ein Kännchen mit dickflüssiger Sahne und eine Schale mit braunen Zuckerwürfeln vor die Nase gestellt.

»Die Kaffeemaschine steht oben im Frühstücksraum, wenn Ihnen ein Kaffee lieber wäre.«

Aidan schüttelte den Kopf und versuchte sich an einem Lächeln.

»Nein. Das ist perfekt.«

Und das war es. Der Tee schmeckte gut, die Sahne hatte nie einen Supermarkt von innen gesehen und erinnerte ihn an die Sommerurlaube seiner Kindheit.

Er trank ein paar Schlucke und lehnte sich dann zurück.

»Miss O'Connor, ich möchte so viel wie möglich über Mr Millers letzte Tage erfahren. Und über Ihre weiteren Gäste natürlich.«

»Ich kann Ihnen gerne das Gästebuch geben.«

»Eine Kopie haben mir die Kollegen schon zukommen lassen. Mich interessiert aber mehr, was Sie über Ihre Gäste sonst noch wissen und denken.«

»Mr Miller hatte mit keinem der anderen Gäste zu tun.«

Aidan wollte gerade etwas entgegnen, als Fiona O'Connor ihre Teetasse absetzte und ihn neugierig ansah.

»Wobei ich mir ziemlich sicher bin, dass er nicht wirklich Miller hieß, oder?«

Er unterdrückte seine Überraschung und machte ein möglichst ausdrucksloses Gesicht.

»Wie kommen Sie darauf?«

»Also habe ich recht?«

Aidan lächelte nur. Er würde sich nicht in die Karten schauen lassen, aber er war verdammt neugierig, wie sie zu ihrem Verdacht gekommen war.

»Erzählen Sie bitte einfach, was Sie wissen, ja? Und ich würde das Gespräch ab jetzt gerne aufzeichnen.«

Er stellte ein kleines Diktiergerät auf den Tisch, schaltete es an und sprach kurz die wichtigsten Daten auf das Band. Miss O'Connors hochgezogene Augenbrauen ignorierte er.

»Nun gut. Als Mr Miller vor drei Tagen anrief, hatte er Glück, dass eines der kleinen Zimmer unter dem Dach noch frei war. Ein anderer Gast hatte kurzfristig abgesagt. Am Telefon klang er kurz angebunden und eher schroff. Er ging auf meine Versuche, ihm das Haus und das Zimmer zu beschreiben, nicht ein, und ich nahm an, er sei geschäftlich unterwegs. Er sagte auch nichts zu dem Zimmerpreis, obwohl er mit wenigen Klicks gesehen hätte, dass der Ort noch ein Hotel hat, dessen Zimmer nur ein Drittel dessen kosten, was ich veranschlage. Daher ging ich von einem Geschäftsmann aus, der die Spesen nicht selbst zahlt. Doch als er dann vor mir stand, war ich wahrscheinlich ebenso verwirrt wie Sie vorhin beim Anblick von Pater Moran und mir. Sie hatten sich uns anders vorgestellt, richtig?«

Aidan verzog kurz das Gesicht, lächelte dann aber.

»Ja. Ich habe gehört, dass das Opfer vom Dorfgeistlichen und der Vermieterin eines Bed and Breakfast gefunden wurde. Und meine Vorstellung von Ihnen war zugegebenermaßen eine andere als die Realität.«

»Der schrullige Dorfgeistliche und die ältere, mütterliche Vermieterin, oder? Sie haben zu viele Filme mit Alec Guinness gesehen.«

Aidan musste bei dem Gedanken an die Father-Brown-Verfilmungen aus den fünfziger Jahren lächeln. Seine Mutter hatte die Filme geliebt. Er konnte noch heute, wenn er einen der Filme sah, ihren Duft nach Gesichtscreme und Zitronenseife riechen und die Wärme ihres Atems an seiner Wange spüren. Er vermisste sie sehr. In den letzten Wochen vor ihrem Tod hatte er oft neben ihr gesessen und ihr vorgelesen. Nicht wissend, ob sie durch den Nebel aus Medikamenten und Schmerzen seiner Stimme noch folgen konnte.

»Erwischt. Und warum haben Sie sich Mr Miller anders vorgestellt? Was passte nicht?«

»Sein Akzent, seine Art, die Wörter in die Länge zu ziehen und die Enden zu verschlucken, hatten für mich am Telefon das Bild eines ganz anderen Mannes ergeben. Ich erwartete einen Dubliner mittleren Alters. Jemanden, der zum Beispiel als Vertreter einer größeren Baufirma oder so unterwegs war. Aber vor mir stand ein Mann in einem teuren, aber nicht perfekt sitzenden Anzug, der mir erzählte, er sei Fotograf und auf der Suche nach einem neuen Projekt.«

Aidan sah, wie sie sich in die Situation zurückversetzte.

»Seine Kamera war neu, er trug seine Ausrüstung in einer großen schwarzen Tasche mit sich, an der kein Kratzer und kein Fleck zu sehen war. Und er ließ die Tasche ziemlich achtlos neben sich auf den Boden fallen, als er hier ankam. Im Hotel in Dublin hätte ich jedem Mitarbeiter, der so mit der sichtlich teuren Ausrüstung eines Gastes umgegangen wäre, die Leviten gelesen. Seine Schuhe waren ebenfalls so neu, dass die Sohle auf der Treppe noch leichte schwarze Spuren hinterließ. Sein Koffer, ein metallener Flugkoffer, der ziemlich teuer aussah, hatte ebenfalls nicht einen Kratzer und war bestimmt noch nie auf einen Gepäckförderband. Sie wissen ja, wie Koffer nach einer Flugreise aussehen. Er nestelte die ganze Zeit an seinem Hemdkragen und der Krawatte herum, als habe er so was noch nicht oft getragen. Seine Hände waren rau und die Nägel nicht gefeilt. Er war blass wie jemand, der die Sonne nicht oft sieht. Er griff sich beim Eintreten an seinen Kopf, als wollte er einen Hut abnehmen, den er aber nicht trug. Ich wette aber, dass er das normalerweise tut.

Sein Haar war definitiv mit einer Maschine geschnitten, nicht mit der Schere. Ich hätte ihm einige Berufe zugetraut – aber Fotograf? Es passte alles nicht zusammen.«

Aidan schwieg beeindruckt. Wusste Miss O'Connor, was für eine gute Beobachterin sie war? Und wie wertvoll damit für seine Ermittlungen? Wenn sie denn die Wahrheit sagte. Er wollte gerade etwas einwerfen, aber sie hob ihre schmale Hand, um ihn zu unterbrechen.

»Und als er sich ins Gästebuch eintrug, brauchte er sehr lange, um alles auszufüllen. Und er hat jede Kategorie ausgefüllt. Die meisten Gäste, die viel unterwegs sind, belassen es bei Namen und Adresse. Das ist legitim, nur die Touristen aus dem Ausland füllen den Bogen immer vollständig aus, weil sie es in ihren Reiseführern so erklärt bekommen. Doch auch er füllte alles aus. Ungewöhnlich für einen weit gereisten Fotografen, oder? Und als er unterschrieb, setzte er den Stift zuerst oben an und zog einen Strich nach unten. Dann setzte er ab und malte förmlich die weiteren Striche des M dazu. So unterschreibt niemand mit seinem eigenen Namen.«

Fiona lehnte sich zurück und sah dem Polizisten in die Augen.

»Daher vermute ich, dass er nicht Steve Miller hieß und auch nicht der war, der zu sein er vorgab.«

Aidan schüttelte den Kopf. Das hatte er wirklich nicht erwartet.

»Sie haben das alles beobachtet? Warum?«

Er kannte nur wenige Menschen, die ihre Umwelt so genau wahrnahmen. Opfer, die gelernt hatten, sich zu schützen, oder Täter, die auf die nächste Gelegenheit warteten. Ermittler, die geschult darin waren, Dinge wahrzunehmen und abzuspeichern, egal ob Kennzeichen oder Gesichter. Aber Fiona O'Connor schien in keine der Gruppen zu passen. Sie sah ihn nachdenklich an.

»Ich glaube, weil es einfach Teil meines Berufes ist. Ich habe über zwanzig Jahre in Hotels gearbeitet. Und es gibt eine Währung, die immer zählt, die dafür sorgt, dass aus einem durchschnittlichen Hotel ein besonderes Hotel wird, in das die Gäste wiederkommen. Und das ist ihre Zufriedenheit. Es ist immens wichtig, seine Gäste einordnen zu können. Wenn ich sie einordnen kann, wenn ich eine Idee davon bekomme, wer sie sind, woher sie kommen, wohin sie gehen, dann kann ich ihnen eine perfekte Gastgeberin sein. Meistens ergibt sich schnell ein Bild. Bei Mr Miller jedoch nicht.«

Aidan vergaß für kurze Zeit, dass er mit einer Zeugin und möglichen Verdächtigen sprach, denn das, was sie gesagt hatte, faszinierte ihn.

»Vielleicht ist das meinem Beruf dann gar nicht so unähnlich. Ich schätze Leute oft innerhalb weniger Minuten ein, sehe mir an, woher sie kommen oder wohin sie gehen. Wer sie sind. Und um zu verstehen, warum einige von ihnen zu Tätern werden, muss ich nicht nur wissen, wer sie sind, sondern umso mehr, wer sie sein wollen. Und wie weit sie dafür gehen würden.«

Er setzte sich aufrechter auf der Küchenbank zurecht. Miss O'Connor war eine Zeugin, und wie alle anderen Menschen im Dorf konnte sie auch eine Verdächtige sein. Er sollte auf Distanz achten.

Gerade als er zu einer Frage über die anderen Gäste ansetzen wollte, wurde die Küchentür aufgerissen, und zwei Jungen stürmten herein.

»Miss O'Connor! Sehen Sie mal, wir haben …«

Der größere der beiden, vielleicht acht Jahre alt, brach ab und setzte einen vorsichtigen Blick auf, als er Aidan am Küchentisch erblickte. Der kleinere versteckte sich mit einem schnellen Schritt hinter ihm. Dass die beiden Brüder waren, erkannte man sofort. Aidan musste schmunzeln, als er die leicht abstehenden Ohren unter den rotblonden Haaren und die unvermeidlichen Sommersprossen der beiden sah. Fiona O'Connor hatte sich durch den plötzlichen Lärm in ihrer Küche nicht aus der Ruhe bringen lassen und lächelte die beiden an.

»Was wolltest du sagen, Sean?«

Dann fiel ihr Blick auf das, was der Junge in seinen Händen trug, und sie wurde blass.

»Wir haben den toten Vogel draußen neben der Mauer gefunden, und jetzt wollen wir ihn zu Dr Walsh bringen. Vielleicht schneidet er ihn ja auf oder so?«

Die Stimme des Jungen war hoffnungsvoll, wenngleich Aidan in der Art und Weise, wie vorsichtig er den Vogel auf seine Hand gelegt hatte, einiges an Mitgefühl erkannte.

Nun meldete sich der Kleinere zu Wort, während Miss O'Connor immer noch mit großen Augen auf den Vogel starrte.

»Sean sagt, es ist ein Rotkehlchen. Und dass es nicht wieder aufwachen wird.«

Aidan musste an seine eigene Tochter in dem Alter denken. Der Tod war mit fünf Jahren noch so etwas Abstraktes für sie gewesen, dass sie ihn am Sarg ihrer Tante gefragt hatte, wann diese denn nun wieder aufstehen werde.

»Ihr dürft Dr Walsh jetzt nicht wecken.«

Fiona O'Connor hatte ihre Stimme wiedergefunden und stand mit einem leisen Seufzer auf.

»Was macht ihr eigentlich schon so früh hier draußen? Ich hoffe, eure Eltern wissen, dass ihr schon unterwegs seid.«

»Mum hat gesagt, wir sollen wieder verschwinden. Und Dad hat nur geknurrt und sich die Decke über den Kopf gezogen.«

Sean sah auf seine Fußspitzen und grinste breit, wobei er eine beeindruckende Zahnlücke entblößte. Fiona lachte.

»Da ihr noch euren Schlafanzug tragt, meinte sie wohl, dass ihr wieder in euer Zimmer verschwinden sollt, hab ich recht?«

Sean grinste weiterhin, nur sein kleiner Bruder wurde rot.

»Wir haben extra die Gummistiefel erst draußen angezogen.«

Aidan beobachtete neugierig, wie Fiona O'Connor zu einer kleinen Tür an der Seite der Küche ging, um kurz darauf mit einem Karton in der Hand zu den Jungs zu treten.

»So. Ich mache euch mal einen Vorschlag: Ihr legt den Vogel hier in den Karton, und ich bewahre ihn sicher für euch auf, bis

Dr Walsh nachher zum Frühstück auftaucht. Dann könnt ihr ihn höflich fragen, ob er sich zusammen mit euch den Vogel einmal anschauen mag. Ich bin mir sicher, er wird begeistert sein. Und bis dahin dürft ihr in das kleine Fernsehzimmer. Ich bringe euch euren Kakao, und ihr macht es euch gemütlich. Draußen ist es zu kalt, um nur im Schlafanzug herumzulaufen. Was haltet ihr davon?«

Die Jungs schienen viel davon zu halten, denn beide nickten eifrig.

»Wascht euch eure Hände am Waschbecken in der Spülküche. Mit Seife! Und dann geht leise ins Zimmer, ich komme gleich.«

Aidan sah den beiden nach, wie sie leise miteinander redeten, sich schubsten und die Küche verließen. Miss O'Connor stellte einen Topf auf den Herd und goss Milch hinein.

»Die Kavanagh-Jungen, Sean und Brian. Die Eltern wollten hier eine Woche Urlaub machen, um die Landschaft zu genießen und den beiden Jungs die Natur näherzubringen.«

Sie starrte auf die Kiste auf dem Tisch.

»Das mit der Natur scheint ganz gut geklappt zu haben. Aber die Landschaft auf langen Spaziergängen zu genießen, stellte sich dann überraschenderweise nicht gerade als das Programm heraus, was zwei Jungs in dem Alter zu schätzen wissen.«

Aidan musste lachen.

»Ich habe ihnen eine Liste mit Ausflugszielen zusammengestellt, die für alle etwas bieten. Und Millie hat die beiden Jungs schon zweimal mitgenommen auf ihren kleinen Hof, so dass die Eltern etwas Ruhe hatten.«

»Millie?«

»Ah, Millie Byrne. Sie hilft mir in der Küche und kümmert sich um die Zimmer und die Wäsche. Sie hat einen winzigen Hof hinten an der Straße nach Lahinch und hält dort Hühner, Gänse, Ziegen. Ein Paradies für die Kinder – und Millie hat gute Nerven. Außerdem haben die Eltern sie für die willkommene Auszeit gut bezahlt. Glückliche Kinder, glückliche Eltern. Ich sollte

Millies Dienste als Babysitterin in das offizielle Angebot mit aufnehmen.«

Aidan griff nach dem Karton und öffnete den Deckel. Auch unter dem Licht der Küchenlampe konnte er keine Bissspuren an dem toten Tier entdecken. Also war es nicht der Fuchs gewesen. Irgendwie erleichterte ihn das.

»Und Dr Walsh?«

»Dr Walsh und seine Frau Ruth sind die Gäste aus Zimmer drei. Er hat den Fehler gemacht, den Jungs zu erzählen, dass er Tierarzt ist, und nun bringen sie ihm alles, was da kreucht und fleucht. Er spielt fleißig mit, auch wenn er seit Jahren nicht mehr als Tierarzt praktiziert, sondern als Vertreter für Futtermittel arbeitet. Seine Frau hat mir verraten, dass er seine Enkelkinder fürchterlich vermisst. Sein Sohn ist mit seiner Familie im letzten Jahr nach Amerika gezogen. Sie überlegen wohl, nach seiner Pensionierung auch in die Staaten zu gehen. Aber die Entscheidung fällt ihnen schwer.«

Aidan lehnte sich zurück, während Fiona aus einem der Schränke eine Dose herausholte und dunkles Kakaopulver in die heiße Milch löffelte. Dann gab sie aus einer anderen Dose Zucker dazu und ließ beides einmal aufkochen.

»Kein Fertigpulver?«

Sie schnaubte.

»Nein, zum Entsetzen der beiden Jungs nicht. Ich musste sie erst einmal davon überzeugen, dass man auch Kakao trinken kann, der nicht mit bunten Figuren auf der Verpackung daherkommt.«

Sie füllte zwei stabile Tassen zu zwei Dritteln mit dem Kakao und gab dann aus einer kleinen Dose je eine Handvoll kleiner Marshmallows in die Tassen.

»Ich habe keine Marshmallows zu meinem Tee bekommen.«

Er schaute auf, als sie ein helles Lachen ausstieß.

»Sie sind ja auch nicht gerade sieben geworden und haben eine herzzerreißend süße Zahnlücke. Ich bringe den beiden einmal die

Tassen, und dann zeige ich Ihnen Ihr Zimmer. Wobei es noch versiegelt ist, aber das ist wahrscheinlich kein Problem für Sie?«

Als sie mit den Tassen aus der Küche ging, lehnte Aidan sich zurück und blickte auf den offenen Karton. So schön dieser Ort sein mochte, sosehr er sich gerade danach sehnte, einfach auch in das Fernsehzimmer zu gehen, heißen Kakao zu trinken und früh am Morgen mit den beiden Jungs Cartoons zu gucken, wie er es früher so oft mit seiner Tochter getan hatte, so sehr erinnerte ihn der tote Vogel daran, warum er hier war.

Er stand auf und griff nach seiner Tasche. Zeit, an die Arbeit zu gehen.

11

Fiona ging neben dem Polizisten den schmalen Gartenweg entlang zum Haupteingang des Cottage. Sie war sich nun seiner Nähe sehr bewusst. Er wirkte in dem kleinen Garten wie ein Fremdkörper. Ein ziemlich großer Fremdkörper. Sie beobachtete aus dem Augenwinkel, wie er seinen Blick über das Haus und die Scheune schweifen ließ.

Nein, vielleicht war fremd nicht das richtige Wort – vielmehr bewegte er sich mit einer Wachsamkeit, einer ständigen Angespanntheit, wie sie vielleicht einem Raubtier eigen war. Einem Wolf.

Sie hatte einen ausgestopften grauen Wolf im Nationalmuseum gesehen, dem »Dead Zoo«, wie viele es nannten. Die letzten Wölfe waren Ende des achtzehnten Jahrhunderts in Irland gesehen worden – und Fiona war erschrocken, wie groß ihre instinktive Furcht gewesen war, als sie damals dem präparierten Wolf gegenüberstand. Direkt gefolgt von so etwas wie Trauer über die verlorene Schönheit und Kraft, die sogar dem toten Tier noch innewohnten. Wenn sie beschreiben müsste, wie sie sich die Bewegungen eines Wolfes vorstellte – Connollys Schritte kamen dem sehr nahe.

Als sie vor der grün gestrichenen Tür des Haupthauses angekommen waren, hielt sie die Stille nicht mehr aus.

»Ich habe das Haus vor zehn Monaten geerbt, nachdem meine Eltern kurz hintereinander gestorben waren.«

Er sah sie von der Seite her an.

»Mein Beileid.«

»Oh, ja. Danke. Ich sollte wohl sagen, dass wir über fast zwanzig Jahre lang keinen Kontakt hatten. Ich habe sie vor ihrem Tod nicht mehr gesehen. Ich bin sehr jung nach Dublin gegangen – es gab Auseinandersetzungen. Der Kontakt brach ab.«

»Worüber haben Sie sich mit Ihren Eltern gestritten?«

Sie seufzte und legte eine Hand auf die Türklinke.

»Das ist alles schon so lange her.«

Warum in aller Welt hatte sie ihm überhaupt davon erzählt? Er machte sie nervös – und sie war müde und nach der letzten Nacht vielleicht doch erschöpfter, als sie angenommen hatte. Doch bevor sie die Haustür öffnen konnte, wurde sie energisch von innen aufgerissen.

»Guten Morgen, Miss O'Connor! So früh schon unterwegs?«

Fiona lächelte höflich.

»Miss McCarthy. Sie sind aber ebenfalls schon früh unterwegs.«

Doch Marge McCarthy beachtete Fiona nicht weiter und wandte sich eifrig dem Inspector zu.

»Ah, ein neuer Gast?«

»Inspector Aidan Connolly, sehr erfreut. Ich hoffe, wir haben Sie nicht geweckt?«

Fiona schnaubte leise, als sie sah, wie der Inspector innerhalb von Sekunden seine mürrische Miene ablegte und durch ein charmantes Lächeln ersetzte. Auch seine Stimme wurde weicher, und sie konnte förmlich sehen, wie Miss McCarthy unter dem Blick aus seinen grauen Augen dahinschmolz.

»Keineswegs. Ich bin schon lange wach. Nur der frühe Vogel fängt den Wurm, richtig?«

Fiona dachte an das tote Rotkehlchen, das in der Pappschachtel in der Abstellkammer lag.

»Ich zeige dem Inspector mal sein Zimmer.«

Sie wollte sich an Miss McCarthy vorbeischieben, aber die alte Dame stellte sich ihr resolut in den Weg.

»Aber doch nicht das des armen, armen verstorbenen Mr Miller?«

Bevor Fiona reagieren konnte, fiel der Inspector ihr ins Wort.

»Warum sagen Sie, dass Mr Miller arm gewesen sei, Miss McCarthy?«

Fiona bemerkt, dass der sonst so forschen Frau die Nachfrage des Inspectors unangenehm war und sie seinem Blick auswich.

»Nun ja, er ist doch ermordet worden, in der Mühle. Wissen Sie, dass es dort spuken soll? Der Geist des ehemaligen Müllers. Der hat sich da umgebracht, und daher kommt er nicht zur Ruhe.«

Sie musste den skeptischen Blick des Inspectors gesehen haben und setzte erneut an.

»Also nicht, dass ich an so etwas glaube. Aber trotzdem ist der arme Mann dort gestorben, so weit weg von seinem Zuhause.«

»Hat er Ihnen denn erzählt, wo er zu Hause ist?«

»Nein, nein. Wir haben nicht mehr als ein ›Guten Morgen‹ miteinander gewechselt.«

»Wie kommen Sie dann darauf, dass er weit weg von zu Hause gewesen ist?«

Miss McCarthy schien mit sich zu ringen. Die Nachfragen des Inspectors waren ihr offenbar unangenehm, ihre Neugierde aber so groß, dass sie das Gespräch unbedingt weiterführen wollte.

»Nun ja, wissen Sie, meine Schwester hat ja den kleinen Laden im Dorf. Also meiner Meinung nach völlige Zeitverschwendung, der wirft nicht mal genügend Profit ab, um damit die laufenden Rechnungen zu bezahlen, aber sie hängt ja so daran, das dumme Ding. Und sie muss auch die Stellung halten, ohne sie gäbe es ja überhaupt keinen Laden mehr im Dorf, und die Poststelle macht sie auch, und das ist wirklich eine wichtige Aufgabe. Wo sollten denn sonst gerade die alten Leute ihre Briefchen abgeben oder ihren Kaffee kaufen? Und dieser Mr Miller, der war an seinem ersten Tag hier auch im Laden.«

Sie sah den Inspector nun wieder direkt an.

»Er kam und fragte, ob er einige Fotos im Laden machen dürfe, für einen Artikel über Ballinwroe. Und dann hat er von seinem kleinen Dorf erzählt, oben im Norden, wo er herkommt. Und wie schade es sei, dass dort so wenige Kinder lebten und so viele Familien weggezogen seien. Er wollte wissen, ob es noch viele junge Leute und Kinder gebe. Und die ganzen alten Fotos und Zeitungsartikel an den Wänden hat er sich angesehen.«

Sie schüttelte den Kopf.

»Sie müssen wissen, dass meine Schwester alles sammelt und aufbewahrt, was es über das Dorf gibt. Ihr Laden ist ein einziges Museum.«

»Dann haben Sie ja doch mit ihm gesprochen? Im Laden?«

»Ich? Nein, meine Schwester. Sie hat mir alles erzählt.«

»Ah, dann werde ich Ihrer Schwester nachher auch noch einen kleinen Besuch abstatten.«

Das schien Miss McCarthy nicht zu gefallen, und ihr Lächeln wurde dünner.

»Können Sie mir sonst noch etwas erzählen?«

»Nein, nein. Ich meine, es war sicherlich schlimm genug für Miss O'Connor hier, den Toten zu finden. Wie schauerlich. Zum Glück war der junge Pater dabei. Er war sicherlich eine *große* Hilfe für Sie, Miss O'Connor. Immer so hilfsbereit, und zu jeder Tages- und Nachtzeit für seine Gemeindemitglieder da.«

Fiona sah bei ihren letzten Worten kurz auf. Anscheinend hatte auch sie gesehen, dass Pater Moran heute Morgen bei ihr gewesen war. Sie seufzte. Gerüchte gab es überall, ein Hotel war mit seinen Angestellten und den oft langen Arbeitszeiten eine perfekte Brutstätte dafür. Sie hatte nur vergessen, wie schnell in einem Dorf so etwas die Runde machen konnte. Ihr war es egal, schlechter, als er war, konnte ihr Ruf eh nicht werden. Aber sie sollte dringend mit Pater Moran sprechen.

Bevor Miss McCarthy sich weiter auslassen konnte, legte Fiona dem Inspector eine Hand auf die Schulter und drängte ihn durch die Tür.

»Dann zeige ich Ihnen jetzt das Zimmer. Miss McCarthy, wir sehen uns ja sicherlich nach Ihrem Spaziergang beim Frühstück?«

Sie atmete auf, als die alte Dame unwillig den Weg frei machte, und schob den Inspector ins Haus.

»Warum wohnt sie hier bei Ihnen in Greenhills und nicht bei ihrer Schwester?

»Edna hat zwei Katzen, eine völlig vollgestopfte Wohnung über dem Laden und sehr eigene Ideen davon, wie die Dinge zu laufen haben. Und Marge hat eine ausgeprägte Allergie. Gegen die Katze. Wobei ich mir nicht sicher bin, ob das eine Ausrede ist. Die beiden Schwestern sind sehr eigenwillig. Sie können in einem Moment ein Herz und eine Seele sein und im nächsten Moment mit wilden Flüchen aufeinander losgehen. Marge McCarthy war vor Eröffnung des Cottage immer im Hotel von Nathan Flynn, dem Bürgermeister, untergebracht.«

»Und jetzt ist sie hier?«

Fiona konnte die Genugtuung nicht ganz aus ihrer Stimme verbannen.

»Ja.«

»Sorgt das nicht für dicke Luft, wenn Sie jemandem die Gäste abspenstig machen?«

Fiona schnaubte.

»Würde Flynn ein halbwegs sauberes und gastfreundliches Haus führen, würde er keine Gäste an mich verlieren. Seine Zimmer kosten nur ein Bruchteil dessen, was ich verlange. Und Mrs McCarthy ist sicherlich nicht ohne guten Grund bereit, auch nur einen Cent mehr auszugeben als notwendig. Nein, ich mache ihm keine Gäste abspenstig, er vertreibt sie schön selbst.«

Sie versuchte, ihrer Stimme einen neutralen Ton zu geben, und beobachtete, wie der Inspector sich erneut genau umsah.

»Sind das alle Gäste, die zurzeit hier sind?«

»Ja. Das Ehepaar Nolan und das Ehepaar Walsh haben jeweils ein großes Zimmer mit Bad im ersten Stock, die Kavanaghs teilen sich mit ihren Söhnen die beiden Doppelzimmer im Erdgeschoss. Die Zimmer sind mit einer Tür verbunden. Im Erdgeschoss befinden sich außerdem noch das Fernsehzimmer, oder besser gesagt: die kleine Bibliothek und mein Büro, das gleichzeitig der Empfangsraum ist. Miss McCarthy hat ein etwas kleineres Zimmer im Dachgeschoss, wo es zurzeit noch ein weiteres Zimmer gibt – das Mr Miller bewohnte.«

Sie sah den Inspector an.

»Das sind alle Gäste, die in den letzten Tagen hier waren, und ich kann mir bei keinem von ihnen vorstellen, dass er etwas mit dem Mord zu tun hat.«

»Das glaube ich Ihnen nicht.«

»Was?«

Fiona starrte ihn überrascht an.

»Menschen sagen das immer wieder, dass sie nicht glauben können, dass jemand, den sie kennen, einen Mord begeht. Aber ich sage Ihnen mit all meiner Erfahrung: Jeder Mensch könnte im Zweifelsfall töten. Vielleicht nicht selbst, mit der eigenen Hand. Aber sicherlich, indem er wegsieht, auf einen Knopf drückt – das Einzige, was stimmen muss, ist das Motiv.«

Fiona wusste nicht, ob ihr der Gedanke gefiel. Könnte sie jemanden töten? Darüber hatte sie noch nie nachgedacht.

»Welche Motive gibt es denn Ihrer Meinung nach?«

»Angst. Wut. Gier. Rache. Ich glaube, jeder Mord ist auf einen dieser Gründe zurückzuführen. Aber ich glaube auch daran, dass es viele gute Gründe gibt, diesen Impulsen nicht nachzugeben. Und dass uns normalerweise eine Mischung aus moralischen Überzeugungen, Mitgefühl und oft auch einfach Angst vor Strafe davon abhält. Normalerweise.«

Fiona wurde bei seinen Worten kalt.

»Ich weiß nicht, ob mir diese Sicht auf andere Menschen gefällt.«

Mittlerweile waren sie die Treppen hinaufgestiegen und standen auf dem durch zwei geschickt platzierte Oberlichter hell erleuchteten Flur des Dachgeschosses.

Bei dem Vorschlag der Architektin, es um mehr als einen Meter anzuheben und so gleich drei weitere Zimmer zu gewinnen, hatten Fiona erst einmal die Worte gefehlt. Aber da sie das Dach ohnehin neu eindecken und einige der alten Balken hatte austauschen müssen, waren die zusätzlichen Kosten nicht allzu sehr ins Gewicht gefallen. Und wie es sich gelohnt hatte! Alle Zimmer hatten nun über die gesamte Fläche an Stehhöhe gewonnen. Sie hatte große Fenster einsetzen lassen, die den Blick weit über das Land freigaben.

Das Zimmer, in dem Fiona die ersten sechzehn Jahre ihres Lebens jeden Morgen aufgewacht war. Um damals aus dem kleinen Dachfenster sehen zu können, hatte sie sich auf ihren wackeligen Schreibtischstuhl stellen müssen. Trotz der unbequemen Haltung hatte sie schon als Kind stundenlang am Fenster stehen und auf den Fluss, das Dorf und die fernen Klippen blicken können. Sie hatte die Wolken beobachtet, die entweder im milden Sommerlicht sanft dahinzogen oder von den heftigen Stürmen im Frühjahr und Herbst über den Himmel gepeitscht wurden. Die Weite des Himmels und der Landschaft hatte sie stets gefangen genommen – vielleicht, weil sie in einem so großen Gegensatz zu der Enge standen, die das Leben ihrer Eltern bestimmte.

Sie war gespannt, wie Inspector Connolly auf den Raum, der für sie einer der schönsten des Cottage geworden war, reagieren werde.

»Hier ist es.«

Fiona zeigte auf die Tür, an der noch ein Siegel der Polizei hing.

»Die Kollegen sagten, Sie würden entscheiden, ob es wieder geöffnet werden darf.«

Aidan ging auf die Tür zu, um nach dem Siegel zu greifen. Dann hielt er inne.

»Es wurde durchschnitten.«

»Was?«

Sie trat einen Schritt vor, aber er hielt sie mit einer Handbewegung zurück und drückte die Türklinke vorsichtig mit seinem Ellenbogen nach unten. Sie schwang auf.

»Ist die Tür immer unverschlossen?«

Sie hörte das Entsetzen in seiner Stimme und beeilte sich, ihm das unauffällige schwarze Kästchen unter dem Türschloss zu zeigen.

»Nein, natürlich nicht. Die Türen können mit einem Chip geöffnet werden.«

Sie zog ihren Schlüsselbund hervor, an dem ein runder, schwarzer Chip hing, und zeigte ihn ihm.

»Das ist meiner, er funktioniert an allen Türen.«

Aber der Inspector schien ihr gar nicht zugehört zu haben und griff mit einem leisen Fluchen zu seinem Mobiltelefon.

»Verdammt!«

Sie starrte ihn erstaunt an.

»Der Chip – das Opfer muss seinen also dabeigehabt haben?«

»Oh. Ja. Natürlich. War er nicht …«

Doch der Inspector unterbrach sie.

»Scott? Greenhills verfügt über ein modernes Schließsystem mit einem Chip. War einer bei den Sachen des Opfers?«

Sie sah, wie er ungeduldig wartete und mit dem Fuß die Tür weiter aufschob.

»Nein? Gut. Ich melde mich nachher bei Ihnen.«

Er stopfte sein Telefon zurück in die Jackentasche und trat einen Schritt zur Seite. Nun konnte sie an ihm vorbei in das Zimmer blicken – und musste erst einmal ein Stöhnen unterdrücken.

Jemand hatte alles auf den Kopf gestellt. Die Bettwäsche war abgezogen, die Matratze aufgestellt. Alle Bücher lagen auf dem

Boden, und die Bilderrahmen waren von der Wand genommen und in ihre Einzelteile zerlegt worden. Die Teppiche hatte jemand auf das Bett geworfen und alle Fußleisten abgelöst. Fiona wollte automatisch weiter in das Zimmer gehen, wurde jedoch von dem Inspector aufgehalten.

»Nein. Da muss erst wieder ein Team dran, um nach Spuren zu suchen.«

Fiona hatte genug gesehen. Es tat ihr in der Seele weh, den Raum so vor sich zu sehen. Connolly stand an der Zimmertür und starrte dumpf in das Zimmer. Fiona sollte ihn einfach in Nathan Flynns Hotel schicken, froh darüber, ihn somit losgeworden zu sein. Nur wollte sie ernsthaft, dass Flynn ihn in die Finger bekam? Das wäre nicht klug.

Müde stieß sie sich von der Wand ab und räusperte sich.

»Ich kann Ihnen ein anderes Zimmer anbieten. Es ist noch nicht ganz fertig, aber es sollte gehen.«

Als er sie erstaunt ansah, wies sie auf eine weitere Tür am Ende des Flurs.

»Es ist nicht rechtzeitig fertig geworden, und ich wollte den neuen Gästen keinen Baulärm zumuten. Aber es hat ein Bett, und die Dusche funktioniert auch schon.«

Ohne seine Antwort abzuwarten, ging sie den hellen Gang hinunter und öffnete die Tür.

12

Aidan betrat das Zimmer und sah sich neugierig um. Der Raum hatte ein große, moderne Glasfront, die den Blick auf das Dorf und den Fluss freigab. Die Wände waren verputzt und in einem hellen Lavendelton gestrichen. Obwohl es eine Farbe war, die Aidan selbst niemals freiwillig gewählt hätte, sorgte sie zusammen mit dem dunklen Holzfußboden für eine friedliche Atmosphäre. Neben dem Fenster stand ein kleiner Schreibtisch, auf dem Boden lag ein dicht gewebter Teppich in einem dunklen Lila. An der gegenüberliegenden Wand, dort, wo in vielen anderen Hotels der Fernseher gewesen wäre, stand ein alter Schminktisch, dessen Spiegel an den Rändern stumpf angelaufen war und von seinem Alter erzählte.

»Die Tür zum Badezimmer ist noch nicht da – und Sie müssten mit der Kleiderstange vorliebnehmen. Der Tischler wird in den nächsten Wochen noch einen Schrank in die Nische setzen.«

Er drehte sich um und sah Miss O'Connor an, die mit einem entschuldigenden Blick in der Zimmertür stand.

»Es gibt auch noch keinen Fernseher, aber es graut mir einfach, ihn sichtbar in das Zimmer zu stellen. Das Bad ist funktionsfähig, die Dusche dürfte für Sie vielleicht etwas klein sein – ich hatte geplant, das Zimmer vor allem an Frauen zu vermieten, zusammen mit dem Zimmer nebenan, in dem jetzt Miss McCarthy ist. Für Mütter und Töchter oder Freundinnen, die von hier aus wandern gehen wollen, oder …«

Neugierig beobachtete Aidan, wie sie zum ersten Mal, seit er vor ihrer Küche gestanden hatte, angespannt wirkte.

»Sie sind nervös.«

Er wollte wissen, wie sie auf seine Direktheit reagierte. Wieder überraschte sie ihn, indem sie kurz innehielt und dann nickte.

»Und wie. Jemand war hier im Haus, um das Zimmer eines Mordopfers zu durchwühlen. Wie ich das meinen Gästen näherbringen soll, weiß ich nicht.«

»Zerbrechen Sie sich nicht den Kopf, ich werde mit Ihren Gästen sprechen.«

Aidan warf seine Tasche auf das Bett und drehte sich wieder zu ihr um. Gedankenverloren stand sie im Türrahmen. Ihr Gesicht war ernst und blass.

»Vielleicht hat jemand etwas gehört.«

Aidan verkniff sich, sie darauf hinzuweisen, dass vielleicht einer der Gäste noch viel mehr getan hatte, als etwas zu hören. Sie würde schon selbst darauf kommen.

»Ich werde die Gäste bitten, im Frühstücksraum auf Sie zu warten.«

Ohne ein weiteres Wort ging sie, und er hörte ihre Schritte auf dem Flur leiser werden. Das Haus war alt, aber nicht allzu hellhörig. Keine knarzenden Dielen, keine quietschende Treppe. Es war also für einen anderen Gast jederzeit möglich gewesen, sich zu dem Zimmer zu schleichen. Und für Fiona O'Connor auch, die einen Duft nach Rosen und frischgebackenem Brot im Raum hinterlassen hatte, wie er nun wahrnahm.

Er trat ans Fenster. Vor ihm erstreckten sich die grünen Hügel, der Fluss und das Dorf im ersten Tageslicht. Noch waren die Hecken und Büsche neben den Wegen kahl, noch blühten in den Gärten des Dorfes keine Blumen. Doch er konnte sich vorstellen, wie es hier im Mai aussah. Kindheitserinnerungen an Sommerreisen mit seinen Eltern zogen an seinen Augen vorbei und überzogen die Landschaft vor ihm mit einem Schleier aus Melancholie und Vergänglichkeit.

Hinter den sanften Erhebungen, gerade außerhalb seiner Sicht, würden die Hügel flacher werden und erst an den steilen Klippen von Moher enden. Vielleicht konnte man in diesem Zimmer, wenn das Fenster geöffnet war und der Wind aus Richtung See wehte, die Wellen hören. Wellen, die wieder und wieder gegen die Felsen schlugen und die Menschen daran erinnerten, wie unbedeutend sie eigentlich waren.

Aidan schloss für wenige Sekunden die Augen und versuchte, die Müdigkeit, die ihn urplötzlich befallen hatte, wieder abzuschütteln. Er würde seine Arbeit machen, hier in diesem Dorf, und später wieder nach Dublin zurückkehren. Und der Sommer und die Klippen und das Meer, die blühenden Weißdornhecken und Fuchsienbüsche würden vorerst Teil seiner Erinnerung bleiben müssen.

Er öffnete die Augen, warf einen letzten sehnsuchtsvollen Blick aus dem Fenster in Richtung Meer und wandte sich dann zur Tür. Er war gespannt, was die Gäste ihm zu erzählen hatten.

13

Der Frühstücksraum über der Küche war Fionas ganzer Stolz. Eigentlich sollte er einen passenderen Namen haben, und sie hatte lange überlegt, wie sie ihn nennen könnte, aber ebenso, wie ihr Bed and Breakfast schlicht »Greenhill Cottage« hieß, war der Raum bei den Gästen »The Breakfast Room« geworden. Manchmal waren die einfachen Dinge die besten.

Er lag im ersten Stock über der Küche, und man betrat ihn entweder über die offene Treppe aus dunklem Holz oder durch den neu geschaffenen Durchbruch aus dem ersten Stock des alten Cottage.

Hier war alles aus Glas und Stein – nichts sollte von der Aussicht über das Dorf und die Landschaft dahinter ablenken. An einem Märzmorgen wie heute konnten die Gäste an ihren schlichten Holztischen sitzen und die dunklen Wolken dabei beobachten, wie sie vom Wind über den grauen Himmel getrieben wurden.

An der Nordseite des Raumes stand ein Kamin, dessen Feuer wohlige Wärme verbreitete. Viele ihrer Gäste aus dem Rest Europas waren enttäuscht, dass im Kamin keine Torfbrocken mehr glühten. Doch neben dem unangenehmen Geruch, den ein Torffeuer entgegen sämtlichen Beschreibungen in Büchern verbreitete, waren es auch ökologische Bedenken, die Fiona davon abhielten, Torf zu verbrennen. Jeder Brocken Torf, der heute gestochen wurde, bedeutete ein zerstörtes Moor. Früher eine Notwendigkeit, als es noch kein Holz als Brennmaterial gab, heute in ihren Augen nicht mehr zu verantworten.

Neben dem Kamin hatte Fiona aus alten Tellerleisten, die sie einige Dörfer weiter bei einem Trödler gefunden hatte, ein Bücherregal gebaut. Die Bücher standen nicht dicht gedrängt darin, sondern präsentierten den Gästen ihre Cover. Es war eine kleine, aber feine Auswahl aus Bildbänden, Reiseführern, irischer Literatur und einigen Kriminalromanen, die an der Westküste spielten.

Die beiden bequemen Sessel stammten noch von ihren Eltern und waren von Fiona neu aufgepolstert und bezogen worden.

Sie hatte die Tische eingedeckt und das kleine Buffet auf dem Tisch in der Mitte des Raumes ein letztes Mal kontrolliert. Es gab Porridge, der neben einem Topf mit Apfelkompott auf einer kleinen Warmhalteplatte vor sich hin dampfte, unterschiedliche Fruchtaufstriche, die farbenfroh in Einmachgläsern leuchteten. Dicke Scheiben braunes Brot lagen neben kleinen weichen Brötchen. Butter, Käse und der Joghurt kamen aus der Region. Auf einem schweren Holzbrett lag ein geräucherter Schinken, daneben eine Terrine mit einer von Millies hausgemachten Fleischpasteten. Auf einer zweiten Wärmeplatte hatte Fiona den Auflauf aus Kartoffeln und Eiern angerichtet. Alle anderen Eiergerichte würde sie auf Bestellung frisch zubereiten. Eine messingglänzende Kaffeemaschine wartete auf ihren allmorgendlichen Einsatz, und jeder Tisch würde beim Eintreffen der Gäste mit einer Kanne frischen Tees versorgt werden.

Das Frühstück war weder so üppig noch so exotisch wie das, das sie in den Dubliner Hotels angeboten hatten. Aber es war regional, passte perfekt zu einem verregneten Märzmorgen und brachte den Gästen ein Lächeln ins Gesicht. Fiona hoffte sehr, dass sie dieses Lächeln nicht verlieren würden, wenn ihr Frühstück durch die Fragen des Inspectors gestört würde.

Zwei Stunden später folgte Aidan genervt und unzufrieden dem Weg hinab ins Dorf. Die Gäste waren alle hilfsbereit gewesen – und konnten ihm doch nicht mehr erzählen als Miss O'Connor. Und bei keinem von ihnen war sein Instinkt angesprungen. Alle waren genauso nervös gewesen, wie es in einer solchen Situation üblich war, aber alle waren unterschiedlich mit dieser Nervosität umgegangen.

Das Ehepaar Nolan hatte nebeneinander an einem der Tische in dem wunderschönen Frühstücksraum gesessen und ihm, nach kurzem Zögern, einen Platz angeboten. Mr Nolan war sichtlich fasziniert davon, Teil einer Ermittlung zu sein, und hatte innerhalb von Sekunden die Rolle des beredten Zeugen angenommen. Aidan war sich sicher, dass er von dem, was Nolan von sich gab, eine gehörige Portion Aufschneiderei abziehen musste, um an die Wahrheit zu kommen. Seine Frau war ruhiger und hatte Aidans Fragen mit wenigen Worten in einem fast andächtigen Tonfall beantwortet. Bis auf ihre Bemerkung darüber, dass sie, schon als sie das Opfer zum ersten Mal in Greenhills gesehen hatte, schlechte Energie um ihn herum gefühlt habe, konnte sie ihm nichts Neues sagen. Aidan hatte gelernt, auch solchen Zeugenaussagen Gewicht beizumessen. Nicht jeder konnte seine Beobachtungen so gut beschreiben wie Miss O'Connor. Aber Mrs Nolan musste irgendetwas gesehen haben, was sie skeptisch machte und sie behaupten ließ, das Opfer sei von schlechter Energie umgeben gewesen. Etwas, was nicht in ihr Bild eines normalen Pensionsgastes passte. Sie konnte den Auslöser offenbar nicht benennen, aber meist war an diesen Gefühlen etwas dran.

Aidan war ausreichend irisch, um davon nicht nur bei Menschen, sondern auch bei Orten auszugehen. Es gab schlechte Orte. Er hatte sie gesehen, er hatte gespürt, wie sie unter seine Haut krochen und ihm Unbehagen bereiteten. Er war gespannt, ob der Tatort, immerhin eine Ruine, auch so ein Ort war.

Nach den Nolans hatte er sich zu den Walshs gesetzt und war dort mit einem warmen Lächeln begrüßt worden. Sowohl Mr Walsh als auch seine Frau hatten die Gabe, jemandem innerhalb von Sekunden das Gefühl zu geben, zur Familie zu gehören. Sie konnten zuhören, überlegten sich ihre Antworten gut und wählten ihre Worte bedächtig. Im Gegensatz zu den Nolans boten sie ihm Tee aus der Kanne auf ihrem Tisch an und wünschten ihm am Ende Glück für seine Ermittlungen. Auch sie hatten nichts gesehen und nichts gehört.

Mit dem Gefühl, bei netten Nachbarn zu Besuch gewesen zu sein, war er zu den Kavanaghs gegangen. Ihre Nervosität war deutlich zu spüren gewesen. Mrs Kavanagh hatte die Jungs unter Protest zum Spielen nach draußen geschickt – und sich dann als

Erstes mit der Frage an Aidan gewandt, ob er die Situation als gefährlich einschätze. Ihr Mann hatte versucht, seine Frau zu beruhigen, noch bevor Aidan etwas hatte sagen können. Das Ganze wirkte eingespielt. Er vermutete, dass Mrs Kavanagh des Öfteren besorgt war. Er hatte kurz gezögert, dann aber bestätigt, dass es in dem Fall noch sehr viele Unklarheiten gab und er daher ihre Sorge voll und ganz verstehen könne. Er wusste, sie würden abreisen, so oder so. Und wäre er mit seiner Tochter Gast im Bed and Breakfast, würde auch er sein Kind aus der potenziellen Gefahrenzone bringen wollen. Ein Mord und ein Einbruch schienen ihm gute Gründe zu sein abzureisen. Seine Antwort hatte ihm einen bösen Blick von Mr Kavanagh eingebracht, der anscheinend eine etwas andere Weltsicht hatte und nicht bereit war, wegen solcher Dinge seinen Urlaub zu verkürzen. Aidan hatte gelächelt, Mrs Kavanagh noch mal aufmunternd angesehen und war aufgestanden. Auch hier war nichts zu holen.

Miss McCarthy hatte von ihrem Frühstücksplatz an der Kopfseite des Raumes aus alles beobachtet und ungeduldig darauf gewartet, dass er endlich zu ihr kam. Als er an ihren Tisch trat, hatte sie, ohne eine Frage abzuwarten, losgeredet und ihm innerhalb einer Viertelstunde vor allem eines deutlich gemacht: Bis auf den Besuch des Opfers bei ihrer Schwester hatte sie keinerlei relevante Informationen für ihn. Und trotz der tausend Dinge, die sie gesehen und gehört haben wollte, hatte sie nichts bemerkt, was mit der Durchsuchung des Zimmers zusammenhing.

Kopfschüttelnd beschleunigte Aidan seine Schritte. Hoffentlich bissen sie sich an dem Fall nicht die Zähne aus.

14

Das Absperrband rund um den Tatort war von den Kollegen vor Ort in Ermangelung irgendwelcher Bäume oder Pfeiler einfach mehrmals um die flachen Mauerreste gewunden worden. Die

Spurensicherung hatte über dem direkten Fundort eine große, schwarze Plane gezogen und mit Steinen beschwert. Dadurch, dass die Leiche wohl mehr als zwanzig Stunden im strömenden Regen dort gelegen hatte, waren in der weiteren Umgebung mit großer Wahrscheinlichkeit ohnehin alle Spuren weggespült worden. Bei einigen Tatorten fuhren die Kollegen das volle Programm auf, stellten Zelte auf, verriegelten den Zugang, ließen ihn und alle anderen Ermittler nur in Schutzanzügen und Überschuhen in die Nähe des Fundortes. Hier gab es das alles nicht. Hier hatten sie ihre Arbeit schon getan, ohne nennenswerte Erkenntnisse. Für Aidan bedeutete das, dass er auf die altbewährte Art vorgehen und nach Gelegenheit und Motiv suchen musste. Was bei einem Opfer, dessen Identität nicht bekannt war, besonders viel Freude machte.

Er fluchte, als er trotz seiner festen Schuhe auf einem der alten Steinplatten ins Rutschen kam. Er wollte sich den Tatort ansehen, um ein Gefühl dafür zu bekommen, was sich abgespielt hatte, vielleicht eine Idee davon, warum sich Opfer und Täter genau an dieser Stelle begegnet waren.

Vorsichtig blieb er neben einem Mauerrest stehen und sah sich um. Die Ruine lag mitten im Dorf, zwar von einer Flussbiegung an zwei Seiten eingefasst, aber gut einzusehen und zu betreten. Nichts war abgesperrt, wahrscheinlich wuchsen im Sommer Brennnesseln und Fingerhut zwischen den Steinen. Irgendetwas kam ihm merkwürdig vor, und er brauchte einige Sekunden, um es zu erkennen: In Dublin wären auch die kleinen Mauerreste nicht lange grau geblieben und hätten schon bald ein neues Gesicht aus Graffiti bekommen. Hier nicht. Aidan sah sich um. Am Flussufer entlang schien ein kleiner Trampelpfad zu verlaufen. Vorsichtig ging er um den Tatort herum zu dem Weg und betrachtete die Ruine von dort. Das war auf jeden Fall der wahrscheinlichere Zugang. Da er an einigen Stellen noch die Reste weiteren Absperrbands sehen konnte, waren die Kollegen wohl zum selben Schluss gekommen.

Bevor Aidan sich entscheiden konnte, ob er dem Weg ein Stück flussauf- oder flussabwärts folgen sollte, hörte er hinter sich Stimmen und das aufgeregte Bellen eines Hundes.

»He! Sie da!«

Aidan drehte sich um und sah einen Mann von vielleicht fünfundsechzig Jahren, gekleidet in eine grüne Wachsjacke und mit festen Stiefeln. Auf dem Kopf trug er eine Mütze, wie Aidan sie sonst nur auf Bildern von feudalen Jagdgesellschaften gesehen hatte.

Hinter ihm ging eine Frau, die gerade damit beschäftigt war, einen Hund an die Leine zu nehmen, der Aidan aufgeregt anbellte.

»Was machen Sie da? Der Weg ist abgesperrt. Sie dürfen da nicht durch.«

Aidan musste schmunzeln, als der rotgesichtige Mann auf ihn zukam. Normalerweise war das sein Text. Beschwichtigend hob er die Hände und ging dem Paar mit einem, wie er hoffte, vertrauenerweckenden Lächeln entgegen.

»Guten Morgen. Ich bin Inspector Connolly NBCI.«

»Ah. Ihr Kollege kam heute Morgen in meinem Hotel an. Er sagte mir, dass sein Vorgesetzter auch im Dorf sei.«

Mittlerweile hatten sie einander erreicht, und der Mann streckte ihm seine Hand entgegen.

»Nathan Flynn. Ich bin der Bürgermeister des Ortes.«

Er wies auf die Frau, die gemeinsam mit dem Hund etwas abseits stand.

»Meine Frau Mary.«

Aidan nickte ihr zu. Sie schien nicht gewillt zu sein, näher zu kommen, und sah schnell wieder auf den Fluss.

»Schreckliche Sache, so etwas hat es hier noch nie gegeben. Die Welt wird immer schlimmer.«

Aidan dachte an die Fälle, die seine Kollegen von der Einheit für ungeklärte Morde regelmäßig neu untersuchten, und bezweifelte das stark. Auch wenn in den Städten immer mehr Schusswaffen auftauchten – auf dem Land hatte schon immer jeder irgendwo eine Waffe im Schuppen gehabt. Aidan hielt es allerdings für wahrscheinlicher, dass es früher um einiges leichter gewesen war, Leiche und Spuren zu beseitigen. Oder einen Mord schlicht wie einen Unfall aussehen zu lassen. Aber er kannte das Horn, in das der Bürgermeister gerade mit Inbrunst zu stoßen anfing, und unterbrach seine Tiraden gegen alles Neue und Fremde, ohne mit der Wimper zu zucken.

»Warum steht diese Ruine hier noch? Ist das kein gutes Bauland?«

»Ich wollte die Ruinen schon längst abreißen lassen, aber es gibt Probleme mit den Besitzverhältnissen. Der letzte Besitzer hat die Mühle dem An Taisce vermacht. Die hatten vor, sie zu einem Museum umzubauen, aber dann geschah der Brand, und jetzt wollen sie es nicht mehr. Wollen noch nicht mal die Kosten für einen Abbruch übernehmen. Ein Schandfleck.«

Der An Taisce, der National Trust of Ireland, hatte zum Ziel, so viele historisch wertvolle Orte wie möglich zu erhalten und der Öffentlichkeit zugänglich zu machen. Aber auch deren Kassen waren, wie zahlreiche andere, in den letzten Jahren immer leerer geworden.

Aidan sah sich um. Die Mühle mit ihrer Lage mitten im Dorf wäre sicherlich ein lohnendes Projekt gewesen und eine Attraktion für das Dorf. Der Brand hatte mehr als nur alte Mauern zerstört.

»Ich habe mich gewundert, dass die Ruinen so unberührt aussehen.«

»Was meinen Sie?«

»Keine Graffiti, keine leeren Flaschen oder Zigarettenkippen. Normalerweise ziehen solche Orte doch die Jugendlichen magisch an.«

»Früher war das so. Meine eigene Tochter … Aber im Moment haben wir im Dorf keine Jugendlichen. Viele Familien ziehen in die Städte oder verlassen gleich das Land. Es ist ein Trauerspiel. Wir haben nur einige kleine Kinder in der Gemeinde, und die sind noch so jung, dass die Geschichte vom Geist des letzten Müllers ausreicht, um sie davon abzuhalten, in der Ruine zu spielen.«

»Es soll hier spuken?«

Aidan empfand den Ort eher als friedlich und wunderte sich, dass er Gruselgeschichten hervorgebracht hatte.

»Pah.«

Der Bürgermeister machte eine abfällige Handbewegung, aber Aidan hatte ein Flackern in seinen Augen gesehen. Anscheinend war das hier wirklich kein Ort, wo sich die Dorfbewohner nachts gern aufhielten. Hatte der Täter das gewusst?

»Was glauben Sie, was hier passiert ist?«

Manchmal war es sinnvoll, seinen Gegenüber mit einer offenen Frage dazu zu bringen, loszureden. Und Aidan hatte das Gefühl, dass der Bürgermeister nur darauf wartete, reden zu können.

»Was passiert ist? Sollten Sie das nicht rausfinden?«

Aidan schwieg und zog nur fragend eine Augenbraue hoch. Es brauchte schon einiges mehr, um ihn aus der Ruhe zu bringen.

»Ich sage Ihnen, was passiert ist: Der Tote war Gast im neuen Bed and Breakfast. Das ist passiert. Die junge O'Connor ist aus Dublin hierhergekommen und hat nichts Gutes mitgebracht. Nichts Gutes. Das hier war ein friedliches Dorf, bis sie hierherkam. Noch bevor ihre Eltern unter der Erde waren, Gott sei ihrer Seele gnädig, baut sie das Haus um, wirft mit Geld um sich und macht ihr Bed and Breakfast auf. Ich wette, die Gäste dort haben alle Dreck am Stecken. Wer weiß, woher sie überhaupt das Geld für all das hat, das frage ich mich, und was sie in Dublin all die Jahre gemacht hat. Das sollten Sie mal rausfinden«

Aidan hatte erstaunt der immer lauter werdenden Stimme des Bürgermeisters gelauscht und fragte sich, was Fiona O'Connor dem Mann getan hatte, um eine solche Wut auszulösen. War es allein die Konkurrenz für sein Hotel? Aber da hatte mehr mitgeklungen. Viel mehr.

Er versuchte es anders.

»Ist Ihnen in den letzten vierundzwanzig Stunden etwas Ungewöhnliches im Dorf aufgefallen? Ein fremdes Auto?«

»Nein. Gestern Abend war alles wie immer.«

»Und heute Morgen?«

»Heute Morgen? Warum wollen Sie das wissen?«

Aidan sah ihn einfach abwartend an.

»Nein, heute Morgen habe ich auch nichts gehört. Aber ich habe auch im Hotel das Frühstück überwacht.«

Er hatte sofort das Bild vor Augen, wie Nathan Flynn neben dem Frühstücksbuffet in seinem Hotel stand und darüber wachte, dass ja keiner seiner Gäste mehr als die ihm zustehenden zwei Brötchen nahm. Er sollte nachher seinen Sergeant fragen, ob er damit recht hatte.

»Aber vielleicht hat meine Frau ja etwas gesehen. Sie ist morgens schon immer früh wach, um mit dem Hund spazieren zu gehen.«

Er zeigte auf das Tier, das sich vor die Frau gesetzt hatte und die ganze Szene zu beobachten schien. Aidan würde wetten, dass er außer der Frau niemanden an sich heranließ.

»Haben Sie etwas gesehen, Mrs Flynn?«

Sie sah ihn ungerührt an und schüttelte den Kopf.

»Nein, da war nichts. Ich habe den Pater am Fluss entlanglaufen sehen, er war schon früh unterwegs. Aber das ist nicht ungewöhnlich. Er läuft fast jeden Tag.«

Ihre Stimme war leise und ohne große Regung. Es könnte keinen größeren Gegensatz zu dem lauten und aufgeregten Mann neben ihr geben.

»Wie früh?«

»Vielleicht um fünf Uhr? Sicherlich nicht später als halb sechs.«

Nathan Flynn hatte ungeduldig zugehört und drängte sich nun wieder ins Gespräch.

»Sie verschwenden Ihre Zeit, wenn Sie hier unten nach irgendetwas suchen. Sie sollten wieder zurück nach Greenhill gehen. Dort werden Sie Ihren Mörder finden – oder Ihre Mörderin.«

»Nathan!«

Mary Flynn unterbrach ihren Mann mit leiser Stimme.

»Ist doch wahr. Ich wusste von Anfang an, dass die O'Connor nur Ärger mitbringen wird. Schicke Gäste aus Dublin, was? Und was haben wir davon? Eine Leiche in der Mühle und nichts als Ärger. Sie wird das Ansehen des ganzen Dorfes herunterziehen. Ich sollte sie auf Schadensersatz verklagen.«

»Nathan, du vergisst dich.«

Aidan beobachtete neugierig, wie der Bürgermeister kurz auf seine Frau schaute, dann aber nur mit den Achseln zuckte und weiterredete. Er würde sich die Gelegenheit, einem Polizisten gegenüber seine Wut auf Fiona loszulassen, nicht nehmen lassen.

»Und dann haben zufällig sie und der junge Pater auch noch den Toten gefunden. Sicherlich hat ihr der Pater seinen *Beistand* angeboten.«

Er lachte dreckig auf, und seine Augen wanderten auf der Suche nach Zustimmung zu Aidan, der schuldbewusst den Blick senkte. Er selbst hatte nur kurz zuvor Fiona mit der gleichen Andeutung aus der Reserve locken wollen – und sie jetzt aus dem Mund des Bürgermeisters zu hören, war nicht schön.

Doch bevor er etwas erwidern konnte, hörte er hinter sich eine Stimme.

»Nathan, das geht jetzt aber ein bisschen zu weit, oder? Du weißt, dass ich es war, der den Pater gebeten hatte, Fiona nach dem Vorfall im Pub nach Hause zu begleiten.«

Aidan drehte sich um und sah einen breitschultrigen Mann auf sich zukommen. Für einen so großen Menschen hatte er einen erstaunlich leisen und eleganten Gang. Aidan erwartete, dass der Bürgermeister die Wut, die bei den Worten des Mannes in seinen Augen aufgeglommen war, loslassen würde, wurde aber getäuscht. Der Bürgermeister schwieg, wenn auch anscheinend nur mit Mühe.

»Evan Gallagher. Mir gehört der Pub im Dorf.«

Er streckte Aidan die Hand entgegen.

»Inspector Aidan Connolly. Hier auf dem Weg scheint ja einiges los zu sein.«

»Oh, wir benutzen ihn alle als Abkürzung, um unsere liebreizenden Hunde auszuführen.«

Er warf dem Hund an Mary Flynns Seite einen kurzen Blick zu, woraufhin dieser leise knurrte.

»Oder sind wie ich einfach nur neugierig, wer sich so alles neben der Ruine rumtreibt und dabei die Absperrungen der Polizei ignoriert.«

Er schaute mit einem Funkeln in den Augen zu Nathan Flynn hinüber.

»So wie es aussieht, ist der Inspector hier der Einzige, der eine Berechtigung hat, hier herumzuschnüffeln«

Bevor Nathan Flynn sich aufregen konnte, hob der Gallagher beschwichtigend eine Hand.

»Ein Scherz, Flynn. Nur ein Scherz. Ich habe gerade Dylan getroffen. Er sucht nach dir. Er sagt, es geht um die Lieferung nach Ennis. Sie können die Unterlagen nicht finden.«

»Ah, verdammt. Alles muss man selber machen. Inspector Connolly, ich erwarte, dass die Garda den Täter schnell fasst.«

Damit drehte er sich um und stapfte seiner Frau hinterher flussabwärts.

Aidan stand nun mit Evan Gallagher am Fluss und merkte, dass ihm die Kälte langsam unter seine Jacke kroch.

»Mr Gallagher, wollen wir ein Stück gehen? Wohin führt dieser Weg?«

»Flussaufwärts durchs Dorf vorbei an der Staustufe und dem alten Wehr bis zum Moor, wo früher der Torf fürs Dorf gestochen wurde. Und flussabwärts bis ans Meer, wobei sie an der Brücke im Ort einmal auf die Straße wechseln müssen, um das Sägewerk zu umgehen.«

»Ist das Sägewerk noch aktiv?«

»Ja. Allerdings ist es mittlerweile vor allem eine Zimmerei. Dylan McGowan, der Besitzer, hat sich auf den Bau von Fenstern und Türen spezialisiert.«

»Sie erwähnten vorhin einen Vorfall im Pub. Was ist passiert?«

»Fiona ist passiert.«

Der große Mann lachte, wurde dann schnell wieder ernst.

»Seitdem Fiona ihr Bed and Breakfast geöffnet hat, werden bei ihr immer wieder Dinge zerstört, oder sie findet tote Vögel auf den Stufen. Einmal heulte nachts etwas oder jemand laut vor dem Haus, und ihr Schild wurde mit roter Farbe übergossen.«

Aidan dachte an das tote Rotkehlchen in der Hand der Jungen und an Fionas erschrockenes Gesicht. Das erklärte den Vorfall.

»Das klingt, als ob man sie einschüchtern will. Oder loswerden?«

Evan sah ihn nur schweigend an.

Mittlerweile waren sie an der Brücke angekommen, und Gallagher wies auf die alte Steintreppe, die hinauf auf die Straße führte.

»Wir müssen hier hoch.«

Oben angekommen ging Evan einige Schritte bis zur Brüstung der Brücke und stützte sich ab.

»Fiona war in den Pub gekommen, um den Leuten ihre Meinung zu sagen.«

»Die da gewesen wäre?«

»Nun ja, sie erzählte, dass sie eine Schrotflinte habe und diese auch benutzen werde. Dann kam Flynn dazu und beschimpfte Fiona. Die Situation drohte zu eskalieren, und ich habe beide aus meinem Pub geworfen. Nathan wurde von seiner Frau nach Hause gebracht. Und da Fiona aufgeregt und wütend war, habe ich Pater Moran gebeten, sie zu begleiten. Hätte ich gewusst, was die beiden dann finden würden …«

»Was ist da zwischen Flynn und Miss O'Connor?«

Aidan sah, wie der große Mann die Augen leicht zusammenkniff und dann den Kopf schüttelte.

»Ich denke, Sie sollten zuerst mit Fiona selbst darüber sprechen. Sie wohnen doch oben in Greenhills, oder?«

Aidan nickte, ließ aber nicht locker.

»Ich werde Miss O'Connor sicherlich fragen. Aber vorher erzählen Sie mir doch einfach, worum es geht.«

Aidan bemerkte, dass der Mann zögerte, bevor er weitersprach. Er hatte das schon oft erlebt. Dörfer funktionierten oft ähnlich wie Familien, aus denen Informationen nur ungern oder gar nicht hinausdringen sollten, und schon gar nicht an einen Garda. Er hatte schon vor riesigen Mauern des Schweigens gestanden. Er war dann der Fremde im Dorf, der Eindringling, der all die Dinge aufwirbeln würde, die jahrelang fein säuberlich unter den Teppich beziehungsweise unter den Dorfanger gekehrt worden waren. Gallagher hatte sich wohl dagegen entschieden, mit ihm zu sprechen. Sein Gesichtsausdruck veränderte sich.

»Fragen Sie die beiden selbst. Ich will da nicht reingezogen werden.«

»Warum?«

»Die Stimmung im Pub ist nicht immer völlig friedlich, aber die Sache zwischen Flynn und Fiona wird allmählich ziemlich groß. Und wenn das Dorf wirklich in zwei Lager gespalten wird, dann möchte ich doch, dass der Pub so eine Art Schweiz bleibt. Neutral.«

»Warum?«

Evan lachte.

»Weil ich keinen Streit mag – vor allem, weil der dann dazu führt, dass keiner mehr zu mir kommt und mein Umsatz zurückgeht. Beim letzten großen Krach im Dorf vor vielen Jahren zwischen zwei Familien ging es um einen falsch gezogenen Zaun, und ich hatte über mehrere Wochen abends nur eine Handvoll Gäste. Das war nicht gut fürs Geschäft.«

Aidan war noch nicht ganz zufrieden. Irgendetwas an Evans Tonfall, wenn er Fiona O'Connor erwähnte, ließ ihm keine Ruhe. Er beschloss, noch weiter nachzufragen.

»Können Sie denn neutral sein? Sie scheinen Miss O'Connor ja gut zu kennen, oder? Eine alte … Freundschaft?« Die Miene des Wirtes wurde augenblicklich starr.

»Wir waren als Kinder befreundet. Wie so ziemlich alle hier im Dorf.«

»Und?«

»Und Fiona war lange weg. Es ist viel passiert. Sie kann nicht erwarten, dass sie einfach so wieder willkommen geheißen wird.«

Aidan machte sich innerlich eine Notiz, mehr über Miss O'Connors letzte Jahre hier im Dorf herauszufinden.

»Also sind Sie auf Nathan Flynns Seite?«

Zu Aidans Überraschung lächelte Evan Gallagher jetzt nur noch müde.

»Sie versuchen, mich aus der Reserve zu locken.«

Aidan zuckte mit den Schultern.

»Dafür bräuchte es wahrscheinlich mehr, oder?«

»Ja. Deutlich mehr. Aber um Ihre Frage zu beantworten: Nein, ich bin ganz und gar nicht auf Nathans Seite. Falls er denn hinter allem steckt. Aber ich bin auch nicht automatisch auf Fionas Seite. Es ist meistens nicht ganz so einfach im Leben, oder? Und nur weil Nathan Flynn ein unsympathischer und herrischer Idiot ist, ist er nicht automatisch an allem schuld. Er macht es einem einfach zu leicht, ihn nicht zu mögen. Ich möchte aber, dass die beiden irgendeinen Weg finden, miteinander auszukommen. Oder sich wenigstens aus dem Weg zu gehen. Ohne dass das ganze Dorf darunter leidet.«

»So einfach?«

»Ja. Sehen Sie, so oder so wird es einige Zeit dauern, bis Fiona wieder Teil der Dorfgemeinschaft wird. Sie war zu lange weg, sie hat das Gefühl für diesen Ort verloren – und Fehler gemacht.«

»Welche Fehler?«

Evan schüttelte den Kopf.

»Nein. Fragen Sie sie selbst nach allem, was vorgefallen ist.«

Er drehte sich von der Brücke weg und sah Aidan an.

»Kommen Sie mit in den Pub. Der Wind ist kälter, als man denkt.«

15

Miss McCarthy hatte den Frühstücksraum als Letzte verlassen. Fiona atmete tief durch. Die Walshs wollten sich eine Kirche in Roadford ansehen, die Kavanaghs und die Nolans planten einen gemeinsamen Ausflug zu den Klippen und waren zügig aufgebrochen, um das noch trockene Wetter auszunutzen. Nur Miss McCarthy hatte die gesamte Frühstückzeit lächelnd an ihrem Tisch gesessen und Fiona, als der Garda schließlich gegangen war, mit neugierigen Fragen nach dem Mord gelöchert. Ihr war klar, dass Marge Informationen sammelte, die sie dann später im Laden ihrer Schwester an jeden neugierigen Dorfbewohner weitergeben konnte. Von allen Klischees, die es über ihre Landsleute gab, war eines nicht weit von der Wirklichkeit entfernt: Die meisten Iren schätzten nichts mehr als eine gute Geschichte, gewürzt mit dem ein oder anderen Gerücht. Und der Mord an dem merkwürdigen Mr Miller war eindeutig das Aufregendste, was in Ballinwroe passiert war, seit – wahrscheinlich seitdem sie beschlossen hatte, wieder hierher zurückzukommen. Fiona seufzte. Wahrscheinlich würde Nathan Flynn die Gelegenheit sofort nutzen und versuchen, sie als Schuldige mit dem Mord in Verbindung zu bringen. Ob er so weit gehen würde, sie als Täterin zu bezeichnen, bezweifelte Fiona. Aber in seiner verdrehten Logik würde er es schaffen, vielen der Dorfbewohner einzureden, dass so etwas wie der Mord nur passieren konnte, weil sie wieder da war. Sie war die Fremde, und es würde ein Leichtes sein, sie zum Sündenbock zu machen. Manchmal wünschte sie sich insgeheim, sie könnte Nathan Flynn einfach gründlich verprügeln, wie sie es als Kinder getan hätten, um einen Streit auszutragen.

Doch wichtiger war jetzt die Frage, ob ihre Gäste blieben. Die Kavanaghs hatten schon nach den ersten Sätzen des Inspectors besorgte Blicke ausgetauscht. Fiona war sich ziemlich sicher, dass sie ihre Kinder spätestens morgen früh ins Auto setzen und abreisen würden. Aber das konnte sie ihnen auch nicht verdenken. Sie sollte über ein Abschiedsgeschenk für die Kinder nachdenken, vielleicht etwas, um sie bei der Autofahrt bei Laune zu halten? Hoffentlich waren die Kavanaghs fair genug, nicht ihr und Greenhills die Ereignisse anzulasten.

Miss McCarthy dagegen genoss den Rummel und würde wahrscheinlich um nichts in der Welt gehen wollen. Die Walshs waren zwar erschrocken, aber wie geplant zu ihrem Ausflug aufgebrochen. Wahrscheinlich würden sie sich nicht aus der Ruhe bringen lassen, auch wenn Mrs Walsh die Fragen des Garda mit leiser Stimme und blassem Gesicht beantwortet und ihr Frühstück kaum angerührt hatte. Aber da ihr Mann schon eifrig Pläne für die nächsten Tage schmiedete, wurden die beiden wohl noch bleiben. Die Nolans wirkten fasziniert und hatten dem Inspector mit dem leichten Funkeln in den Augen, das Schaulustige so oft hatten, gelauscht. Mr Nolan würde seine Frau zu einem Besuch im Pub überreden und dort seine Augen offen halten. Wahrscheinlich war es für die beiden Dubliner eher ein Abenteuer, Teil einer Mordermittlung zu sein und damit später eine gute Geschichte für ihre Freunde zu haben. Hoffentlich würde Mrs Nolan es nicht in den sozialen Medien breitschlagen. Fiona hatte ihren Blog die letzten Tage verfolgt und sich über die schönen und einladenden Bilder von Schafen, Klippen, Steinkreuzen und vom Cottage gefreut. Auf jedem Foto war natürlich auch Mrs Nolan zu sehen, im passenden ländlich angehauchten Edeloutfit. Fiona biss sich auf die Lippe. Sie konnte schwer einschätzen, ob und wie weit ihr der Mord an einem Gast schaden könnte. Aber alles in allem konnte sie nur abwarten und hoffen. Und genau das war ihr Problem: Es gab weniger, was sie schlechter konnte. Geduld war noch nie ihre Stärke gewesen. Und sich darauf zu verlassen, dass andere ihre Arbeit machten, fiel ihr unendlich schwer. Insgeheim wusste sie, dass die Entscheidung für ein kleines, eigenes Bed and Breakfast auch etwas damit zu tun hatte, wirklich jede einzelne Entscheidung selbst treffen zu können.

Unten in der Küche konnte sie schon Millie hören, die sich ihre Putzutensilien aus der Abstellkammer zusammensuchte. Die wortkarge Frau summte leise vor sich hin. Fiona musste bei dem Gedanken lächeln, wie der grauäugige Polizist aus Dublin versuchen würde, Millie zu befragen. Millie suchte sich sehr genau aus, mit wem sie sprach und mit wem nicht. Selbst wenn sie einen guten Tag hatte, waren die wenigen Worte, die ihr über die Lippen kamen, zumeist gälisch. Und zwar nicht das sorgfältig ausgesprochene Gälisch, das viele Iren mittlerweile wieder in der Schule lernten und von dem auch der Garda zumindest die Grundlagen verstehen würde, sondern ein Gälisch, geprägt und gefärbt vom Leben an der Küste. Selbst Fiona, die schon mit ihren Eltern Gälisch gesprochen hatte und die Sprache liebte, verstand nicht immer alles, was Millie sagte. Und sie hatte in den letzten Wochen ihr Repertoire an irischen Flüchen gut vergrößern können. Mittlerweile hatte sie die Melodie erkannt, die Millie summte, und lächelte. Sie war also in eher kämpferischer Stimmung.

Sie erinnerte sich noch gut an den Tag, als Millie vor der Tür des Cottage gestanden hatte, um sie nach Arbeit zu fragen.

Die Umbauten waren im vollen Gang gewesen, die Baustelle sah aus, als würde sie nie fertig werden, und die Rechnungen stapelten sich haushoch. Außerdem hatten ihr erneut zwei Handwerker aus dem Dorf unter fadenscheinigen Gründen abgesagt und sie mit einem Gefühl von Zweifel und Erschöpfung zurückgelassen. Müde und frustriert hatte sie damit begonnen, die neue Küche vom Staub und Dreck der Handwerker zu befreien, als eine kleine Frau mit dicken braunen Haaren, die sie zu einem strammen Knoten gebunden hatte, vor sie trat und sie beobachtete. Fiona war zu erschöpft gewesen, um noch höflich zu sein.

»Was wollen Sie?«

»Arbeit.«

Und mit diesen Worten hatte sie sich neben Fiona gestellt, einen Lappen genommen und mit dem ihr mittlerweile so vertrauten Summen zu putzen begonnen. Sie einzustellen, war eine Entscheidung aus dem Bauch heraus gewesen, die sie nie bereut hatte. Millie war auch noch im Anblick des größten Chaos unerschütterlich und hatte seit diesem Morgen jeden Tag ihre Arbeitszeit damit zugebracht, das Greenhill Cottage zu einem sauberen, warmen und gut organisierten Ort zu machen. Außerdem konnte Millie traditionelle Gerichte kochen, zur Freude der Gäste, die Sehnsucht nach irischer Hausmannskost hatten. Viel mehr als zwei oder drei Worte am Stück hatte Millie auch Fiona gegenüber kaum einmal von sich gegeben. Fiona griff zu den letzten Tellern und stellte sie in den hinter einer schlichten Holztür versteckten Speiseaufzug. Als klar war, dass das neu gebaute Frühstückszimmer über der Küche liegen werde, hatte Fiona auf den Einbau bestanden. Sie hoffte, dass das Cottage vielleicht in Zukunft und mit den zusätzlichen Apartments in der Remise auch als Ort für Feiern und Hochzeiten genutzt werden konnte. Eine Zusammenarbeit mit dem Hotel wäre dafür perfekt. Es hatte zusätzliche Zimmer, die Restaurantküche war für so viele Gäste ausgerichtet und könnte Küchenpersonal und Geschirr bereitstellen. Das Hochzeitspaar und die engen Freunde und Familie würden bei ihr auf Greenhills unterkommen, und das Hotel könnte die Zimmer allen anderen anbieten. Aber solange Nathan Flynn im Hotel das Sagen hatte, würde das nur ein Traum bleiben. Dieser verfluchte …

Fiona blickte aus der großen Fensterfront über die Wiesen, die Gärten bis hin zum Dorf. Ein kleiner Spaziergang von zehn Minuten trennte das Cottage von den anderen Häusern, aber zurzeit fühlte sich das oft wie eine Ewigkeit an.

Sie wusste von Evan, der im Pub immer die Ohren offen hielt und als Einziger keine Angst vor Nathan hatte, dass die meisten

Dorfbewohner vor Neugier auf das Greenhill Cottage und Fiona fast platzten. Gerne hätte sie zur Eröffnung ein Céilí, ein traditionelles Fest gefeiert, alle Dorfbewohner willkommen geheißen und auf die Zukunft angestoßen, doch schon bei ihrem ersten Tag auf der Baustelle hatten die Attacken gegen sie begonnen. Fiona war sich ziemlich sicher, dass Nathan Flynn hinter allem steckte. Wäre er dazu fähig, nur um ihr zu schaden, einen ihrer Gäste umzubringen oder umbringen zu lassen?

Fiona schüttelte den Kopf. Jetzt ging ihre Phantasie mit ihr durch. Nathan Flynn war ein aufgeblasenes Schwein, das die Konkurrenz fürchtete. Außerdem vergötterte er seine Tochter Leah. Und Leah hatte nun mal Dylan geheiratet.

Dylan. Fiona sollte mit ihm sprechen. Vielleicht könnte er ja dafür sorgen, dass Nathan endlich damit aufhörte, ihr das Leben schwer zu machen. Auch wenn sie in Hinblick auf den Mord nichts tun konnte, so könnte sie auf jeden Fall versuchen, mit Nathan Flynn fertig zu werden. Selbst wenn das bedeutete, sich ihrer Vergangenheit zu stellen. Es schien, als wäre die Zeit dafür gekommen.

16

Wenn man von Greenhills aus ins Dorf gehen wollte, hatte man zwei Möglichkeiten. Man konnte neben der schmalen, von niedrigen Steinmauern gezäumten Straße den Hügel hinabgehen, den Blick auf die weiten Wiesen und Felder gerichtet, die Ballinwroe umgaben. Auf diesem Weg sah man schon von Weitem jeden Menschen, war aber ebenso selbst gut sichtbar. Da der Weg zum Sägewerk im Dorf an dem Laden und der Poststelle von Edna McCarthy, dem Pub und der Kirche vorbeiführte, würde sie Gefahr laufen, angehalten und angesprochen zu werden.

Der andere Weg führte hinter der Remise des Cottage einen schmalen Weg entlang steil hinab zum Fluss. Fiona hatte ihn bei der Renovierung neu anlegen und mit festen Stufen und einem

Handlauf versehen lassen. Unten am Ufer hatte sie eine Sitzbank aufgestellt, wohl wissend, dass diese bei einem der Hochwasser im Frühjahr oder Herbst mitgerissen werden könnte. Der Weg dort war weniger einsehbar, führte aber an der Ruine der Mühle entlang. Fiona zögerte erst, ging dann aber den steilen Weg hinab zum Fluss.

Wie immer beruhigte sie das Rauschen des Wassers. Der Fluss hatte sich allen Versuchen widersetzt, begradigt und beschleunigt zu werden, zu viele große Felsen säumten seine Ufer. Es gab die Legende, dass der Fluss ein Ort der Feen sei, die die Felsblöcke über die geheimen Eingänge zu ihrem Reich gerollt hätten, als sie vor Jahren beschlossen, der Welt der Menschen endgültig den Rücken zu kehren. Fiona glaubte da eher an sich in Richtung Küste schiebende Gletscher, die die Steine auf ihrem Weg als Zeugen ihrer Kraft hinterlassen hatten. Als sie einige Meter am Fluss entlang gegangen war, sah sie aus dem Augenwinkel ein schnelles, blaues Blitzen. Etwas Kleines, Glänzendes flog an ihr vorbei und verschwand hinter der Biegung des Flusses. Fiona erkannte sofort, was sie da gesehen hatte, und lachte laut auf.

Ein Eisvogel!

Sie hatte gehört, dass das Wasser des Flusses wieder so sauber sein sollte, dass es genügend kleine Fische gab und auch die schnellen Vögel ihre Nester in die Uferhöhlen bauten.

Sie nahm es als gutes Zeichen und ging entschlossen weiter.

Der Wind hatte aufgefrischt, und ihre Hände und Wangen begannen in der Kälte zu brennen. Aber Fiona liebte es, draußen zu sein, sie wollte nach so vielen Jahren in Dublin am liebsten jeden Moment an der vom Geruch nach Meer und Wiesen durchzogenen frischen Luft verbringen. Bei der Ruine der Mühle blieb sie kurz stehen. Hier hatten sie früher gespielt. Sie und Leah Flynn, Dylan McGowan, Evan Gallagher und die etwas ältere Katelyn Bell. Sie waren, fasziniert von der traurigen Geschichte über den Geist des letzten Müllers, um die Mühle mit ihren vernagelten Fenstern und der schweren Eisentür herumgeschlichen. Als sie älter waren, hatten sie auch Wege gefunden, in das Gebäude zu gelangen und beim Licht der mitgebrachten Taschenlampe heimlich den von Evan aus dem Pub geklauten Schnaps zu trinken. Das war lange her, und in dem Sommer, in dem die Mühle brannte, hatte sie Ballinwroe verlassen.

Doch die anderen waren geblieben, bis auf Katelyn, die schon damals voller Träume und Pläne gewesen war. Wäre sie geblieben, hätte dann vielleicht auch ihre Tochter in der Ruine gespielt? Fiona vertrieb die Erinnerungen und ging weiter.

Der Weg endete an dem festen Zaun des Sägewerks. Früher hatte es einige Meter das Ufer hinauf eine Lücke gegeben, gerade groß genug, dass sich ein Kind hindurchzwängen konnte.

Dylan schien die Lücke geschlossen zu haben, und Fiona musste umdrehen und an der Brücke hinauf auf die Straße gehen. Ob er den Zaun geschlossen hatte, weil er wusste, wie oft er selbst früher als Kind dort hindurchgeschlüpft war, um verbotenerweise zwischen den großen Holzstapeln des Sägewerks zu spielen?

Auch ihr Vater hatte früher im Sägewerk gearbeitet. Und nach Feierabend hatte er dann versucht, das Cottage zu erhalten, das wenige Land, das ihm noch geblieben war, zu bewirtschaften. Wie so viele Familien hatten auch die O'Connors nach und nach ihr Land verkaufen müssen. Mit einem kleinen Hof, einigen Kühen oder Schweinen, war das Überleben nicht mehr zu sichern. Einige wenige Bauern hatten die Herausforderungen angenommen, sich vergrößert und in moderne Dinge investiert. Die meisten hatten das Land jedoch verkauft oder waren ausgewandert, um in Amerika oder einem anderen Teil der großen Welt ihr Glück zu suchen. In ganz Irland lebten vielleicht vier Millionen Menschen, auf der Welt behaupteten allerdings mehr als sechzig Millionen Menschen voller Stolz von sich, aus Irland zu stammen. Die Wurzeln reichten weit und hielten lang.

Fiona hatte die Einfahrt zum Sägewerk erreicht und zögerte. Sie war Dylan seit ihrer Ankunft im Dorf aus dem Weg gegangen – und er ihr. Einen kurzen Moment fühlte sie sich wieder wie das kleine Mädchen, das vor dem großen Schreibtisch von Mr McGowan stand und hoffte, aus der untersten Schublade des Tisches eine Süßigkeit zu bekommen. Dylans Vater war ein gutmütiger Riese gewesen, der seinen Sohn und die anderen Kinder des Dorfes mit Bonbons und abenteuerlichen Geschichten versorgte.

Aber hinter dem Schreibtisch saß nicht mehr Dylans Vater. Fiona wusste von Evan, dass der alte McGowan und seine Frau das Sägewerk an Dylan überschrieben hatten und mittlerweile im Süden lebten, wo sie ein kleines Haus am Strand hatten und die wärmere Sonne genossen.

Hinter dem Schreibtisch saß nun Dylan – und sie würde mit ihm reden müssen.

Entschlossen trat sie einen Schritt vor. Vielleicht war es ja gut, diesmal durch den Haupteingang zu kommen.

17

Ohrenbetäubender Lärm und der Geruch nach frischem Holz und Sägespänen empfingen Fiona, als sie in die große Halle trat. Es war der gleiche Geruch, der am Abend am Pullover ihres Vaters gehaftet und den sie so oft eingeatmet hatte.

Vor dem alten Büro, das nur mit einer großen Glasscheibe vom Rest der Halle abgegrenzt war, blieb sie stehen. Dylan saß, wie sie es sich vorgestellt hatte, hinter dem Schreibtisch und starrte mit zusammengezogenen Augenbrauen auf den Bildschirm eines großen Computers. Er war noch immer ein gut aussehender Mann mit seinen rotblonden, kurz geschnittenen Haaren, dem braun gebrannten Gesicht mit der geraden Nase und seinen blaugrünen Augen. Er trug ein T-Shirt mit dem Logo eines Werkzeuganbieters, und zu ihrer Belustigung konnte Fiona unter dem Shirt den Ansatz eines kleinen Bierbauchs erahnen. Vielleicht würde er ja auch in dieser Hinsicht in die Fußstapfen seines Vaters treten und immer runder und runder werden. In dem Moment sah Dylan zu ihr herüber, und sie konnte durch die staubige Scheibe sehen, wie sich sein Gesicht erst zu einem Lächeln verzog, das dann sofort durch eine unbewegte Miene ersetzt wurde.

Sie atmete tief ein. Dylan hatte Antworten verdient, aber sie war sich immer noch nicht sicher, was sie ihm sagen sollte. Sie winkte ihm zu, und er bedeutete ihr, ins Büro zu kommen.

»Hallo.«

»Hallo Fiona.«

Sie blieb stehen und wusste nicht so recht, was sie nun tun sollte. Er war nicht aufgestanden und schien auch keine Anstalten zu machen, ihr einen Stuhl anzubieten.

»Ich hätte hier nicht mit dir gerechnet.«

Fiona zog sich mit einer Hand einen der in die Jahre gekommenen Besuchersessel aus hellem Leder heran. Sie würde bleiben, bis sie das Wichtigste geklärt hatten. Wenn er das nicht wollte, müsste er sie schon rausschmeißen. Sie hatte ein Recht darauf, mit ihm zu sprechen.

»Ich wusste auch nicht, ob ich wirklich kommen sollte. Es ist viel passiert, seitdem wir uns das letzte Mal gesehen haben.«

Das war im Wohnzimmer ihrer Eltern gewesen. Sie hatte auf einem der Küchenstühle gesessen. Ihre Augen waren rot vom Weinen gewesen, ihr Herz schwer. Dylans und ihre Eltern saßen in der Küche, sie konnte ihre lauten Stimmen durch die Tür hören. Dylan, blass und steif, stand am Fenster und traute sich nicht, sie anzublicken.

»Wir müssen heiraten. Ich werde mich um dich und das Baby kümmern.«

Er sah sie nicht an, sondern starrte nur weiterhin auf den Garten vor dem Fenster. Es war Ende Oktober, die letzten Astern noch in voller Blüte, das Licht weich.

Sie starrte seinen Rücken an und hoffte, dass er sich umdrehen und sie endlich ansehen würde.

»Heiraten? Liebst du mich denn?«

Immer noch sah er sie nicht an.

»Ich verdiene genügend Geld, mein Vater wird uns unterstützen. Du wirst alles haben, was du brauchst.«

Aus der Küche war nun Lachen zu hören. Anscheinend waren ihre Eltern sich einig geworden. Alle anderen machten sich Gedanken, was geschehen sollte. Sie wurde nicht gefragt.

»Dylan, dreh dich bitte um.«

Er drehte sich um und starrte den Fußboden an.

»Ist es das, was du willst? Heiraten?«

Dylan sah nur kurz auf. Die Wut und die Angst in seinem Blick erschütterten sie bis ins Mark.

»Es ist das Richtige. Ich muss es wiedergutmachen.«

In dem Moment wusste sie, dass sie um nichts in der Welt bleiben konnte.

»Ich werde dich nicht heiraten.«

Er blickte auf, sah durch sie hindurch und schüttelte den Kopf.

»Du wirst tun, was deine Eltern und der Pater dir sagen. Was auch sonst?«

Damit verließ er den Raum.

In der gleichen Nacht hatte sie ihre Tasche gepackt, ihr Sparbuch und nach kurzem Zögern das restliche Haushaltsgeld ihrer Mutter eingesteckt und war losgelaufen.

Dylan schob seinen Schreibtischstuhl mit einem lauten Quietschen zurück und holte sie aus ihrer Erinnerung zurück.

»Du warst lange weg.«

Auch jetzt schien er es nicht zu schaffen, ihr in die Augen zu blicken.

»Jetzt bin ich wieder hier. Und wir sind keine Kinder mehr.«

Mit Erschrecken sah sie, wie ihm Tränen in die Augen stiegen, die er, offenbar selbst verwundert, mit dem Handrücken abwischte.

»Fiona. Ich war schon damals kein Kind mehr. Ich nicht …«

Seine Stimme brach, und Tränen liefen ihm über die Wangen.

Sie sah ihn nur an und wusste nicht, wie sie reagieren sollte.

Sie hatte mit Anfeindungen gerechnet, mit Schuldzuweisungen, einem Rauswurf. Aber nicht mit Tränen. Doch bevor sie etwas sagen konnte, wurde die Tür hinter ihr aufgerissen, und Dylans Frau kam ins Büro gestürmt. Leahs Augen blitzten, und sie blieb direkt vor Fiona stehen.

»Du wagst es, hier aufzutauchen! Du wagst es tatsächlich, dich hierherzuschleichen und …«

»Leah!«

Dylans Stimme schien sie nicht zu beeindrucken, und wütend drehte sie sich zu ihm um.

»Du wirst nicht mit ihr reden.«

Fiona sah, wie sich Dylans Augen verengten und er seine Frau wütend anstarrte. Sie stand auf.

»Ich wollte sowieso gehen. Du weißt, wo du mich finden kannst.«

Fiona trat aus der staubigen Halle in den Sonnenschein hinaus.

18

Evan Gallagher hielt die breite Tür für Aidan auf, und er trat in das schummrige Halbdunkel des Pubs. Er hatte nicht erwartet, dass in einem so kleinen Dorf wie Ballinwroe um diese Uhrzeit schon so viele Gäste dort waren, aber die Tische und der Tresen waren besetzt, alle hatten Teller mit Essen vor sich, und ein entspanntes Summen von Stimmen und das Klappern von Besteck durchzogen den Raum.

Am Tresen stand Nathan Flynn und sah aus wie ein Landadliger, der sich unter das gemeine Volk gemischt hatte. Wobei keiner der anderen Gäste großes Interesse daran zu haben schien, ihm ihre Aufwartung zu machen. Er winkte Aidan hoffnungsvoll zu, aber der ignorierte es.

»Meine Frau Anna hat vor zwei Jahren damit begonnen, den Pub mittags zu öffnen und Lunch anzubieten. Da niemand Annas

Essen widerstehen kann, sind nach und nach immer mehr Leute dazugekommen. Die meisten Alten hier haben nur eine winzige Rente, sie essen umsonst, und wir bekommen die Kosten über Spenden wieder rein. Ich war anfangs wirklich skeptisch, aber mittlerweile gehen hier an guten Tagen eine Menge Essen über die Theke.«

Aidan hatte sich umgesehen und anerkennend genickt. Er war schon in vielen Pubs gewesen, in großen und kleinen, sauberen und heruntergekommenen. Es tat ihm weh, zu sehen, wie sehr einige Pubs in den kleineren Dörfern zu kämpfen hatten und wie immer mehr schließen mussten. Aber das »Gallaghers« würde Bestand haben. Der Boden aus dicken Eichendielen war von unzähligen Stiefeln vernarbt und schwarz geworden, die Theke glänzte und war blank poliert. Die einfachen Tische und Bänke luden dazu ein, sich hinzusetzen und es sich bequem zu machen. Am Ende des Raumes gab es eine kleine Bühne, auf der einige Stühle angeordnet waren. Auf einem davon lehnte eine Bodhrán, eine traditionelle irische Trommel. So wie es aussah, wurden im Pub noch Sessions abgehalten.

»Spielen Sie?«

Aidan wies auf die Bühne, und Evan schüttelte den Kopf.

»Nein, leider nicht. Mir fehlt das Ohr dazu. Aber einige der Dorfbewohner kommen hier regelmäßig zusammen, auch wenn uns so langsam der Nachwuchs ausgeht. Im Sommer, wenn mehr Touristen unterwegs sind, lade ich auch Gastmusiker ein.«

Aidan hatte als Kind das Klavierspielen gelernt und war später auf das Akkordeon umgestiegen. Er hatte immer davon geträumt, nach seiner Schulzeit damit durchs Land zu ziehen und Geld zu verdienen, aber stattdessen hatte er in dem Sommer, bevor er an die Polizeischule in Templemore gegangen war, in einer Autowaschanlage in Dublin gearbeitet, um sich ein eigenes Auto zu finanzieren. Das erschien ihm am dringendsten, wenn er bald schon zwei Jahre lang in einer Kleinstadt mit gerade mal zweihundert Einwohnern und einem Haufen anderer Auszubildenden gefangen wäre.

Aidan sah, dass sein Sergeant im hinteren Teil des Pubs saß und mürrisch das Geschehen um ihn herum beobachtete. Wie immer wirkte seine Miene arrogant, leicht belustigt. Wie sollte er so jemals in der Lage sein, eine Ermittlung zu führen? Aidan setzte sich zu ihm und erzählte Scott, was er bisher herausgefunden hatte.

»Sie freunden sich mit dem Bürgermeister Nathan Flynn an. Er ist ja auch Ihr Gastgeber, richtig? Ich will mehr über ihn wissen. Er versucht, den Priester loszuwerden. Auch da will ich wissen, warum. Wenn Sie einen Einstieg brauchen, lästern Sie über Ihren unfähigen Vorgesetzten. Das wird ihn sofort für Sie einnehmen.«

Scott zog die Augenbrauen hoch.

»Sir?«

»Sie haben mich schon verstanden. Werden Sie sein neuer bester Freund. Sie schaffen das.«

»Also glauben Sie, der Mord hat etwas mit ihm und dem Dorf zu tun?«

Aidan schüttelte den Kopf.

»Erst einmal glaube ich gar nichts. Aber solange wir keine neuen Hinweise zur Identität des Toten bekommen, haben wir außer der Tatsache, dass ihn jemand mitten im Ort erschossen hat, keine Anhaltspunkte. Und wenn die Wahl des Ortes kein Zufall war …«

»Und Sie glauben nicht an Zufälle.«

Aidan setzte zu einer Erklärung an, die er in seinem Leben schon vielen seiner Auszubildenden gegeben hatte.

»Es ist nicht relevant, ob ich an Zufälle glaube oder nicht. Aber innerhalb einer Ermittlung ist es nicht sinnvoll, von Zufällen auszugehen. Wenn Sie ermitteln, dann sollte Ihre oberste Prämisse sein, dass alles, was Ihnen begegnet, in einem Zusammenhang mit dem Fall stehen könnte. Nur so werden Sie sich selbst nicht im Weg stehen.«

Er sah die Skepsis in Scotts Blick und versuchte es noch einmal.

»Welcher Mord wäre der, den wir unter keinen Umständen aufklären können? Der perfekte Mord sozusagen?«

»Einer ohne Spuren?«

»Jeder Mensch hinterlässt Spuren, und jede Handlung auch. Irgendetwas werden Sie immer finden. Einen Nachhall, Erinnerungen, Geschichten, Verletzungen, Gefühle …«

Aidan lehnte sich zurück.

»Einen Mord ohne Spuren gibt es nicht. So oder so.«

Scott sah ihn immer noch ungläubig an.

»Der Mord, der nicht aufzuklären ist, wäre ein völlig zufälliger. Wenn das Opfer in keinem Bezug zum Täter stünde, wenn Ort und Waffe zufällig gewählt wären, wenn es kein Motiv gäbe, dann hätten wir ein Problem. Ein großes Problem.«

Er sah sich im Raum um.

»Aber einen solchen Mord gibt es nicht. Selbst wenn ein Täter so vorginge, würde doch hinter der Handlung eine Motivation liegen. Er würde es vielleicht machen, um uns vorzuführen, weil er krank ist, weil es ihm um Macht geht. Und dann sind wir wieder im Spiel und können von den wenigen Dingen, die wir wissen, Rückschlüsse ziehen.«

Er ließ seine Augen auf Scott ruhen und versuchte, Gewicht in seine nächsten Sätze zu legen.

»Darum müssen wir bei allen Dingen davon ausgehen, dass sie eine Bedeutung für unseren Fall haben. Weil sich unter ihnen die eine Sache verbergen könnte, die uns auf die richtige Spur bringt. Unser Opfer war nicht durch Zufall hier in diesem Ort. Er war nicht durch Zufall am Abend unterwegs, nicht durch Zufall gerade bei der Ruine, und er wurde auch nicht durch Zufall getötet.«

Scott schnaubte nur, und Aidan stand auf.

»Ich sehe mal nach, wo unser Essen bleibt.«

19

Für Pater Michael Moran war es Liebe auf den ersten Blick. Als er vor Monaten die kleine Kirche Ballinwroes betreten hatte, hatten ihn die Stille und tiefe Ruhe innerhalb der einfachen Mauern überwältigt. Er kannte die großen Kirchen Dublins, hatte in Italien im Petersdom gestanden und in Florenz die Kathedrale besucht. Aber diese, mittlerweile seine, kleine Kirche mit ihren alten, roh behauenen Bänken, deren Holz über die Jahrhunderte glatt und dunkel geworden war, mit den schweren Steinplatten, auf denen die Füße der Gläubigen ihre Spuren hinterlassen hatten, die geweißten Wände und die Balkendecke – all das hatte ihn ergriffen. Die Kirche hatte ihm bei seinem ersten Betreten etwas angeboten, das er seit Jahren nirgends gefunden hatte: Frieden.

Als er dann entdeckte, dass unter den geweißten Wänden ein altes Wandgemälde durchschien, wusste er, was er der kleinen Kirche zurückgeben konnte.

Dylan McGowan hatte ihm geholfen, ein stabiles Holzgerüst zu bauen, dessen Plattform in der Höhe verstellbar war. Einige Bewohner des Dorfes hatten ihm bereitwillig ihre Hilfe angeboten, doch er lehnte dankend ab. Er hatte genügend Zeit, die Aufgaben in seiner Gemeinde waren wie die Einwohnerzahl des Dorfes überschaubar, und die Arbeit auf dem Gerüst, ausgestattet mit Schabern, Pinseln und anderen Werkzeugen, tat ihm gut. Dass die Kirche trotz seiner Bitte kein Geld für eine professionelle Restaurierung ausgeben wollte, war eine Schande, und so hatte er über das Internet und Bücher so viel wie möglich über das Handwerk selbst gelernt.

Er hoffte, dass er nicht mehr Schaden anrichtete, als er behob. Doch das von ihm mittlerweile freigelegte Gesicht des Jesuskindes, das ernst und mit alten Augen auf der Schulter des großen Mannes saß, ermutigte ihn, weiterzuarbeiten.

Die Geschichte des heiligen Christophorus hatte ihn schon als Kind fasziniert. Der große, starke Krieger und Riese Christophorus, der mit seinem Stab in der Hand die Menschen auf seinen Schultern durch einen reißenden Fluss trug. Michael hatte sich ihn immer so vorgestellt wie die Zeichnungen der starken Männer aus seinen Kinderbüchern über den Zirkus. Er mochte die Geschichte noch heute und hatte die kleine Christophorus-Medaille sorgsam gehütet, die ihm seine Mutter zugesteckt hatte, als er das erste Mal alleine zur Schule gegangen war. Die Medaille besaß er noch heute, sie lag in der Schublade seines Nachttisches.

Zufrieden, dem Dorf und den neugierigen Augen für eine Stunde oder zwei entkommen zu sein, tupfte Michael vorsichtig mit einem in Alkohol getränkten Wattebausch die Wand vor ihm Millimeter für Millimeter ab. Mit einem weichen Borstenpinsel entfernte er die letzten Reste der weißen Wandfarbe, und unter seinen sanften Fingern trat nach und nach der rechte Fuß des Kindes hervor. Der unbekannte Maler hatte dem Kinderfuß dicke, runde Zehen gegeben, und Michael fragte sich lächelnd, ob das Vorbild wohl zu einem der Kinder im Dorf gehört hatte.

Seiner Schätzung nach war das Wandbild zu Beginn des zwanzigsten Jahrhunderts gemalt worden. Der Christophorus trug eine einfache Hose, die mit einem Gürtel gebunden war, dazu ein Hemd mit Knöpfen, und seine dunklen Locken wurden von keinem Hut bedeckt. Das Jesuskind war eingehüllt in eine Art Tuch, dessen Faltenwurf abenteuerlich allen Gesetzen der Physik trotzte und den runden Körper eher wie eine wallende Wolke als wie ein schweres Stück Stoff umgab.

In keinem der Kirchenbücher und Aufzeichnungen im Pfarrhaus hatte Michael etwas über das Bild finden können. Vielleicht hatte es ein Maler auf Durchreise als Dank hinterlassen, vielleicht hatte einer der Priester selbst zum Pinsel gegriffen. Michael wusste, er sollte auch in den Büchern des Dorfes nachsehen, aber das würde bedeuten, Nathan Flynn nach dem Zugang zu dem kleinen Archivraum im Gemeindehaus zu fragen – und darauf hatte er gerade keine Lust …

Er sah sich noch einmal das pausbäckige Gesicht des Jesuskindes an und lächelte. Vielleicht würde ja eines der Gemeindemitglieder in den Zügen des Kindes den eigenen Urgroßvater wiedererkennen. Er hatte Zeit, das herauszufinden. Niemand würde mehr an seiner Tür klopfen.

Erleichtert von diesem Gedanken griff Michael wieder zu dem kleinen Pinsel, als er das Quietschen der schweren Eingangstür hörte, gefolgt von schnellen Schritten durch den Kirchenraum in seine Richtung. Die Schritte waren nicht unterbrochen worden, um die Finger in das Weihwasserbecken zu tauchen und sich zu bekreuzigen. Auch vor dem Altar mit dem ewigen Licht hielten die Schritte nicht inne, um kurz niederzuknien.

Michaels Hand schloss sich fester um den Pinsel, dann drehte er sich um und sah den Polizisten unterhalb des Gerüstes stehen.

»Pater Moran?«

»Warten Sie, ich komme herunter.«

Michael kletterte die Leiter hinab und lehnte sich gegen das Gerüst. Er würde dem Polizisten nicht anbieten, für das Gespräch die Kirche zu verlassen.

»Womit kann ich Ihnen noch helfen?«

Er wollte seine Stimme nicht feindselig klingen lassen, nur lag auf seiner Zunge schon wieder dieser bittere Geschmack von Angst. Er wollte doch nur seine Ruhe haben.

Der Polizist schien sich nicht an dem Ort oder Michaels Ton zu stören, sondern lehnte sich nun selbst gegen eine der Kirchenbänke und sah sich gelassen um.

»Eine Frage hätte ich noch: Als Sie heute Morgen zu Miss O'Connor gegangen sind, haben Sie da den Weg durch den Küchengarten genutzt?«

»Ja, durch das kleine Tor. Wieso?«

»Ist Ihnen dort etwas aufgefallen? Haben Sie auf dem Weg etwas liegen gesehen?«

Michael schüttelte verwirrt den Kopf.

»Nein, da war nichts. Ich habe mich noch am Tor abgestützt, um in Ruhe etwas Luft zu holen, bevor ich an der Küchentür klopfe. Mir ist nichts aufgefallen.«

»Als ich kam, wie lange waren Sie da schon bei Miss O'Connor?«

»Vielleicht dreißig Minuten, maximal vierzig.«

»Jemand hat einen toten Vogel vor die Tür gelegt. Ich bin darüber gestolpert, als ich kam. Es war unmöglich, den Vogel nicht zu sehen, so wie er auf den Stufen lag. Ich dachte zuerst, es wäre nur Zufall. Bis ich hörte, dass das nicht zum ersten Mal vorkam?«

Darum ging es also.

»Miss O'Connor hatte die letzten Wochen immer mal wieder Ärger mit so etwas.«

»Ja. Nur … wenn Sie es nicht waren und auch nichts dort lag bei Ihrer Ankunft, muss der Täter das tote Tier platziert haben, kurz bevor ich kam. Das ist riskant. Die Küche war erleuchtet, Sie und Fiona haben sich unterhalten, hätten jederzeit einen Blick hinauswerfen können. Da war jemand ziemlich wagemutig.«

Michael schwieg. Der Garda würde schon früh genug allen Klatsch über Fiona und ihre Fehde mit Nathan Flynn zu hören bekommen. Wenn es ihm nicht schon längst irgendjemand zugetragen hatte.

»War das alles? Ich würde gerne noch etwas weiterarbeiten, bevor ich mich auf den Weg zu den Hausbesuchen mache.«

Er wollte schnell wieder auf das Gerüst, weg von den Fragen und den neugierigen Augen des Polizisten.

Der klappte sein kleines Buch zu und lächelte.

»Sicher doch. Können Sie mir vielleicht noch kurz verraten, was Sie hierhergeführt hat?«

»Ich bin Priester. Die Kirche hat mich hierhergeschickt.«

»Und wo waren Sie vorher?«

»In Dublin.«

»Und da sind Sie einfach so aus der großen Stadt hier in so ein kleines Dorf gekommen? Haben Sie sich nicht beschwert?«

Michael schaute den Polizisten lächelnd an.

»Mir gefällt es hier. Dublin ist so laut und voll.«

»Irgendwie kann ich das kaum glauben. Sollte ich Sie überprüfen lassen?«

»Polizeilich?«

Michael musste bei der Vorstellung lachen. Auf seiner Zunge lag ein bitterer Geschmack.

»Das können Sie gerne tun.«

»Und wenn ich meine Fühler in der Kirche ausstrecke? Wir sind die Garda, wir wissen schon, wo wir fragen können. Was wird man mir dann über Sie erzählen?«

»Oh, nicht viel. Ich glaube nicht, dass irgendjemand in der irischen Kirche weiß, wer Michael Moran ist.«

Er blickte dem Polizisten offen ins Gesicht und lächelte.

»Ich bin ein einfacher Diener Gottes.«

Doch der Garda lächelte nicht zurück und nickte nur.

»Nun gut. Dann will ich Sie nicht weiter von Ihrer Arbeit abhalten.«

Er drehte sich um und ging den Gang entlang zur Tür.

Michael atmete auf, als sich der Mann noch einmal umdrehte und mit leiser Stimme etwas sagte.

»Und passen Sie auf, dass Sie sich nicht verletzen. Der Pinsel in Ihrer Hand ist durchgebrochen.«

Die schwere Kirchentür fiel zu, der Polizist war verschwunden.

Michael blickte auf seine Hand, die zur Faust geschlossen war. Er hielt den in zwei Teile gebrochenen Pinsel umklammert. Ein kleiner Blutfaden rann an seinem Handgelenk entlang und verschwand unter den weiten Ärmeln seines Umhangs. Er musste sich an einem Splitter verletzt haben.

Verdammt. Er würde telefonieren müssen.

20

Wie immer wurde Fiona ruhiger, als sie über die grünen Wiesen entlang dem Fluss ging. Die Wolken waren verzogen, und die Sonne hatte die Luft leicht erwärmt. Ein Hauch von Frühling hing in der Luft. Am Wegesrand leuchteten immer wieder weiße Flecken von Schneeglöckchen und Märzenbechern auf, und die ersten Blüten der Schlehen begleiteten ihren Weg mit ihrem leichten Mandelduft. Sollte es sonnig bleiben, würden in den nächsten Tagen die ersten Haselsträucher blühen und der Hartriegel seine Knospen öffnen. Sie freute sich darauf, die ersten zartrosa leuchtenden Blüten des Seidelbastes zu sehen. Ihre Mutter war mit ihr Stunde um Stunde durch die Wiesen gelaufen und hatte ihr geduldig die Namen der Pflanzen beigebracht. Immer, wenn sie in einem der Dubliner Hotels die prachtvollen Gestecke aus exotischen Blüten in Empfang nahm, die die Floristen für viel Geld aufwendig arrangiert hatten, sehnte sie sich nach der kleinen, weißen Porzellanvase auf dem Küchentisch ihrer Mutter, in der jetzt im März vielleicht einige erste zarte Stängel gestanden hätten. Nie ein voller Strauß, nie ein Übermaß an Farbe oder Formen, sondern schlichte, einzelne Blumen oder Zweige.

Ihre Mutter war ein sehr stiller Mensch gewesen, vielleicht nicht wirklich unglücklich, aber auch nie herzlich, überbordend vor Fröhlichkeit oder Liebe zu ihrer einzigen Tochter. Bis zu dem Tag, als sie ihren Eltern am Küchentisch, auf dem ebenjene Vase gestanden hatte, gegenübersaß und ihnen von ihrer Schwangerschaft erzählte, hatte Fiona trotz aller Zurückhaltung nie an der Liebe ihrer Eltern zu ihr gezweifelt. Doch dann hatten sie sie angesehen und weggeblickt, hatten ihr weder zugehört noch versucht, sie zu trösten. Ihre Erziehung, ihr Glaube und die strengen Regeln der Dorfgemeinschaft, die ihnen immer Sicherheit gegeben hatten, holten sie ein und brachten sie dazu, ihre Tochter gehen zu lassen. Fiona hatte so lange versucht, diese schlimmen Tage, die Vorwürfe und den Druck, Dylan heiraten zu müssen, zu vergessen. Und nun war sie zurückgekehrt, und die weiße Vase ihrer Mutter stand im Küchenschrank ihres Häuschens. Ungefüllt. Fiona wusste nicht, ob und wann sie die Kraft dazu finden würde, ihr wieder einen Platz auf dem Küchentisch zu geben. Sie konzentrierte sich auf den Weg, als der Fluss eine weitere Biegung machte und sich zu einem weiten Becken öffnete, das durch eine Staustufe und ein altes, steinernes Wehr begrenzt war. Hier hatte früher das Wasser bis zum Rand der Mauer gestanden, bevor es in einem großen Strom hinab ins Dorf geleitet worden war, um die Mühle und die Maschinen des Sägewerkes anzutreiben.

Als Kinder war es ihnen streng verboten gewesen, in dem Becken zu baden, da durch das geöffnete Wehr eine starke Unterströmung entstehen konnte, die auch einen geübten Schwimmer in das dunkle Wasser ziehen konnte.

Nur wenige Gehminuten entfernt bog ein schmaler Weg ab, der zum Haus ihrer Freundin Katelyn geführt hatte. Fiona war diesen Weg seit ihrer Rückkehr nach Ballinwroe noch nicht gegangen. Sie erinnerte sich an das junge Mädchen mit den wilden rotblonden Haaren, die bei ihrer Großmutter auf dem kleinen Hof außerhalb des Dorfes ein sehr freies und ungebundenes Leben geführt hatte. Katelyns Großmutter pfiff auf Konventionen und Regeln, wurde von der Dorfgemeinschaft aber zähneknirschend akzeptiert. Was wohl daran lag, dass man bei ihr Poitín, selbst gebrannten und hochprozentigen Schnaps, kaufen konnte. Etwas, was Fiona erst spät herausgefunden und mit dem ersten und fürchterlichsten Kater ihres Lebens bezahlt hatte.

Sie und Katelyn hatten als Kinder miteinander gespielt wie alle Kinder des Dorfes. Doch als sie älter wurden und Fiona versuchte, angepasst und erwachsen zu sein, um nicht nur ihren Eltern, sondern auch Dylan zu gefallen, trennten sich ihre Wege. Katelyn hatte keine Lust, bei den Aktivitäten der Dorfjugend dabei zu sein, arbeitete bei ihrer Großmutter auf dem Hof und wurde immer seltener im Dorf gesehen. Fiona wusste, dass Katelyns Großmutter nur ein Jahr nach ihrem Weggang verstorben war. Katelyn, die alles geerbt hatte, verriegelte den Hof und ging fort.

Vorsichtig kletterte Fiona nun auf den rostigen Metallsteg, der über das alte Wehr führte. Eine Abkürzung, die sie schon als Kinder verbotenerweise genommen hatten. Sie unterdrückte ein Fluchen, als ihre Stiefel auf dem rutschigen Metall kaum Halt fanden, und hielt sich vorsichtig an dem Seil fest, das jemand zu ihrem Glück zusätzlich über den Stieg gespannt hatte. Als Kind war ihr der Übergang einfacher erschienen. Vielleicht hatte sie aber auch nur weniger darüber nachgedacht, dass sie fallen könnte? Vielleicht hatte sie in das dunkle Wasser, das durch das geöffnete Wehr strömte, geblickt und die unkontrollierbare Kraft, die in ihm lag, gar nicht erkannt? Sie wusste es nicht, war aber froh, als sie sicher auf der anderen Seite angekommen war. Vielleicht sollte sie auf dem Rückweg doch den längeren Weg an der Nordseite des Flusses gehen, der ins Dorf und zu der Brücke dort führte.

Sie ging die letzten Meter des zugewachsenen Weges. Das alte Reetdach des Hauses tauchte bereits vor ihr auf, als sie ein regelmäßiges lautes Klacken hörte und den Geruch eines Feuers riechen konnte. Das Haus war also gar nicht unbewohnt? Hatte Katelyn es verkauft? Neugierig schob Fiona die Hecke auseinander und sah sich um.

Der Garten des geduckten grauen Steinhauses schien sich nicht verändert zu haben. Sie erinnerte sich, wie sie als Kind begeistert vor der Fülle an Blumen und Kräutern gestanden und den Bienen und Hummeln bei ihrem Tanz um die Blüten zugesehen hatte.

Auf der linken Seite stand jedoch statt des flachen Schafstalles nun ein länglicher, hoher Anbau, dessen eine Seite völlig aus großen Fenstern bestand, die so viel Tageslicht wie möglich hineinließen.

Fiona ging weiter und sah hinter den Scheiben eine Frau, die vornübergebeugt und konzentriert vor einem großen Gestell aus Holz und Schrauben saß. Ein Webstuhl.

Als Fiona noch näher ging, sprang neben der Frau, deren Haare in wilden Locken um ihren Kopf herum lagen, ein riesengroßer grauer Hund auf und stellte seine Ohren auf. Die Frau trug eine enge Jeans und darüber einen weiten Überwurf, dessen bunte Farben weich ineinander verliefen. Auf dem Webstuhl erkannte Fiona die ersten Zentimeter eines ähnlichen Stoffes, nur dass die Wolle in allen Grüntönen schimmerte. Plötzlich hob die Frau den Blick – und ein breites Lächeln legte sich auf ihr Gesicht. Sie stand auf.

21

»Fiona O'Connor! Komm rein, du wirst ja ganz nass.«

Der Nieselregen hatte wieder eingesetzt und überzog den Garten mit einer glänzenden Schicht aus Wassertropfen.

Fiona merkte, wie sich ein breites Lächeln auf ihr Gesicht legte. Katelyn Bell, älter geworden, runder geworden, aber eindeutig Katelyn, mit dem gleichen offenen Gesicht unter ihrem Lockenkopf.

»Katelyn! Ich wusste gar nicht, dass du wieder hier bist.«

Fiona wollte gerade eintreten, als der große Hund, ein irischer Wolfshund, der seiner Besitzerin bis über die Hüfte reichte, ein leises Knurren von sich gab.

»Finja, ruhig.«

Katelyn legte dem Hund eine Hand auf den Kopf und redete leise auf ihn ein.

»Normalerweise ist sie ganz freundlich, aber zurzeit mag sie keine Besucher.«

Hinter der Hündin sah Fiona mehrere Welpen, die gerade wach wurden.

»Wir haben uns so lange nicht gesehen, lass dich mal anschauen!«

Katelyn nahm Fiona ihre Jacke ab.

»Wie wunderbar, dich zu sehen. Ich bin gestern erst angekommen und war noch gar nicht wieder im Dorf. Ich wollte dich auch so schnell wie möglich besuchen. Als ich gesehen habe, dass du wieder da bist – wie schön!«

Katelyn zog sie in eine warme Umarmung und küsste sie auf beide Wangen.

»*Dia dhuit.*«

Fiona wurde bei dem gälischen Willkommensgruß warm ums Herz.

»*Dia's Muire dhuit.*« Sie lachte und sah Katelyn an.

»Du siehst gut aus.«

»Du auch. Warte, ich hole uns Tee. Setz dich einfach irgendwo hin. Wenn die Welpen von alleine zu dir kommen, kannst du sie streicheln. Finja hat gehört, dass du willkommen bist, und wird dich nicht daran hindern.«

Und damit war Katelyn durch die Tür verschwunden.

Fiona setzte sich auf ein mit dunkelblauem Stoff bezogenes Sofa, lehnte sich zurück und warf einen skeptischen Blick auf die große Hündin. Die aber hatte sich wieder auf ihre Decke gelegt und ließ es geduldig zu, dass ihre Welpen nach und nach über sie hinwegkletterten und neugierig auf Fiona zukamen, mit ihren Pfoten auf den Steinplatten des Fußbodens ausrutschten und dann doch in sicherer Entfernung sitzen blieben.

Der Anbau war an der einen Seite gefüllt mit Regalen, in deren rautenförmigem Fächer sich Wollknäuel in allen Farben befanden. Vor den Regalen standen große Säcke, aus denen Wollfasern quollen, und Fiona konnte an einer Ecke des Raumes tatsächlich ein großes Spinnrad sehen. Es roch nach Schaf, nach Hund und nach frischem Holz. Neugierig wollte sie aufstehen, um sich den Webstuhl genauer anzusehen, als sich kleine, spitze Zähne in ihren Stiefel bohrten. Schmunzelnd beugte sie sich nach unten.

»Du bist wohl besonders mutig?«

Sie kraulte den Welpen hinter den Ohren, der sich sofort zu Boden plumpsen ließ und ihr seinen Bauch zeigte.

»Ah, du bist eine Sie. Und was für eine schöne.«

Fiona lachte, als der Welpe versuchte, ihr das Gesicht abzulecken.

»Oh nein. Das lässt du mal besser.«

»Ah, du hast Eanáir kennengelernt.«

Katelyn stellte ein Tablett mit einer bunten Teekanne und großen Bechern auf den Tisch.

»Sie ist wunderschön. Du hast sie Januar genannt?«

»Ja. Sie ist am Neujahrsmorgen geboren. Sie und ihre Geschwister waren eine kleine Überraschung.«

Fiona zog fragend die Augenbrauen hoch.

»Finja ist im Herbst bei meinem letzten Besuch wohl alleine unterwegs gewesen. Und anscheinend hat sie den Weg zu dem Hund der Murphys gefunden, oder er zu ihr. Die Murphys haben einen Border Collie …«

Sie lachte und schenkte den Tee aus der Kanne in die dicken Becher.

»Daher bin ich jetzt stolze Besitzerin von drei wunderhübschen Collie-Wolfshund-Mischlingen.«

Sie setzte sich, und Fiona ahnte schnell, dass die kleinen Falten um Katelyns dunkelbraune Augen anscheinend vor allem vom Lachen kamen.

»Wobei die beiden Racker da schon ein neues Zuhause auf dem Hof der Murphys gefunden haben. Brian Murphy hofft wohl, dass sie zum Schäferhund taugen. Immerhin können sie vielleicht sogar über die Rücken der Schafe hinweg sehen, ein nicht zu unterschätzender Vorteil.«

Fiona trank einen Schluck des dunklen ungesüßten Tees und lächelte bei der Vorstellung. Dann stellte sie ihre Tasse ab und sah Katelyn an.

»Ich wusste nicht, dass du wieder hier lebst.«

Sie ärgerte sich, dass ihr niemand von Katelyn erzählt hatte. Auch Evan hatte sie nicht erwähnt, dabei waren die beiden eine ganze Zeit lang enge Freunde gewesen. Sie erinnerte sich, wie der damals schon große und ruhige Evan dem quirligen Mädchen überallhin gefolgt war.

»Oh, ich bin schon eine ganze Weile wieder hier, aber immer nur für einige Monate im Jahr. Mein Zuhause war in den letzten Jahren London, aber ich bin im Sommer immer vor den Touristen geflohen. Je älter ich werde, umso schwerer wird es jedoch für mich, das Haus hier abzuschließen und alleine zu lassen. Oft wissen die anderen Dorfbewohner erst, dass ich hier bin, wenn sie das Feuer aus meinem Ofen riechen oder das Klacken des Webstuhls hören.«

»Du webst deine eigenen Stoffe? Ich kann mich erinnern, dass deine Oma das schon getan hat.«

Fiona war immer noch beeindruckt von der Vielzahl an Farben und Mustern der Stoffe, die im ganzen Raum verteilt waren. Über der Lehne eines Stuhles lag ein weiches, seidiges Tuch, das in tiefen Rottönen leuchtete. Katelyn folgte ihrem Blick.

»Ja. Ich kann es auch manchmal nicht glauben. Als ich hier wegging, nachdem meine Oma gestorben war, wollte ich nach London und Kunst studieren. Doch nach und nach habe ich gemerkt, dass mich die Wolle und die Webkunst nicht losließen. Und so habe ich vor Jahren eine Künstlerkooperative ins Leben gerufen. Irische Künstler und Kunsthandwerker, die genauso wie ich in London einen Platz finden wollten. Irgendwie können wir Iren ja dann doch nicht voneinander lassen. Wir hatten Erfolg, und das heruntergekommene Lagerhaus in Chelsea, das wir zu unseren Ateliers und Werkstätten umgebaut haben, ist mittlerweile ein Vermögen wert. Ich habe es nie bereut, denn das Weben macht mich glücklich,«

»Und dann bist du zurückgekommen?«

Katelyn sah aus dem Fenster, und Fiona spürte eine Traurigkeit von ihr ausgehen, die vorher noch nicht da gewesen war.

»Ja. Vor zwei Jahren merkte ich, dass es mich hierherzog. Ich brauchte damals einen Ort, an dem ich alleine sein konnte.«

Fiona schwieg. Katelyns Miene hatte sich verdüstert, ihre

Stimme war leiser. Aber dann sah sie sie wieder mit ihrem typischen fröhlichen Lächeln an.

»Mittlerweile genieße ich beide Welten, wobei das hier immer mehr Raum einnimmt.«

Sie zuckte mit den Schultern und sah Fiona neugierig an.

»Und du? Warum hast du dein Leben in der großen Stadt wieder gegen dieses kleine Dorf eingetauscht?«

»Ich musste aus Dublin weg. Ich bin während der letzten Jahre so – so zynisch geworden. Der Erfolg hat mich viel gekostet. Mein ganzes Leben spielte sich im Hotel ab, all meine Freunde lebten ebenfalls in dieser Welt. Ich mochte nicht mehr ständig lachen müssen und feiern. Ich mochte nicht mehr erfolgreich, unterhaltsam und schick sein.«

Sie sah Katelyn an, die nickte.

»Ich glaube, ich weiß, was du meinst. Manchmal hat das Leben andere Pläne mit einem.«

Den letzten Satz hatte sie fast geflüstert, und Fiona überlegte, ob sie nachfragen sollte. Doch Katelyn sprach schnell weiter.

»Und hier ist es jetzt anders?«

»Anders auf jeden Fall. Und auch nicht einfach. Ich werde kämpfen müssen, um meinen Traum zu verwirklichen. Aber wenn mir der Kopf brummt, dann kann ich einfach losgehen und bin innerhalb von Sekunden alleine auf den Feldern oder am Fluss.«

Sie blickte auf den Welpen auf ihrem Schoß, der mittlerweile selig schlief.

»Du meinst, du kannst in der Nase bohren, ohne dass es gleich einen Skandal gibt?«

Fiona sah auf und musste lachen. Katelyn hatte schon immer ein Talent dafür gehabt, Dinge auf den Punkt zu bringen. »Hast du von dem Mord gehört?«

»Welcher Mord?«

»Ein Mann wurde in der Ruine der Mühle erschossen. Vorgestern Nacht.«

»In unserer Mühle? Nein. Davon wusste ich nichts. Ich bin vor drei Tagen angekommen, und Mauren Murphy, die in meiner Abwesenheit immer nach dem Rechten sieht, hat meine Vorratskammer mit allem aufgefüllt, was ich und die Hunde brauchen. Ich war noch nicht wieder im Dorf. Wer war es denn? Jemand aus dem Dorf?«

»Nein. Einer meiner Gäste. Die Garda ist da und versucht, rauszufinden, was passiert ist.«

Katelyn blickte aus dem Fenster und schwieg eine ganze Zeit lang.

»Der Tod macht vor niemandem halt, oder?«

Fiona schwieg ebenfalls. Katelyn hatte den Satz mehr zu sich selbst gesagt. Sie spürte, dass hinter ihren traurigen Augen etwas verborgen lag, was sich ihr noch nicht erschloss. Aber sie hatte in den letzten Jahren auch gelernt zu warten. Katelyn wandte sich wieder zu ihr um und hatte ihr Lächeln wiedergefunden.

»Wir haben uns viel zu erzählen, oder? Wie schön, dass wir nun beide wieder hier sind.«

Sie hatten den Tee getrunken, und Fiona hatte eine Führung durch das Haus bekommen. Auch Katelyn musste einiges an Geld in die Hand genommen haben, um alles nach ihren Wünschen zu gestalten. Überall lagen farbenfrohe Stoffe und handgewebte Teppiche. An den Wänden hingen Zeichnungen und Illustrationen aus Kinderbüchern, die mit »N. B.« signiert waren. Als Katelyn Fionas Blick bemerkte, senkte sie schnell die Augen. Vor einer Skizze, die in weichen Kreidestrichen Ballinwroe zeigte, blieb Fiona stehen.

»Was ist mit dem Dorf passiert? Habe ich nur alle meine Kindheitserinnerungen so rosarot gefärbt? Ich erinnere mich an den Laden, an Menschen, die sich unterhielten und auf dem Platz vor der Kirche saßen, daran, dass sich alle kannten und es einfach unmöglich war, ohne einen Plausch durch das Dorf zu kommen. Seitdem ich hier bin, habe nichts von dem gesehen. Edna McCarthys Laden wirkt eher wie ein Museum, die Leute gehen schnell und mit gesenktem Kopf durchs Dorf, keine Autofahrer bleiben mit heruntergekurbeltem Fenster nebeneinander stehen, um den neusten Klatsch auszutauschen. Es gab nicht eine Veranstaltung, nicht einen Basar oder sonst etwas, seitdem ich hier bin. Bilde ich mir das nur ein? War es früher nicht anders?«

Katelyn schüttelte den Kopf.

»Ich erinnere mich auch an bessere Zeiten. Ich glaube, die Stimmung ist vor einigen Jahren gekippt. Als der Aufschwung kam, waren alle so voller Energie, voller Pläne. Und dann wurde nach und nach klar, dass doch nichts davon hier in den Dörfern ankommen würde. Die Buslinie wurde eingestellt, das Dorf immer isolierter. So viele sind weggezogen. Und kaum jemand kommt wieder zurück. Nathan Flynn macht die Sache nicht besser. Er sitzt in seinem Hotel und schimpft gegen alles Neue. Sogar die Kirche war lange ohne Priester, bis Pater Moran kam. Und der …«

Sie hielt inne und dachte nach.

»Ich mag ihn. Seine Predigten sind auf jeden Fall besser als die von Pater O'Toole.«

Der alte Pastor hatte damals gemeinsam mit Fionas Eltern versucht, sie von der Ehe mit Dylan zu überzeugen.

»Aber er ist nicht der Mensch, der sich voller Elan in die Gemeindearbeit stürzt. Die Jugendlichen freuen sich und suchen seine Nähe. Die Alten mögen ihn, weil er ein guter Zuhörer ist und gerne Besuche macht. Aber er wird wahrscheinlich nicht auf die Idee kommen, das Dorf wieder mit Leben zu füllen.«

Sie sahen auf, als sie von der Tür her ein leises Winseln hörten.

»Die Welpen wollen raus. Komm, wir gehen in den Garten.«

Im Garten beobachtete Fiona, wie die Hunde über den Rasen tollten.

Wenig später standen sie an dem kleinen Pfad, der zum Fluss führte, und Katelyn hatte den Welpen auf dem Arm.

»Hier. Halte sie gut fest.«

»Was?«

Katelyn lächelte und strich dem aufgeregten Tier über den Kopf, worauf es sofort ruhiger wurde und sich an Fionas Pullover schmiegte.

»Ich schenke sie dir.«

Fiona blickte fassungslos auf den Welpen, der warm und weich in ihren Armen lag.

»Aber ich kann doch nicht …«

»Sogar ein Blinder sieht, dass ihr zusammengehört. Sie wird gut auf dich aufpassen. Hündinnen schützen ihre Familie.«

»Das kann ich nicht …«

Fiona spürte, wie sich die Hündin dichter an sie schmiegte, und holte tief Luft.

»Danke. Ich weiß nicht, was ich sagen soll.«

Katelyn blickte sie aus ihren dunkelbraunen Augen nachdenklich an.

»Biete Flynn die Stirn. Bleib hier. Hilf dabei, das Dorf wieder zu einer Gemeinschaft zu machen.«

»Ist es das, was dir am Herzen liegt?«

Katelyn schüttelte den Kopf und blickte über ihren Garten.

»Nein. Es ist das, was dir am Herzen liegt. Und der Grund, warum du wiedergekommen bist.«

Sie waren am Wehr angekommen. Katelyn blieb stehen und legte Fiona den Arm um die Schulter.

»Hör zu, morgen Nachmittag treffen sich die Frauen im Gemeindesaal. Es geht um die Vorbereitung zum St. Patrick's Day. Die haben mich schon vor Monaten überredet mitzumachen. Du solltest auch kommen.«

»Ich denke, das ist keine gute Idee.«

»O doch. Mary Flynn hat dieses Jahr den Vorsitz. Sie wird begeistert sein, eine Helferin mehr zu haben.«

»Die wollen mich nicht dort haben.«

»Wenn die dich nicht dabeihaben wollen, ist das doch umso

mehr ein Grund, da zu sein, oder? Das Dorf ist jetzt auch wieder dein Zuhause. Du kannst dich nicht auf Greenhills verstecken. Und du willst doch, dass sich etwas verändert.«

»Bist du aus demselben Grund dabei?«

Katelyn seufzte.

»Ja. Und weil ich sehr schlecht Nein sagen kann. Außerdem ist es wichtig, nicht völlig alleine zu sein. So oder so. Ich denke, über kurz oder lang wird Ballinwroe auch wieder meine Heimat sein. London fühlt sich bei jeder Rückkehr fremder für mich an.«

Sie drückte Fiona noch einmal zum Abschied und schubste sie dann mehr oder weniger auf den kleinen Pfad.

»Jetzt geh und pass gut auf Eanáir auf. Und wir sehen uns morgen Nachmittag um drei im Gemeindesaal.«

Fiona wollte noch etwas sagen, aber Katelyn war schon wieder auf dem Weg zu ihrem Haus.

22

Aidan war nach seiner Begegnung mit Pater Moran auf direktem Weg zurück nach Greenhills gegangen. Seine Laune passte nicht zu dem Sonnenschein, der sich langsam durch die Regenwolken schob und einen trockenen Nachmittag versprach. Das Dorf und der Fluss sahen aus wie blank gescheuert und wirkten wie eine Filmkulisse. Aidan traute schönen Fassaden nicht, und hier im Dorf schien mehr als nur ein Geheimnis versteckt zu sein. Der Pater hatte etwas zu verbergen, und er würde nicht zulassen, dass sich der junge Mann hinter seiner Soutane und der Kirche verkroch. Sie waren schließlich im einundzwanzigsten Jahrhundert, und er und die Garda würden sich nicht so einfach abspeisen lassen. Die Kirche stand nicht über dem Gesetz. Nicht mehr.

Fluchend zog er sein Mobiltelefon aus der Tasche und wählte die Nummer seines Sergeants. Doch er erreichte nur die Mailbox.

»Scott. Ich will alles über den Priester hier im Ort wissen. Michael Moran. Wo er herkommt, was er getan hat, was die Leute über ihn sagen. Und Gemma soll sich in Dublin auf den Weg machen und in seiner alten Gemeinde nachforschen. Ich will das ganze Paket, auch die Gerüchte. Es muss ja einen Grund geben, warum er sich hier verkriecht. Gemma soll mir die Informationen schicken. Und zwar so schnell wie möglich.«

Aidan legte auf und dachte kurz an Gemma O'Neill, seinen zweiten Sergeant. Die junge Frau war das absolute Gegenteil von Thomas Scott. Rothaarig und sommersprossig, mit einem Gesicht, wie es in einem Werbespot der irischen Tourismusbehörde auftauchen würde. Zum Glück war Gemma unter ihrem so harmlos wirkenden sommersprossigen Lächeln eine scharfsinnige Frau, die sich ihr unschuldiges Aussehen zunutzemachte, um Zeugen und Verdächtige in Sicherheit zu wiegen. Gemma war jetzt schon seit zwei Jahren an seiner Seite – und er wusste, dass sie bald die Prüfung zum Detective ablegen würde. Vielleicht sollte er Scott zurückschicken und stattdessen Gemma an seine Seite holen? Sie würde mit dem Dorf viel besser klarkommen. Aber dann verwarf er die Idee wieder. Gemma steckte noch mitten im Papierkram ihres letzten Falles, musste für ihre Prüfungen lernen und war ihm wahrscheinlich in Dublin ebenso nützlich wie hier. Und außerdem musste er Scott kennenlernen und herausfinden, ob er den jungen Mann in einen vernünftigen Garda verwandeln konnte.

Er blieb an der Einfahrt zum »Greenhill Cottage« stehen, drehte sich um und blickte über das unter ihm liegende Tal mit dem Fluss und dem Dorf. Die Sonne hatte den Kampf gegen die Wolken gewonnen, und eine sanfte Wärme, die eine Ahnung des nahenden Frühlings mit sich brachte, erfüllte die Luft.

Aidan lehnte sich gegen die graue Steinmauer, die das Cottage mit seinen Gärten umgab, und schloss die Augen. Er sollte seinen Kopf frei bekommen.

Es nutzte nichts, sich zu sehr von Gefühlen in einer Ermittlung leiten zu lassen. Er war einfach mit dem linken Fuß gestartet. Sowohl Fiona O'Connor als auch der Pater entsprachen nicht dem Bild, das er sich im Vorhinein gemacht hatte, und wenn er ehrlich war, hatte ihn die Vermieterin mehr beeindruckt, als er wahrhaben wollte. Es lag an ihren dunklen Augen. Und an ihrer Stimme. Diese so verdammt warme und ruhige Stimme machte es ihm schwer, sie auf Distanz zu halten.

Er wünschte, er wäre nicht als Garda hier, nicht innerhalb einer Ermittlung. Er konnte sich gut vorstellen, hier einige Tage zu verbringen, zu wandern, ziellos über die engen Straßen zu fahren und abends in das warme Bed and Breakfast zurückzukommen und Miss O'Connors Lachen zu lauschen.

Er blinzelte gegen die Sonne, als er ein leises Bellen hörte.

Ein grauer Hund lief mit großen Sprüngen auf ihn zu, sprang schwanzwedelnd an ihm hoch und traf ihn dabei mit den großen Pfoten an seiner empfindlichsten Stelle. Er schnappte nach Luft.

»Eanáir!«

Fionas aufgeregte Stimme drang den Hügel herauf. Als Aidan sah, dass das graue Fellbündel noch ein Welpe war, legte sich ein Lächeln auf sein Gesicht.

»Na, bist du ausgebüxt?«

Er kraulte den Welpen hinter den Ohren und griff nach der dünnen Lederschnur, die der Hund hinter sich her schleifte.

»Eanáir!«

Aidan ging in die Hocke und beobachtete lächelnd, wie eine ziemlich zerzaust aussehende Fiona mit geröteten Wangen den Hügel heraufrannte.

Als sie ihn und den Welpen sah, blieb sie kopfschüttelnd stehen.

»Die kleine Dame hat sich unten am Hügel losgerissen und ist losgesaust.«

Aidan blickte auf die Reste der dünnen Schnur in seiner Hand.

»Sie brauchen eine richtige Leine.«

Als der Welpe begann, an Aidans Hosentaschen zu riechen, lachte er auf.

»Und eine Tasche voller Leckerli. Mit Speck fängt man Mäuse.«

Fiona ging neben ihm in die Knie. Sie roch nach Regen, und in ihrem Haar glitzerten einzelne Tropfen. Aidan spürte, wie sich sein Bauch kurz zusammenzog. Er sollte Abstand halten.

»Eanáir und ich gehören erst seit einer knappen Stunde zusammen. Wir lernen uns noch kennen.«

»Sie ist ein irischer Wolfshund.«

Aidan kraulte den Welpen am Bauch.

»Zur Hälfte. Die andere Hälfte ist ein Collie. Kaum zu glauben, oder? Sie ist ein Geschenk von …«

Er hörte das kurze Zögern in ihrer Stimme.

»Ein Geschenk von einer Freundin.«

»Ein großzügiges Geschenk. Und eine große Aufgabe. Sie werden die nächsten Wochen eine Menge Arbeit mit Ihrem Hund haben.«

Er musste lachen, als der Welpe vor lauter Glück, mittlerweile von zwei Menschen gekrault zu werden, kleine Belllaute von sich gab.

»Kommen Sie voran?«

Aidan überlegte, wie viel er erzählen sollte.

»Wir wissen noch zu wenig. Warum war das Opfer hier? Wen hat er hier getroffen?«

Fiona schüttelte den Kopf.

»Wer immer ihn erschossen hat, muss ihm aus Dublin hierher gefolgt sein.«

Aidan blickte auf, als er die Anspannung in ihrer Stimme hörte. Nach allem, was er gehört hatte, machte ihr ein Teil des Dorfes das Leben gerade nicht gerade leicht – und trotzdem versuchte sie, seine Bewohner zu verteidigen.

»Ja, das wäre einfach, nicht? Zwei Fremde in einem Ort, ein

Zufall. Etwas, das genauso gut an einem anderen Ort hätte passieren können.«

Fiona schob trotzig das Kinn vor.

»Ja. Warum nicht?«

»Zum einen scheint es so, als hätte sich unser Opfer in der alten Mühle mit jemandem getroffen. Abends, allein. Das ist ja weder der Ort noch die Zeit, zu der jemand alleine die alte Ruine erkundet. Es war schon dunkel, und Regen war angesagt. Wie viel Grad hatten wir in der Nacht? Sicherlich nicht mehr als fünf. Es ist sehr unwahrscheinlich, dass Mr Miller einfach so dort herumspazierte.«

Er konnte sehen, wie Fiona nachdachte.

»Aber dann musste er sich mit jemandem getroffen haben, den er nicht für gefährlich hielt. Oder für einen Freund oder was auch immer.«

Ihre schlauen Augen musterten ihn, als sie weitersprach.

»Mit wem würden Sie sich um diese Zeit in einer Ruine verabreden?«

Aidan nickte.

»Das ist ein guter Punkt. Nicht mit jemandem, der mir möglicherweise Böses will.«

Er blickte hinunter auf den Welpen, der unter den streichelnden Händen eingeschlafen war und nun leise vor sich hin schnarchte.

»Sie sollten sie tagsüber gut beschäftigen, damit sie ihnen nachts nicht Ihre Einrichtung auseinandernimmt.«

Eanáir schreckte auf, als Aidans Telefon klingelte.

Er fluchte leise, zog das Telefon aus der Tasche und ging einige Schritte weiter den Weg entlang.

»Ja?«

»Ich habe gerade mit Dublin gesprochen. Unser Opfer ist identifiziert.«

Scotts Stimme klang aufgeregt.

»Und?«

»Unser Opfer wurde anhand eines Fotos als Ian Patrick identifiziert.«

»Ian Patrick?«

Er kannte den Namen. Aidan blieb stehen und blickte auf das Dorf. Sollte hier etwa …

Doch Scotts aufgeregte Stimme ließ ihm keine Zeit nachzudenken.

»Ian Patrick. Besser bekannt als Paddy The Saint, Anführer der Nathairs. Seit zehn Jahren nicht mehr gesehen. Es gab Gerüchte, dass er entweder gestorben wäre oder Irland in Richtung Amerika verlassen hätte. Beweise gab es für keine der beiden Theorien. Aber so wie es aussieht …«

Aidan versuchte, die Information zu verarbeiten.

»Sind sich die Kollegen sicher?«

»Ja. Unser Opfer wurde durch einen ehemaligen Garda identifiziert.«

Scott machte eine Pause, und Aidan ahnte, was kommen würde.

»Genauer gesagt, hat Ihr Vater das Opfer auf dem Foto erkannt. Und Gemma hat daraufhin einen DNA-Abgleich mit einer alten Probe angefordert. Aber sie sagt, sie sei zu neunundneunzig Prozent sicher, dass es sich bei unserem Toten wirklich um ihn handelt.«

Aidan schloss die Augen und schob die Frage, wie sein Vater an ein Foto des Opfers gekommen war, erst mal zur Seite.

Was in aller Welt hatte Paddy The Saint, einer der meistgesuchten Verbrecher des Landes, in einem kleinen Dorf wie Ballinwroe zu suchen?

»Sir?«

»Ja. Ich will den DNA-Abgleich so schnell wie möglich haben. Gemma soll das über die Chefin laufen lassen. Und dann brauche ich Zugang zu allem, was die Kollegen zu Paddy haben.«

Er sah zu Fiona, die den Welpen wieder auf den Arm genommen hatte und nachdenklich in seine Richtung sah. Ihre Blicke trafen sich und hielten einander für einige Sekunden fest, bis sie sich mit einem Lächeln umdrehte und zum Obstgarten ging, hinter dem, so viel wusste Aidan mittlerweile, ihr kleines Häuschen lag. Er konzentrierte sich wieder auf sein Telefonat.

»Und dann soll Gemma in Dublin das Team vergrößern. Ich will jemanden von der Datenanalyse haben. Alle Dorfbewohner, alle Gäste, jeder einzelne Name und jede mögliche Verbindung soll geprüft werden. Wenn es Probleme gibt mit den Genehmigungen, sagen Sie mir Bescheid, ich spreche dann mit dem Commissioner.«

Er hörte, wie Scott Luft holte.

»Sir, sollte ich nicht dann in Dublin …?«

Aidan fluchte.

»Nein. Wenn Sie vor einem Computer sitzen wollen, dann reichen Sie Ihr Versetzungsgesuch ein, die Datenanalyse wird sich freuen. Solange Sie für mich arbeiten, werden Sie hierbleiben. Er wurde hier erschossen, am Ende der Welt. Also wird hier auch der Schlüssel dazu liegen, wer ihn umgebracht hat. Und warum er überhaupt hier war. Quetschen Sie den Bürgermeister aus. Ich will wissen, wo verdammt noch mal hier eine Verbindung zu jemandem wie Paddy liegen könnte.«

»Ja, Sir.«

Aidan legte auf. Paddy The Saint also. Ein Platz in der Hölle war sicherlich schon seit Jahrzehnten für ihn reserviert.

Er blickte noch mal über das Dorf und die Wiesen und griff dann zu seiner Jacke, um in sein Zimmer zu gehen.

23

Fiona hatte Eanáir aus einem Haufen alter Decken einen gemütlichen Schlafplatz in ihrem kleinen Haus gebaut und sicherheitshalber alle Schuhe außer Reichweite des Hundes gebracht. Der Welpe hatte nach dem aufregenden Spaziergang eine große Portion Futter mit Kartoffeln und Haferflocken verschlungen und war dann auf seinen Tüchern eingeschlafen.

Auch Fiona setzte sich mit einer Tasse Tee auf ihr kleines Sofa und blickte aus dem Fenster auf die noch kahlen Äste der Obstbäume. Viele der Bäume waren schon so alt, dass graue Flechten ihre Stämme bedeckten. Wenn sie den Obstgarten erhalten wollte, müsste sie wohl oder übel neue Bäume pflanzen und die alten fällen. Doch dieses Jahr würde sie die Bäume ein letztes Mal blühen und Früchte tragen lassen. Es gab keine Eile. Nicht hier.

Sie nippte an ihrem Tee und ließ ihre Gedanken zurückwandern. Der entspannte Gesichtsausdruck des Polizisten hatte sich während des Telefonats sichtlich verfinstert. Ohne ein weiteres Wort an sie oder Eanáir war er in sein Zimmer verschwunden. Was immer er gehört hatte, hatte ihm seinen Frieden und sein Lächeln geraubt. Vorher hatte es einen Moment gegeben, als er neben ihr den Hund streichelte und sie mit seinen grauen Augen ansah, in dem sie versucht gewesen war, ihn trotz seines Auftritts am Morgen zu mögen.

Fiona zuckte mit den Schultern und sah ein letztes Mal lächelnd auf ihren neuen Hund. Sie würde sich zwischen dem Nachmittagstee und dem Abendessen noch einmal Zeit nehmen, um nach dem Rechten zu sehen und mit Eanáir durch den Obstgarten zu tollen. Wahrscheinlich war es mit einem Welpen ähnlich wie mit den Kindern der Gäste. Je mehr man sie sich am Tage austoben ließ, umso ruhiger wurden die Abende und Nächte.

Sie stellte leise ihre Tasse auf die kleine Spüle und griff nach ihrem Überwurf. Zeit, den Nachmittagstee vorzubereiten.

Als sie die Tür zur Küche des Cottage öffnete, hörte sie Millie summen. Sie stand am Herd und rührte in einem großen Topf, aus dem es verführerisch nach Äpfeln und Zimt roch.

»Millie! Das duftet herrlich.«

Auf der Arbeitsplatte standen schon mehrere mit dickem, glänzendem Mürbeteig ausgelegte runde Backformen. Als Fiona näher kam, roch sie den typischen Geruch von Schweineschmalz und seufzte leise.

»Der Teig schmeckt sonst nicht.«

Millies Stimme klang trotzig, und Fiona legte ihr beruhigend eine Hand auf die Schulter.

»Wir beide wissen das, aber Mr Nolan wird uns trotzdem einen langen Vortrag darüber halten, wie ungesund das Ganze ist.«

Millie murmelte etwas auf Gälisch, und Fiona musste lachen, als sie einen Fluch verstand, den auch ihr Vater öfter benutzt hatte. Allerdings nur, wenn er sich sehr sicher war, dass seine Frau nicht in Hörweite war.

»Lass das bloß nicht die Jungs hören!«

Millies Gesicht verzog sich zu einem Lächeln.

»Die beiden werden mir fehlen.«

Die Familie Kavanagh würde, wie Fiona erwartet hatte, am nächsten Morgen abreisen, und sie konnte Millie verstehen. Sean und Samuel hatten Leben ins Haus gebracht, und gerade wildes Kinderlachen war etwas, das Fiona in Orlas schicken Dubliner Hotels eher selten zu hören bekommen hatte.

»Mir auch.«

Millie nahm den Topf vom Herd und goss die goldene Apfelmasse auf die vorgebackenen Böden.

»Kommen alle Gäste zum Tee?«

»Ja, bis auf Miss McCarthy. Die sitzt bei ihrer Schwester im Laden, behält den Tatort im Blick und wartet darauf, dass irgendetwas passiert.«

Das konnte Fiona sehr gut verstehen. Es war ein merkwürdiges Gefühl, dass das Leben so einfach weiterging. Sie fragte sich, was passieren würde, wenn die Polizei nicht herausfände, was passiert war. So ungewöhnlich konnte das ja nicht sein. Ein ungelöster Mord. Würde das dem Dorf zu schaffen machen wie eine offene Wunde? Was für unnütze Gedanken. Sie sollte sich auf das Hier und Jetzt konzentrieren. Energisch schob Fiona einen der Pies in den Ofen.

»Und was ist mit dem Garda?«

Millies Stimme war um einige Grad kälter geworden.

»Du magst ihn nicht?«

»Ich mag es nicht, wie er sich benimmt. Als ob er der Welt befehlen könnte innezuhalten.«

Fiona sah sie erstaunt an. Bisher war die junge Frau zu allen Gästen höflich und freundlich gewesen, wenn auch zurückhaltend. Fiona hatte das auf Millies Schüchternheit geschoben. Nur bei den Kavanagh-Jungs war sie aufgetaut.

»War er unfreundlich zu dir?«

»Nicht wirklich, aber er soll uns einfach in Ruhe lassen. Wo er herkommt, ist nichts Gutes zu erwarten.«

Bevor Fiona nachfragen konnte, was sie damit meinte, ging die Zwischentür zur Küche auf, und der Inspector trat in die Küche.

Fiona sah an seinen Gesichtsausdruck, dass sich seine Laune seit dem Anruf nicht gebessert zu haben schien. Sie stellte den Wasserkocher an. Millie schob die restlichen Kuchen in den Backofen und schaute Fiona an.

»In zehn Minuten sind die fertig. Ich decke oben die Tische.«

Damit verließ sie den Raum.

Fiona holte zwei Tassen aus dem Schrank und setzte sich an den Küchentisch. Der Garda setzte sich auch, schob den Stuhl allerdings ein ganzes Stück vom Tisch ab. Sein Gesicht war ernst und ohne die Spur eines Lächelns. Fiona seufzte. Also waren sie jetzt wieder am Anfang angekommen.

»Der Anruf, den Sie vorhin bekommen haben … schlechte Nachrichten?«

Ungefragt füllte sie Zucker und Sahne in seinen Becher und goss den Tee auf.

»Wir wissen jetzt, wer das Opfer ist.«

»Wer?«

Der Polizist starrte sie an.

»Wissen Sie das wirklich nicht? Soll ich das glauben?«

Fiona richtete sich auf. Was immer er erfahren hatte, schien jede Vertrautheit zwischen ihnen auf einen Schlag ausgelöscht zu haben.

»Nein. Ich weiß es wirklich nicht. Ich kannte den Mann nicht, habe ihn nie gesehen, bevor er vor zwei Tagen durch die Tür kam.«

Sie schob ihm seinen Becher zu.

»Aber ich wette, es ist nicht gerade Teil Ihrer Arbeit, anderen Menschen Glauben zu schenken.«

Er griff nach dem Becher.

»Ja.«

Dann schwieg er wieder, und sie lehnte sich zurück.

»Was wissen Sie über die Nathairs?«

»Soll das ein Test werden?«

»Bitte, Fiona.«

Sie sah auf, als er sie zum ersten Mal mit ihrem Vornamen ansprach. Er schien es noch nicht mal bemerkt zu haben.

»Die Nathairs? Irische Mafia? Ich erinnere mich, dass sie vor Jahren ständig in den Nachrichten auftauchten.«

»Genau die. Eine der vielen Gruppen, die zuerst von sich behaupteten, der Nachfolger des radikalen Armes der IRA zu sein. In Wirklichkeit aber von Beginn an nichts anderes als ein Deckmantel für eine höchst gewalttätige kriminelle Vereinigung, die in ihren Vierteln in Dublin ungestört ihren Geschäften nachgehen wollte. Schon nach kurzer Zeit wurde klar, dass sie keinerlei politische Ziele verfolgten. Das Wort ›Mafia‹ trifft es tatsächlich am besten. In ihrer Hochphase vor fünfzehn Jahren waren sie in eine Vielzahl Verbrechen verwickelt. Drogen, Zwangsprostitution, Waffen natürlich. Sie waren vermutlich die Drahtzieher hinter einigen großen Waffendeals.«

Fiona sah Aidan aufmerksam an. Sein Gesicht wirkte steinern, der Kiefer angespannt, und in seinen Augen lag ein gefährliches Funkeln.

»Vor fünfzehn Jahren ging man in einer konzertierten Aktion gegen die Nathairs und ähnlich aufgestellte Gruppierungen vor. Mehrere ihrer Anführer wurden festgenommen. Die Fahnder hatten sich auf die einzelnen Männer konzentriert, statt zu versuchen, die Organisation selbst auseinanderzunehmen. Und die Strategie schien aufzugehen. Die Köpfe der Gruppierungen wurden wegen individueller Straftaten zur Verantwortung gezogen und vor Gericht gestellt und die Gefolgschaft somit ihrer Anführer beraubt. Ein geschickter Plan, der im Falle der Nathairs auch Wirkung zeigte. Nicht immer war die Nachfolge geregelt, oft gab es innerhalb der Organisationen Grabenkämpfe. Wir haben der organisierten Kriminalität damals einigen Schaden zufügen können.«

Fiona beobachtete ihn aufmerksam. Damals musste er noch ganz am Anfang seiner Laufbahn gewesen sein.

»Der Anführer der Nathairs war Ian Patrick, besser bekannt als Paddy The Saint. Er floh während seines Transports vom Gericht zurück in das Hochsicherheitsgefängnis. Bei seiner Flucht starben zwei Beamte und eine unbeteiligte Zivilistin im Kugelhagel. Seine Leute hatten mit Maschinenpistolen mitten in der Stadt das Feuer eröffnet. Es ist ein Wunder, dass nicht noch viel mehr Menschen getötet wurden. Seitdem war er wie vom Erdboden verschluckt. Und auch die Nathairs sind nicht mehr in Erscheinung getreten. Jedenfalls nicht unter diesem Namen.«

Er musterte sie mit einer solchen Intensität, dass sie das Bedürfnis hatte, seinem Blick auszuweichen. Aber sie hielt stand.

»Mr Miller war also dieser Paddy?«

Der Inspector stand ruckartig auf und ging zum Küchenfenster.

»Warum sind Sie so wütend?«

Fiona versuchte, zu verstehen, was gerade vorging. Aber wahrscheinlich fehlte ihr ein ganzer Baustein der Geschichte. Denn egal, wie kalt und scheinbar unbeteiligt er ihr gerade die Fakten vorgetragen hatte, sein Körper und seine Augen hatten eine ganz andere Geschichte erzählt. Nach einigen Minuten, die sie schweigend auf seinen Rücken gestarrt hatte, drehte er sich um.

»Weil wir hier über den Mord an einem Verbrecher sprechen. Und weil das Ganze plötzlich um einiges brisanter geworden ist. Es geht hier um die großen Tiere. Ich kann es mir nicht leisten, eine Spur zu übersehen. Wenn die Nathairs doch wieder aktiv waren, ohne dass wir es mitbekommen haben … Was wollte er hier? Was übersehen wir?«

Fiona stand nun ebenfalls auf und trat vorsichtig neben ihn.

»Sie machen sich Sorgen.«

»Mehr, als Sie sich vorstellen können. Behalten Sie den Namen bitte für sich. Es wird noch früh genug herauskommen.«

Fiona nickte.

»Natürlich.«

Sein Gesicht entspannte sich etwas, und nun erkannte sie hinter der Wut und der Energie etwas anderes, etwas, das fast so wirkte wie Angst.

»Warum haben Sie es mir erzählt?«

»Ich wollte Ihr Gesicht sehen, wenn ich den Namen sage.«

»Und was hat Ihnen mein Gesicht gesagt?«

»Eine Menge. Aber ich habe keine Angst gesehen.«

Fiona schluckte.

»Und daraus schließen Sie, dass ich ihn nicht kannte, richtig?«

»Wer ihn kannte, hatte mit gutem Grund Angst. Und seine Leute sind nicht besser als er.«

Seine Hände umklammerten die Tasse, seine Lippen waren zu einem schmalen Strich zusammengepresst, die Augen dunkel.

Ob er wusste, wie sehr seine Augen dem Meer glichen? Sie schienen ihre Farbe mit jeder seiner Stimmungen zu ändern, von einem hellen Graublau bis zu einem tiefen, stürmischen Graugrün. Vorhin im Garten, mit Eanáir zu seinen Füßen und einem Lächeln auf seinen Lippen, hatten seine Augen sie warm und sanft angestrahlt, hatten ihr ein Gefühl der Sicherheit vermittelt. Jetzt aber erkannte Fiona eine Ahnung von Sturm und Wellen in seinen dunklen Augen. Schnell drehte sie sich zur Spüle um, als sie seinen prüfenden Blick bemerkte.

»Was werden Sie jetzt unternehmen?«

»Ich werde weiterhin meine Augen und Ohren offen halten. Und meine Leute werden jeden einzelnen Gast und Bewohner des Dorfes daraufhin überprüfen, ob er oder sie in irgendeiner Form Kontakt zu den Nathairs oder Paddy gehabt haben könnte. Sollte es Geheimnisse geben, werden wir sie finden.«

Fiona zuckte zusammen und drehte sich wieder zu ihm um. »Dann gehen Sie jetzt zum Nachmittagstee, und halten Sie dort Augen und Ohren offen. Und denken Sie daran, was wir heute Morgen besprochen haben.«

Er zog fragend die Augenbraue hoch.

»Sie wollten höflich sein.«

»Ich tue meine Arbeit, verdammt noch mal!«

Sie hatte ihn aus der Reserve gelockt, das konnte sie sehen. Sie unterdrückte ein Lächeln und drückte ihm eine der Kuchenplatten in die Hand.

»Mit Speck fängt man Mäuse, Inspector Connolly. Kleine und auch große.«

24

Die Unterhaltung mit dem Polizisten hatte Michael mehr aufgewühlt, als er es sich eingestehen wollte. Ein Holzsplitter des abgebrochenen Pinsels hatte sich tief in seine Handfläche gebohrt, und mit einer Mischung aus Abscheu und Belustigung blickte er nun auf das dicke Pflaster. Ein Priester mit einer Wunde an der Handinnenfläche. Er hoffte, es sprang am Sonntag nicht gleich der ganzen Gemeinde ins Auge.

Sein Abendessen hatte er lieber im Pfarrhaus eingenommen, statt in den Pub zu gehen. Wahrscheinlich hing dort der Polizist herum, und er hatte wahrlich genug von dessen Blick und den Fragen.

Und so hatte er, statt sich an Anna Gallaghers Küche zu freuen, ein Fertiggericht in die Mikrowelle geschoben und frustriert an dem für ihn allein viel zu großen Küchentisch verspeist.

Es waren Momente wie dieser, in denen in ihm die Sehnsucht danach aufkam, nicht alleine zu sein, nicht jeden Abend in einem Haus zu sitzen, dessen Mauern nie vom Lachen seiner Kinder oder der warmen Stimme einer Frau gefüllt werden würden. Sehnsucht nach Familie, nach Gesellschaft, nach einem sicheren Hafen. Alles, was er sich innerhalb der Kirche zu finden erhofft hatte. Aber das war für ihn mittlerweile eine Illusion geworden.

Er schüttelte sich, warf die Aluschachtel in den Mülleimer neben der Spüle und legte Gabel und Messer auf die schon stumpf gewordene Beschichtung der Küchenarbeitsplatte. Fionas Küche hingegen hatte gestrahlt und geglänzt. Er stellte den Wasserkocher an. Er würde eine Tasse Tee in dem Raum trinken, den er insgeheim Bibliothek nannte, sich wahllos eines der Bücher aus den Regalen herausziehen und sich in den durchgesessenen Ohrensessel fallen lassen.

Langsam fuhr er mit dem Finger an den Rücken der Bücher entlang, die die an die Wände gezimmerten Regale ausfüllten. Sein Vorgänger musste entweder selbst sehr viel gelesen oder aber jede Bücherspende, die ihn für den jährlichen Kirchenbasar erreichte, hier eingelagert haben.

Taschenbücher quetschten sich neben in Leder gebundene Ausgaben irischer und englischer Klassiker. Sein Vorgänger hatte in Hinblick auf seine Lektüre augenscheinlich nichts Menschliches gescheut. So standen zwischen religiösen Abhandlungen und Heiligenbiographien auch Krimis und Liebesromane, die großen Klassiker zwischen dünnen Lyrikbänden. Es gab ein ganzes Regal mit Büchern über die Geschichte Irlands, Wanderführern und Naturbestimmungsbüchern. Michael hatte allein zwölf Atlanten gezählt, von denen kein einziger nach 1960 erschienen war. Die Zeit war stehengeblieben in diesem Raum. Und bei dem Gedanken an Ballinwroe und seine Bewohner musste Michael zugeben, dass das wohl nicht nur für die Bücher galt.

Nichts sprach dagegen, sich ebenfalls zurückzulehnen, ebenfalls zu verschwinden in der langsamen und durch feste Regeln geprägten Welt des Dorfes. Und er hätte die Bücher.

Genug für mehr als ein Leben. Wenn er wollte, könnte er sich hier Abend für Abend in Büchern vergraben, könnte sich in andere Welten lesen, bis ihm die Augen zufielen. Er könnte seinen Pflichten nachkommen, die kleine Kirche und den Garten des Pfarrhauses nach und nach instand setzen und vielleicht dabei Frieden finden. Doch er wusste schon, dass das nicht genügen würde, um seine Schatten loszuwerden. Sie verfolgten ihn bis zwischen die Seiten der Bücher, veränderten die Gesichter der Protagonisten und machten aus einem einfachen Märchen im Handumdrehen eine Horrorgeschichte.

Michael hielt inne. Es war unsinnig, mittlerweile hatte er den Raum einige Male umrundet. Er musste raus, raus an die frische Luft. Laufen. Laufen half.

25

Fiona saß auf ihrem kleinen Sofa, den schlafenden Welpen neben sich, und blickte auf die Flammen, die an der Scheibe ihres Ofens hochloderten. Der Garda hatte noch einmal vergeblich ihre Gäste befragt und war dann frustriert in sein Zimmer verschwunden und auch nicht zum Abendessen aufgetaucht. Als sie vorhin die Küchentür abgeschlossen und zu ihrem Haus gegangen war, sah sie ihn vor dem erleuchteten Viereck seines Fensters stehen, ein Telefon am Ohr. Wahrscheinlich würde es morgen hier vor Polizisten wimmeln. Nach allem, was er ihr erzählt hatte, war aus dem Mord an einem unbekannten Mann plötzlich ein Fall geworden, der weite Kreise ziehen könnte. Vielleicht aber versuchten sie auch, alles möglichst unauffällig zu halten. Ein Ansturm der Presse und das Interesse der Öffentlichkeit waren wahrscheinlich das Letzte, was die Garda gebrauchen konnte.

Fiona lehnte sich zurück und schloss die Augen, nur um dann Aidans grauen Augen vor sich zu sehen.

Wäre er doch nur als Gast gekommen, dann würde nichts dagegen sprechen, ihn besser kennenzulernen. Mit ein Vorteil ihrer Arbeit war, immer mal wieder nette und unverbindliche Beziehungen einzugehen. Orla hatte immer von Fionas »Liebeleien« gesprochen, was ein niedliches Wort dafür war, sich mit jemandem für einige Monate zusammenzutun, es aber dann, wenn die erste Anziehung nachließ und der Alltag vor der Tür stand, wieder zu beenden. Sie musste leise lächeln bei dem Gedanken, wie die Gerüchteküche des Dorfes anspränge, wenn sie mit einem Gast gesehen würde.

Auch in Dublin hatte bei vielen der nach außen hin so aufgeschlossenen Menschen ihr Umgang mit Männern zu Kopfschütteln geführt. Eine Frau, die nicht mit großen Augen auf den Richtigen wartete, wurde schnell verurteilt. Aber sie hatte nie jemanden verletzt, war immer von Anfang an ehrlich gewesen. Und hatte gut auf ihr Herz aufgepasst.

Fiona streichelte den warmen Kopf des Welpen, lauschte der Musik und blickte aus dem Fenster in den dunklen Obstgarten, als sie plötzlich durch die Bäume ein flackerndes Licht sah. Schnell schob sie Eanáir zur Seite und griff nach ihrer Jacke und der schweren Taschenlampe, die immer neben der Tür hing. Ihre Augen brauchten einen Moment, um sich an die Dunkelheit zu gewöhnen, doch dann sah sie wieder das Flackern und rannte los. Irgendetwas brannte.

Kurz bevor sie am Haus angekommen war, hörte sie ein lautes Fluchen und sah, wie eine dunkle Gestalt auf etwas herumtrampelte.

»Wer ist da?«

»Fiona? Ich bin es, Pater Moran. Bleiben Sie doch stehen.«

»Was machen Sie da? Was …«

Als der Lichtkegel ihrer Taschenlampe auf Pater Moran fiel, versuchte er, die Stelle abzudecken, aber er war nicht schnell genug.

»Was war hier los?«

Mit schnellen Schritten kam sie näher und richtete die Taschenlampe auf den Boden. Sie sah die Reste von verbranntem Papier, anscheinend hatte der Pater das Feuer ausgetreten. In der kalten Nachtluft lag der Geruch nach Benzin. Sie sah auf und bemerkte, dass der Pater sich mit seinem Rücken vor das Gartentor gestellt hatte. Er verdeckte etwas mit seinem Körper.

»Bitte, das wollen Sie nicht sehen.«

Fiona versuchte, an ihm vorbeizukommen.

»Es ist mein Haus. Gehen Sie zur Seite.«

Pater Moran seufzte und trat zurück. Die Taschenlampe in ihrer Hand zitterte, und das Blut begann in ihren Ohren zu rauschen. Ihr wurde schwarz vor Augen, doch bevor sie umkippen konnte, hörte sie Pater Morans Stimme neben sich und spürte seine Arme um ihren Körper.

Fiona versuchte, die schwarzen Schleier vor ihren Augen zu verdrängen.

»Ich werde nicht ohnmächtig.«

»Na, für mich sah das aber ganz danach aus.«

Pater Moran lockerte seine Umklammerung und hielt sie nur noch sanft fest. Sie konzentrierte sich auf seine Wärme und die ruhigen Atemzüge. Vorsichtig löste sie sich von ihm, drehte die Taschenlampe aber sicherheitshalber in eine andere Richtung. Sie hatte genug gesehen.

Jemand hatte einen Fuchs an ihr Gartentor genagelt und ihm den Bauch aufgeschlitzt. Sie schloss die Augen.

Der Pater stand neben ihr und schwieg einfach, worüber sie sehr froh war. Nach einigen Minuten war das Rauschen in ihren Ohren weniger geworden und die Übelkeit verschwunden, und sie wurde wütend. Das half.

»Das Feuer sollte mich oder die Gäste anlocken, richtig?«

Der Pater nickte.

»Wahrscheinlich. Ich lief den Weg entlang, und als ich das Flackern sah, bin ich sofort hierhergerannt. Das da habe ich erst später gesehen.«

»Ich muss das wegmachen. Bevor einer der Gäste es sieht.«

Fiona wies mit der Hand auf das Gartentor.

Aber sie konnte sich nicht überwinden, näher zu kommen.

»Zu spät.«

Der Pater wies mit der Hand auf die Tür des Cottage, vor dessen Lichtschein sich die Umrisse eines Mannes abzeichneten. Fiona erkannte sofort, um wen es sich handelte.

»Natürlich, wer sonst.«

Der Inspector kam mit großen Schritten über die Wiese auf sie zu.

»Was ist passiert?«

Auch er trug in der Hand eine kleine Taschenlampe und leuchtete von Fiona zu Michael und wieder zurück.

»Was machen Sie beide hier draußen?«

Fiona ließ den Schein ihrer eigenen Taschenlampe wieder über die Reste des Feuers zum Gartentor wandern, wandte aber ihren Blick ab.

Der Garda ließ einen lauten und derben Fluch hören und trat dann auf sie zu.

»Sind Sie okay?«

»Ja. Nur der Schreck. Es geht wieder.«

Sie legte sanft ihre Hand auf die von Pater Moran, der noch immer ihren Arm festhielt. Seine Finger waren eiskalt, und erst jetzt sah sie, dass er nur seine dünne, vom Laufen durchschwitzte Laufkleidung trug.

»Sie müssen raus aus der Kälte. Lassen Sie uns in die Küche gehen.«

Sie blickte vorsichtig zum Gartentor und schloss die Augen.

»Außen herum. Wir brauchen alle einen Tee.«

Sie würde es nicht schaffen, die Überreste des Fuchses wegzumachen. Diesmal nicht. Wer auch immer das gewesen war, derjenige hatte eine weitere Grenze überschritten.

»Wer tut so etwas?«

Bevor einer der Männer ihr antworten konnte, hörte Fiona ein aufgeregtes Bellen und dann ein Jaulen aus Richtung des Obstgartens.

»Eanáir!«

Ohne nachzudenken, rannte sie los.

26

»Schsch. Braves Mädchen. Alles ist gut, alles ist gut.«

Als Aidan fluchend unter den letzten Bäumen hervorkam, sah er, wie Fiona auf dem Weg zu ihrem Häuschen kniete und den grauen Hund im Arm hielt. Neben ihr stand der Pater und blickte angestrengt in die Dunkelheit. Er war auf das Jaulen hin auch losgelaufen, hatte aber in Hausschuhen und ohne den Weg zu kennen länger als die beiden gebraucht.

»Was?«

Pater Moran zuckte mit den Schultern. Aidan sah, dass er in der Kälte zitterte.

»Der Hund kam uns schon entgegen. Ich glaube, ich habe jemanden von dem kleinen Haus wegrennen sehen. Aber zwischen den Bäumen ist das schwer zu erkennen.«

Fiona blickte auf.

»Die Tür steht offen. Ich hatte sie vorhin geschlossen wegen Eanáir.«

»Sie warten hier.«

Pater Moran wollte etwas sagen, doch Aidan schüttelte unwirsch den Kopf.

Er trat vom Weg auf die Wiese und ging in einem weiten Bogen seitlich auf die Tür zu. Einige Meter vor dem Haus neben dem kleinen Schuppen blieb Aidan stehen und sah sich um.

Eine Wassertonne, an der ein Besen lehnte. Perfekt.

Er griff sich den Besen und ging gebückt im rechten Winkel auf die offene Tür zu, wartete und schob dann den Stiel Zentimeter um Zentimeter weiter, um die Tür komplett aufzuschieben. Keine Reaktion.

Aidan holte Luft und trat näher.

Aber in dem Moment sprang ein grauer, kleiner Schatten an ihm vorbei ins Haus und schnüffelte eifrig den Fußboden ab.

Aidan richtete sich auf und stellte sich seitlich neben den Türrahmen, dann beugte er sich vor und lugte um die Ecke. Nichts zu sehen.

Er schob sich ins Haus und erfasste schnell den Raum. Leer. Es gab nur eine Tür an der hinteren Wand, alles andere konnte er einsehen.

Skeptisch blickte er auf den Hund, der ihn schwanzwedelnd ansah und dann mit einem Satz auf das kleine Sofa sprang. Schon etwas entspannter ging er zu der hinteren Tür, öffnete sie und blickte auf ein winziges Badezimmer mit einer offenen Dusche. Leer. Sein Herzschlag wurde ruhiger.

Als er sich umdrehte, hörte er Fiona und den Pater auf dem Weg langsam näher kommen.

Er ging zur Tür und winkte ihnen zu.

»Es ist niemand da.«

Fiona blickte ihm über die Schulter. Er spürte ihre Haare an seiner Wange und trat irritiert einen Schritt zur Seite.

»Fassen Sie bitte nichts an.«

»Was wollte derjenige hier?«

Aidan zuckte mit den Schultern.

»Keine Ahnung. Auf jeden Fall muss es derselbe Mensch gewesen sein, der auch für den Fuchs am Gartentor verantwortlich war.«

Er zeigte auf einen verschmierten Fleck auf Höhe der Türklinke.

»Das ist Blut. Ich denke, von dem Tier. Ich rufe gleich die Kollegen an. Die Schweinerei am Gartentor sollten Sie zur Anzeige bringen.«

Er dachte an den toten Fuchs und erschauderte. Warum hatte ihn der Anblick so getroffen, obwohl er doch schon viel Schlimmeres gesehen hatte? Der tote Fuchs war nicht derselbe gewesen, der ihn heute Morgen begrüßt hatte. Viel kleiner, abgemagert, das Fell im Licht der Taschenlampe stumpf.

»Können Sie im Cottage schlafen?«

Er sah zu Fiona, die im Eingang des Häuschens stand und mit unbewegter Miene in den Raum sah. Sie zitterte auch – ob vor Kälte, Angst oder Wut, konnte er nicht beurteilen.

»Ich habe ein Sofa im Büro.«

»Dann schlafen Sie dort. Wir sollten die Tür hier schließen, bis morgen die Abdrücke genommen werden können.«

»Was ist mit dem Fuchs?«

Aidan rang mit sich. Er verstand, dass Fiona die Überreste so schnell wie möglich entfernen wollte, aber vielleicht gab es auch an dem toten Tier Spuren.

»Haben Sie eine große Plane?«

»Ja, im Schuppen.«

»Dann decke ich ihn ab. Morgen früh können sich die Kollegen das einmal ansehen.«

»Ich kann immer noch nicht glauben, dass jemand das getan hat.«

»Flynn?«

Aidan sah neugierig auf, als Pater Moran Fiona die Frage stellte, die auch ihm auf der Zunge gelegen hatte.

Doch Fiona schüttelte den Kopf.

»Das glaube ich nicht. Flynn mag vielleicht noch für die Farbe auf dem Schild verantwortlich sein, aber das? Nein. Und außerdem ist er Jäger.«

»Was hat das damit zu tun?«

»Er hätte ein Jagdmesser benutzt, und der Schnitt wäre sauber gewesen. Den Fuchs dort hat jemand aufgeschnitten, der davon keine Ahnung und der auch kein scharfes Messer hatte. Der Schnitt war unregelmäßig, mehr gerissen als geschnitten. Ich habe lange genug in Küchen gearbeitet, um zu erkennen, ob jemand mit einem Messer umgehen kann.«

Aidan nahm sich vor, die Info schon mal zu notieren, sobald er wieder in seinem Zimmer war.

»Sie schlafen auf jeden Fall im Haupthaus.«

»Ich brauche noch Eanáirs Sachen.«

»Gehen Sie rein und holen Sie sie. Aber fassen Sie bitte nichts anderes an.«

Er und Pater Moran standen wartend vor dem Haus. Aidan verkniff sich die Frage, was der Pater um diese Zeit hier zu suchen hatte. Die Laufkleidung und die verschwitzten Haare sprachen für sich. Und mehrere Dorfbewohner hatten ihm erzählt, dass ihr Pater zu den ungewöhnlichsten Zeiten lief. In Fionas kleinem Haus hatte ein einzelnes Glas mit Wein auf dem Tisch am Sofa gestanden.

Er zuckte zusammen, als über seinem Kopf ein leises Flattern zu hören war und ein großer Schatten über sie hinwegglitt.

»Eine Eule auf der Suche nach Mäusen.«

Pater Moran Stimme klang belustigt, aber gerade, als Aidan etwas erwidern wollte, wurden sie durch Fiona unterbrochen, die an die offene Tür getreten war.

»Ich glaube, ich weiß, was der Eindringling hier wollte.«

Ihre Stimme zitterte, und Aidan trat schnell auf sie zu. Sie hielt einen großen flachen Pappkarton in der Hand, in dem einige Decken lagen.

»Ich glaube, er hat nichts genommen, sondern etwas hiergelassen.«

Als Aidan näher kam, sah er unter den Decken etwas Metallisches hervorblitzen. Vorsichtig schob er den Stoff zur Seite. Vor ihm lag eine schwarz schimmernde Pistole.

27

Aidan saß am Steuer des viel zu kleinen Bereitschaftswagens, der ihn erst gestern nach Ballinwroe gebracht hatte, und fuhr zurück nach Dublin.

Es war eine sehr kurze Nacht gewesen. Nach dem Fund der Waffe hatte er Thomas Scott informiert und Unterstützung angefordert. Und da es jetzt nicht mehr um den toten Fuchs, sondern – und das hatte Aidan sofort erkannt – um die Tatwaffe im Mord an Paddy The Saint ging, war das gesamte Team angerückt, hatte Fingerabdrücke genommen, alles ausgeleuchtet und fotografiert. Aidan hatte den toten Fuchs einpacken und an Dr Fitzgerald nach Dublin schicken lassen. Sicherlich mal eine Abwechslung für die Ärztin, und vielleicht hatte der Täter Spuren hinterlassen. Unter dem Licht der mobilen Scheinwerfer hatte der Fuchs noch grauenvoller ausgesehen, und Aidan hatte Fiona zusammen mit Pater Moran in die Küche des Cottage geschickt.

Dann hatte er die Gäste befragt, die mittlerweile alle wach geworden waren, und sich unter dem Vorwand, nach Spuren von Einbruchsversuchen an Türen und Fenstern suchen zu wollen, Zutritt zu allen Gästezimmern verschafft. Doch nirgends fand er Spuren von hastig abgewaschenem Blut oder verräterische, noch mit feuchtem Schlamm bedeckte Schuhe.

Wer in Fionas Haus eingedrungen war, musste wohl oder übel aus dem Dorf kommen oder seine Spuren im Cottage sehr geschickt verborgen haben.

Dass Pater Moran zufällig erneut am Tatort gewesen war, machte ihm zu schaffen. Er hoffte, dass das Team in Dublin ihm endlich mehr zu dem Pater und seiner Vorgeschichte liefern konnte.

Wenn er den Vorschriften genügen wollte, müsste er Fiona vorübergehend unter Arrest stellen, immerhin war die Tatwaffe bei ihr gefunden worden. Thomas Scott nahm es ihm sichtlich übel, das nicht getan zu haben, und pochte darauf, dass nicht bewiesen sei, dass Fiona die Waffe nicht selbst in den Karton gelegt habe.

Aber auch, wenn Aidan davon überzeugt war, dass jemand die Waffe in Fionas Häuschen gelegt hatte, blieb die Frage nach dem Warum offen. Es war gefährlich, eine Waffe zu behalten, leichtsinnig und völlig absurd. Nichts verschwand schneller, und nichts war, wenn es gefunden wurde, gefährlicher als Beweis. Auf dem Land gab es unzählige Möglichkeiten, sich solcher Beweise zu entledigen. Er selbst war bis vor wenigen Stunden davon ausgegangen, dass die Waffe nach den Schüssen einfach in den Fluss geworfen worden war. Die örtliche Polizei hatte ebenfalls daran gedacht, aber aufgrund der Strömung einen Einsatz von Tauchern für wenig sinnvoll erachtet. Die gefundene Waffe trug keine Seriennummer und konnte von überallher stammen. Aidan hatte ein schlechtes Gefühl bei der Sache. Und er machte sich mehr Sorgen um Fiona O'Connors Wohlergehen, als er sich eingestehen mochte.

Um sich abzusichern, hatte er seine Vorgesetzte angerufen, die sich alles anhörte und ihn für den nächsten Morgen für eine große Einsatzbesprechung zurück nach Dublin befahl. Aidan war gespannt, was die Kollegen von der Special Unit zu seinem Fall beizusteuern hatten. Und er hatte ein wenig Sorge, dass sie den Fall ganz übernehmen würde. Wenn das Opfer sich plötzlich als Schwerverbrecher und Kopf einer kriminellen Organisation mit Verbindung zu Terrorgruppen herausstellte, wurden die Zuständigkeiten neu gemischt.

In weniger als zwei Stunden würde er es wissen. Aber vorher war noch Zeit, einmal zu Hause vorbeizufahren und seine Tochter wenigstens kurz zu sehen, bevor sie zur Schule musste. Sie war es mittlerweile gewohnt, dass er bei den Fällen außerhalb von Dublin, für die er neuerdings so oft eingeteilt wurde, für einige Tage verschwand, und er sorgte dafür, dass die Zeit, die sie nach einem abgeschlossenen Fall gemeinsam verbrachten, immer etwas Besonderes war.

Langsam lenkte er den Wagen in die schmale Straße, in der er und sein Vater vor einigen Jahren ein Haus gekauft hatten. Die zweigeschossigen Reihenhäuser aus rotem Backstein trugen zur Straßenseite hin alle die gleiche Fassade, nur die bunt gestrichenen Eingangstüren unterschieden sie voneinander. Sein Haus lag in der Mitte der Straße und hatte eine Tür, die in einem knalligen Gelb gestrichen war. Ellas Wahl – und da sie beim Einzug gerade einmal drei Jahre alt gewesen war, konnte er noch ganz froh sein, dass es Gelb geworden war. Der schmale eiserne Zaun vor den Häusern wurde mittlerweile als Abstellplatz für Fahrräder genutzt. Auch er hatte sich angewöhnt, die drei Kilometer zum Hauptquartier mit dem Rad zu fahren. In den letzten Jahren hatten auch die Dubliner das Fahrrad für sich entdeckt. Aber trotz der neu entstandenen Fahrradspuren war Fahrradfahren in Dublin immer noch ein Abenteuer, und Aidan war froh, dass Ellas Schule so nah war, dass sie den Weg zu Fuß gehen konnte. Die Schulen und die Nachbarschaft hatten damals dazu geführt, dass er, als er plötzlich die alleinige Verantwortung für ein dreijähriges Kind hatte, aus seiner zentral liegenden Dachgeschosswohnung in das ruhige Wohngebiet gezogen war. Und seinen Vater überredet hatte, ihm zu folgen.

Er und Ella lebten im Haus, sein Vater hatte sich in einem flachen Anbau am Ende des lang gestreckten Gartens sein eigenes Reich geschaffen. Die Küche teilten sie sich. Die ersten Monate waren hart gewesen und hatten sie mehr zusammengeschweißt, als es Aidan je für möglich gehalten hatte. Und ohne seinen Vater hätte er Ella nie und nimmer die Sicherheit geben können, die sie nach ihren ersten Lebensjahren so dringend gebraucht hatte.

Aidan parkte den kleinen Wagen im Halteverbot vor dem Haus und kletterte unter Stöhnen aus dem Auto. Als Erstes würde er nachher den Wagen bei der Fahrbereitschaft gegen einen größeren eintauschen.

Als er seine Tasche aus dem Kofferraum hob, ging die gelbe Haustür auf, und seine Tochter sauste auf ihn zu.

Er fing sie auf und hob sie in eine Umarmung. Und wie immer, wenn er sie so hielt, sein Kinn auf ihren Kopf gelegt, und ihren Duft einatmete, überrollte ihn eine tiefe Welle der Liebe. Voller Dankbarkeit genoss er die Wärme, die ihr kleiner Körper abgab.

»Hallo Dad! Ich habe am Fenster gewartet.«

Sie grinste ihn an, und er setzte sie sich auf die Hüfte. Schon bald würde sie zu groß dafür sein.

»Warum bist du noch nicht angezogen? Du kommst zu spät in die Schule!«

Sie verdrehte die Augen und zog an seinem Ohr. Ihr Gesicht unter den dunklen Locken erinnerte ihn an das einer kleinen Elfe, wobei sie in den Augen den Schalk und die Verschmitztheit eines Kobolds hatte.

»In zwei Tagen ist St. Patrick's Day. Die Schule hat geschlossen. Hast du das vergessen? Du bist doch zur Parade wieder da?«

Es war Tradition, dass sie zu dritt die Parade in der Innenstadt ansahen und anschließend daheim zusammen kochten. Ihm graute bei dem Gedanken, dass seine Tochter sich selbst in einigen Jahren unter die Feiernden mischen würde, die danach die Pubs und Straßen unsicher machten. Der Ire in ihm wollte mitfeiern und singend der ganzen Welt in den Armen liegen, aber der Polizist in ihm wusste leider nur allzu gut, dass die Welt dabei nicht immer sanft mit einem umsprang.

»Klar. Ich bin da.«

Er trug sie die Treppe hinauf und in die Küche, wo sein Vater am Küchentisch saß, die aufgeschlagene Tageszeitung vor sich.

»Guten Morgen. Wie ist es an der Westküste?«

»Nass und kalt.«

»Das kann ich mir gut vorstellen.«

Er setzte Ella ab, und sie rannte aufgeregt zum Kühlschrank.

»Wir haben Eier und Milch gekauft. Darf ich uns Pancakes machen?«

Aidan zog die Augenbrauen hoch.

»Alleine?«

»Klar, das kann ich doch schon. Bitte!«

Er sah unauffällig zu seinem Vater, der leicht nickte.

»Ja dann … Ich würde mich sehr über einen Haufen Pancakes freuen.«

Aidan sah zu, wie seine Tochter, die Zungenspitze zwischen den Zähnen, mit konzentriertem Blick die große Rührschüssel aus dem Schrank zog und die Zutaten zusammensuchte.

»Ich wechsle rasch meine Sachen und komme dann wieder. Vater, begleitest du mich kurz?«

Sein Vater sah unschuldig auf und zuckte mit den Schultern.

»Natürlich.«

Aidan wusste genau, dass seinem Vater klar war, worum es gleich gehen würde. Aber er wartete, bis sie in seinem Zimmer im ersten Stock waren, bevor er sich umdrehte.

»Wie bist du eigentlich an das Foto aus meinem Fall gekommen?«

Sein Vater hatte zumindest so viel Anstand, rot zu werden bei seiner Frage.

»Kontakte.«

»Du weißt, dass …«

Aidan brach ab. Natürlich wusste sein Vater, dass er damit gegen alle Regeln verstieß. Aber bei ihm war eh Hopfen und Malz verloren. Er vermisste die Polizeiarbeit und auch, zumindest nahm Aidan das an, seinem Sohn dabei über die Schulter zu schauen. Früher hatte er es als Kontrolle empfunden, mittlerweile nahm er es mit Humor. Meistens.

»Ich werde dich nicht davon abhalten können, deine Nase in meine Fälle zu stecken, oder?«

Sein Vater strich sich mit der Hand durch seine mittlerweile völlig weiß gewordenen Haare, wodurch sie noch mehr in alle Richtungen abstanden als zuvor.

»Ich interessiere mich halt dafür, was mein Sohn tut. Ich bin ein besorgter Vater, mehr nicht.«

Er schaffte es nicht ganz, die Entrüstung in seiner Stimme aufrechtzuerhalten, und bei den letzten Worten legte sich ein Grinsen auf das Gesicht seines Vaters. Aidan lachte.

»Dir ist einfach nur langweilig, seitdem Ella dich nicht mehr den ganzen Tag auf Trab hält.«

Er warf seine gebrauchte Kleidung in den Wäschekorb und öffnete den Schrank, um seine Tasche neu zu füllen. Er sollte unbedingt einen dicken Pullover und eine wärmere Jacke mitnehmen.

»Aber fragst du beim nächsten Mal bitte einfach mich, wenn dich die Sorge überkommt? Ich will nicht, dass jemand aus meinem Team eine Abmahnung erhält, wenn rauskommt, dass *sie* einem nicht mehr im Dienst stehenden Beamten Interna weitergegeben hat.«

Aidan wusste genau, wem er das zu verdanken hatte.

»Wie hast du Gemma dazu gebracht, dir die Akte zu zeigen?«

Er nahm einen neue Wollhose und ein dunkles Hemd aus dem Schrank und legte beides auf das Bett. Es war immer besser, auf einer Einsatzbesprechung nicht in Straßenkleidung aufzutauchen. Den Kollegen von der Special Unit war ernsthaft zuzutrauen, dass sie Anzüge trugen. Sein Vater lehnte im Türrahmen und beobachtete ihn neugierig.

»Gemma hat dafür unbegrenzte Unterstützung bei der Prüfungsvorbereitung gefordert. Jetzt darf ich jeden Sonntag über Stunden mit ihr lernen und die alten Fälle durchgehen. Sie ist gerissen. Und sie hat mir die Akte nicht gegeben. Sie hat sie nur auf dem Tisch liegen gelassen, als sie sich einmal die Beine vertreten hat.«

Aidan sah, wie sein Vater grinste. Und er ärgerte sich, dass es ihm nicht selbst eingefallen war, Gemma und ihn an einen Tisch zu bringen. Gemma würde von ihm lernen, und sein Vater hätte eine Aufgabe, die ihn der Garda wieder näher bringen würde. Er sollte nur Gemma deutlich machen, dass sie keinerlei Akten auf dem Tisch zu vergessen hatte.

»Wirst du es wirklich zur Parade schaffen?«

Sein Vater sah ihn skeptisch an.

»Ich habe es Ella doch gerade versprochen.«

»Ja, aber der Fall?«

»Wird für die Zeit ohne mich auskommen müssen. Ella geht vor.«

»Ich habe das früher nicht so gesehen, oder?«

Aidan sah auf, als er die Traurigkeit in der Stimme seines Vaters hörte.

»Nicht wirklich.«

»Nimmst du es mir übel?«

Aidan dachte nach.

»Ich denke, nicht. Ich nehme es mir übel, dass ich Mutter in der Zeit so viele Probleme gemacht habe.«

»Deine Mutter war eine starke Frau, du warst ein eigensinniges Kind. Das hast du von ihr. Sie ist schon mit dir fertig geworden.«

»Aber …«

»Daddy, Grampa? Kommt essen!«

Sein Vater sah ihn noch mal eindringlich an. »Du warst genau der Sohn, den sich deine Mutter immer gewünscht hat.«

Aidan sah ihm nach, wie er die Treppe hinabging, und fuhr sich mit der Hand über sein Gesicht.

Eine Rasur wäre auch nicht verkehrt. Aber erst einmal würde er mit seiner Tochter und seinem Vater Pancakes essen. Es gab Prioritäten, an denen nicht zu rütteln war.

28

In Ballinwroe rutschte Fiona zur selben Zeit unbehaglich auf dem schmalen Stuhl im Gemeindesaal hin und her.

Sie hatte es Katelyn versprochen und war trotzdem versucht gewesen, das Treffen zu vermeiden und die Ereignisse der letzten Nacht als Entschuldigung vorzubringen. Aber Katelyn selbst hatte sie abgeholt und sie ohne Zögern in ihren kleinen Wagen gescheucht.

»Was du brauchst, ist etwas Ablenkung.«

Fiona war sich überhaupt nicht sicher, ob sie Ablenkung in Form von Leah McGowan brauchte, die sie über die Tische hinweg mit einem eisigen Blick anstarrte. Um dem auszuweichen, sah sich Fiona in dem kleinen Saal um. Auch hier hatte sich wenig geändert. Der zweistöckige Bau lag am Ende des Dorfes, wenige Meter vom Ortsschild entfernt. Man hatte ihn in den siebziger Jahren gebaut, als sich Dorf und Gemeindeleben nach und nach voneinander trennten und man einen Versammlungsort haben wollte, der nicht zur Kirche gehörte. Im oberen Stock lagen das kleine Büro des Bürgermeisters und die einfach eingerichteten Behandlungsräume des Landarztes, der einmal die Woche vor Ort eine Sprechstunde abhielt. Früher hatte es auch noch eine Gemeindeschwester gegeben, die viele Aufgaben der medizinischen Grundversorgung übernommen hatte, doch heute war die Stelle nicht mehr besetzt. Auch der Raum für die Kindergruppen, die sich zu Fionas Zeiten im Dorf noch dreimal die Woche getroffen hatten, war unbenutzt.

Das Erdgeschoss bestand aus dem großen Gemeindesaal mit seiner Bühne. Er bot ausreichend Platz für vielleicht sechzig Besucher und wurde auch für Hochzeiten und andere Familienfeiern genutzt. Heute standen die meisten Stühle übereinandergestapelt an der Kopfseite des Raumes, und die Frauen hatten in der Mitte einen Kreis aus Tischen und Stühlen gebildet. Es war kalt im Saal, und Fiona hatte wie die anderen Frauen auch ihren Mantel erst gar nicht ausgezogen.

Mary Flynn führte den Vorsitz und hatte sie ohne große Umstände begrüßt. Anscheinend war sie nicht bereit, sich in den Konflikt zwischen ihrem Mann und Fiona einzumischen. Vielleicht lag es daran, dass sie Nathan Flynns zweite Frau und laut Evan das Verhältnis zwischen Leah und ihrer Stiefmutter von

Beginn an angespannt war. Leah musste bei der zweiten Hochzeit ihres Vaters vielleicht zwanzig gewesen sein. Mary Flynn war erst nach Fionas Weggang ins Dorf gekommen. Jetzt stand sie vor ihrem Tisch und blickte über die Frauen, die langsam ihre Gespräche einstellten.

»Guten Morgen, Ladys. Ich begrüße euch herzlich zum letzten Planungstreffen für den diesjährigen St. Patrick's Day. Wir haben noch eine lange Liste abzuarbeiten, daher möchte ich euch bitten, die Diskussionen auf ein Minimum zu beschränken. Ich begrüße außerdem Fiona O'Connor in unserer Gruppe, die dankenswerterweise ihre Hilfe angeboten hat. Wir wissen das zu schätzen.«

Fiona konnte ein zynisches Lächeln auf Leahs Gesicht sehen und setzte sich aufrechter hin. Sie würde sich nicht unterkriegen lassen.

Früher hatte es im Dorf am siebzehnten März immer nach dem Festgottesdienst eine eigene kleine Parade gegeben. Die Hauptstraße war mit grünen Wimpelketten geschmückt gewesen, die Türen der Häuser mit Kränzen versehen. Der Spielmannszug aus Ennis war angereist, die örtliche Stepptanzgruppe hatte zu einer Aufführung im Gemeindehaus geladen. Am Abend war dann das ganze Dorf im Pub zusammengekommen und hatte gefeiert. Auch ihre Eltern, sonst eher zurückhaltend, waren an diesem Tag zusammen mit ihr fröhlich durch das Dorf gezogen.

In Dublin hatte sie den Tag nie wirklich feiern können, denn jedes einzelne Zimmer in der Stadt war schon oft Monate vorher ausgebucht, und sie und ihr Team hatten bis über beide Ohren in Arbeit gesteckt.

Neben Leah und Mary Flynn kannte Fiona noch Anna Gallagher, die unvermeidlichen McCarthy-Schwestern und Katelyn. Millie hielt sich aus allen Dorfaktivitäten raus, und die anderen Frauen hatte Fiona noch nicht kennengelernt.

Mary Flynn sah auf die Liste in ihrer Hand und ging die einzelnen Punkte durch.

»Auch dieses Jahr wird es keine Parade geben. Die Familien mit Kindern fahren nach Ennis, um sich den dortigen Umzug anzusehen, daher werden wir nach dem Gottesdienst alle direkt hierherkommen. Katelyn und Anna, ihr wolltet den Saal schmücken. Braucht ihr noch etwas? Nein? Sehr gut. Mein Mann und Evan Gallagher holen vor dem Gottesdienst alle älteren Leute, die nicht mehr alleine aus ihren Häusern in der Umgebung ins Dorf kommen, ab. Sie werden auch dafür sorgen, dass alle sicher von der Kirche hierherkommen. Es gibt ein gemeinsames Essen, darauf folgt ein kleines Programm auf der Bühne.«

Fiona hörte mit halbem Ohr zu, wie sich Mary und die anderen Anwesenden über den Ablauf unterhielten und Aufgaben verteilten.

Sie spürte die Welle an Feindseligkeit, die ihr von Leahs Seite aus entgegenschlug, und überlegte verzweifelt, was sie tun konnte, um die Situation zu entschärfen.

»Wir würden auch gerne wieder Musik machen, auch am Abend im ›Gallaghers‹. Tim Murphy wird mit seinem Akkordeon dabei sein, Leah mit ihrer Flöte, und sicherlich wird jemand die Trommel übernehmen. Nur leider haben wir wie letztes Jahr auch wieder niemanden, der die Geige spielen wird.«

»Keine Geige?«

Fiona machte große Augen und merkte erst dann, dass sie laut gesprochen hatte. Nun war es zu spät. Sie sah Katelyn neben sich breit grinsen.

»Nein, noch haben wir niemanden, der die Geige spielen wird.«

Fiona blickte auf ihre Schuhe und schwieg. Um nichts in der Welt würde sie etwas sagen, egal, wie oft ihr Katelyn noch in die Seite boxte.

Mary sah auf ihrer Liste nach dem nächsten Punkt, als Leah einen Fluch ausstieß.

»Ach verdammt. Fiona spielt Geige. Und zwar gut.«

Fiona sah erstaunt auf.

»Du willst mit mir spielen? Ich hatte seit Jahren keine Geige mehr in der Hand.«

»Ach, war eine Geige nicht fein genug für dein Dubliner Hotel? Wahrscheinlich kannst du es eh nicht mehr.«

Fiona schnaubte nur. Die Wahrheit war, dass sie, jedes Mal wenn sie ihre Geige in Dublin aus ihrem alten und verschrammten Koffer gezogen hatte, um zu spielen, von einer tiefen Traurigkeit überfallen worden war.

Aber sie würde den Teufel tun und das Leah gegenüber zugeben und zuckte daher nur mit den Schultern.

»Wir haben schon früher zusammen gespielt. Du warst zwar immer etwas langsam, aber mit etwas Hilfe von mir …«

Sie lehnte sich zurück, um Leahs Reaktion zu sehen, und ignorierte den Tritt, den ihr Katelyn unter dem Tisch gegeben hatte.

»Pah! Als ob du mir bei irgendetwas helfen könntest.«

Mary Flynn blickte mit einem für sie typischen undurchschaubaren Lächeln von ihrer Stieftochter zu Fiona und wieder zurück.

»Dann haben wir also diesmal eine Geige. Sehr gut. Ich schlage vor, dass ihr morgen Abend schon einmal gemeinsam im Pub spielt. Als Generalprobe sozusagen. Ich sage Evan Bescheid, dass er es den anderen erzählen soll.«

Fiona wollte protestieren, wurde aber erneut von Katelyn getreten. Mary sprach ungerührt weiter.

»Gut. Der nächste Punkt auf meiner Liste ist das Essen. Wie weit …«

Fiona hörte nicht mehr zu, sondern starrte Katelyn an und beugte sich dann vor, um ihr etwas ins Ohr zu zischen.

»Das hast du geplant!«

Katelyn lächelte leise.

»Gehofft ist wohl das bessere Wort. Du hättest Nein sagen können. Aber Musik ist vielleicht genau der Anfang, den ihr braucht, oder?«

29

Aidan atmete auf, als die Einsatzbesprechung beendet war. Die Kollegen von der Special Unit hatten ihm keine neuen Informationen über das Opfer liefern können. Auch sie waren davon ausgegangen, dass Paddy The Saint entweder tot am Grund irgendeines Sees ruhte oder es bis nach Amerika geschafft hatte und dort sein Unwesen unter einer neuen Identität trieb. Dass er die ganze Zeit irgendwo im Land gelebt haben sollte, dabei vielleicht sogar in seiner alten Funktion die Nathairs geleitet, versetzte sie in eine gewisse Hektik. Aber vorerst würden sie Aidan den Fall überlassen, um keinen Staub aufzuwirbeln und die Presse noch einige Tage aus dem Spiel zu halten.

Er wartete gerade auf eine richterliche Erlaubnis, bei allen Einwohnern von Ballinwroe einen Hintergrundcheck durchzuführen, um nach Verbindungen zu Paddy oder dem organisierten Verbrechen zu suchen. Aidan hatte das Okay seiner Chefin, weitere Ressourcen einzusetzen. Was in seinem Fall bedeutete, dass er Gemma umgehend damit beauftragte, zwei weitere Beamte aus der Datenanalyse an Bord zu holen, die die immer größer werdende Menge an Informationen fein säuberlich in die Falldatenbank eingeben würden.

Immer, wenn er die Analysten sah, deren einziger Job es war, mithilfe der Programme nach Verbindungen zu suchen, erfüllte ihn ein großer Respekt vor der Arbeit, die sein Vater noch getan hatte. Ohne Computer war es die Aufgabe der Beamten gewesen, alle Informationen zu sammeln und zu hüten. Kein Wunder, dass sein Vater auch nach Jahren noch ein Gesicht auf einem Foto zuordnen konnte. Trotzdem war Aidan froh, dass in seinem Fall nun in den Tiefen der Rechner Jahreszahlen, Orte und Namen abgeglichen werden würden.

Aidan saß an seinem Schreibtisch und versuchte, den Papierkram, den er nicht auf Scott und Gemma hatte abwälzen können, zu erledigen, als es vor seiner offenen Bürotür plötzlich leise wurde. Neugierig stand er auf und sah nur noch, wie seine Chefin, Superintendent Daly, zwei Männer in schwarzen Anzügen in ihr Büro bat. Fragend warf er Gemma einen Blick zu, die ihm auf dem Flur entgegenkam.

»Wer?«

Gemma sah ihn mit großen Augen an.

»Der Bischof. Und irgendein Sekretär oder so.«

»Verdammt. Hoffentlich geht es nicht …«

Aidan brach ab, als seine Chefin aus ihrem Büro trat und ihn heranwinkte. Ihre Miene verhieß nichts Gutes.

»Oh Scheiße.«

Mit einem steifen Lächeln ließ er Gemma stehen und ging den Flur hinunter.

Der Bischof von Dublin saß, in einen eleganten Anzug gekleidet, in einem der Besucherstühle im Büro des Superintendent.

Sein Sekretär stand hinter ihm und lächelte Aidan an.

»Inspector Connolly, sehr erfreut.«

Aidan nickte ihm zu und wandte sich an den Bischof.

»Eure Exzellenz. Womit kann ich Ihnen behilflich sein?«

Der Bischof stand auf und streckte ihm die Hand entgegen. In seinen blauen Augen blitzte so etwas wie Belustigung auf, als er ihn musterte.

»Ich habe schon viel von Ihnen gehört.«

»Ah ja? Ich hoffe, nur Gutes?«

Der Bischof neigte seinen Kopf.

»Sie erinnern sich vielleicht nicht mehr, aber Sie waren der verantwortliche Beamte bei dem Mord in Limerick.«

Aidan erinnerte sich sehr wohl. Der Fall lag fünf Jahre zurück und hatte ihm zu seiner jetzigen Position verholfen.

»Der Mord in der Kathedrale.«

»Wir waren damals sehr froh, dass Sie den Fall übernommen hatten. Ihnen wird eine hohe Integrität nachgesagt.«

Aidan schwieg. Komplimente waren meistens der Beginn von etwas Unangenehmem.

Superintendent Daly schaltete sich in das Gespräch ein. Sie kannte ihn lange genug, um keine diplomatischen Glanzleistungen von seiner Seite zu erwarten.

»Der Bischof ist wegen des Mordes in Ballinwroe hier.«

Aidan nickte.

»Sie wollen eine Aussage machen?«

Nun lachte der Bischof offen.

»Nein. Ich kann Ihnen leider gar nichts zu dem Mordfall sagen.«

Aidan ließ nicht so schnell locker.

»Dann vielleicht etwas über Ian Patrick, besser bekannt als Paddy The Saint?«

Der Bischof schwieg, und Aidan bemerkte, dass ihn die Information überraschte.

»Ah. Darum geht es bei dem Mord?«

Aidan sah zu seiner Chefin, die ihm zunickte.

»Er ist das Opfer. Warum sind Sie hier, Eure Exzellenz?«

Der Bischof legte seine Hände zusammen und sah Aidan nun durchdringend an.

»Sie haben Nachforschungen über einen meiner Priester angestellt. Pater Michael Moran.«

»Er hat das Opfer gefunden.«

»Ja, das hörte ich. Gibt es irgendeinen Grund für Sie, ihn zu verdächtigen?«

Aidan wollte gerade etwas sagen, als seine Chefin ihm zuvorkam.

»Die Überprüfung ist leider Standard in einem Mordfall. Wir machen das bei allen Beteiligten. Routine.«

»Ich verstehe. Aber wenn ich Ihnen versichere, dass Pater Morans Vergangenheit nichts mit dem Fall zu tun hat? Als sein Vorgesetzter und Beichtvater?«

Aidan knirschte mit den Zähnen. Verdammt. Seine Chefin

warf ihm einen strengen Blick zu und lächelte den Bischof an.

»Dann werde ich Ihnen natürlich glauben.«

Aidan konnte es nicht fassen.

»Aber ich muss leider trotzdem …«

Seine Chefin unterbrach ihn sofort.

»Nein. In diesem Fall genügt uns das Wort des Bischofs natürlich. Meine Beamten werden ihre Überprüfung einstellen.«

Der Bischof stand auf und nickte Aidan freundlich zu.

»Ich bin froh, dass wir das klären konnten. Pater Moran wird Ihnen natürlich weiterhin zur Verfügung stehen, wenn es um Fragen geht, die seine Arbeit in Ballinwroe betreffen.«

Und schon hatten er und sein Sekretär das Büro verlassen.

»Ma'am, ich kann doch nicht …«

Erneut schnitt ihm seine Chefin das Wort ab. Diesmal war ihre Stimme leiser, und Aidan merkte, dass auch sie nicht glücklich war mit der Situation.

»Er ist einer von den Guten. Glauben Sie mir. Und daher werden wir seinem Wunsch Folge leisten. Vorerst. Sollten Sie bei Ihrer Ermittlung allerdings Hinweise finden, die Pater Moran in den Kreis der Verdächtigen rücken, wird auch der Bischof ihn nicht mehr schützen können.«

Aidan kannte diesen Tonfall und nickte. Daly wusste, was sie tat. Auch, wenn er ihren Job um nichts in der Welt machen wollte.

30

Der zerkratzte Geigenkoffer stand geöffnet vor Fiona auf dem Tisch. Darin schimmerte wie ein lang verborgener Schatz das rotbraune Holz ihrer Geige. Vorsichtig nahm sie den Bogen in die Hand und wog ihn in der Hand. Dann griff sie nach der Geige, spürte ihr Gewicht und klemmte sie sich zwischen Schulter und Kinn. Es war eine vertraute, fast intime Handlung. Wie oft hatte sie das schon getan, voller Vorfreude darauf, dem Instrument Töne zu entlocken?

Sie schloss die Augen, als der Bogen die Saite berührte und ein warmer Klang ihr kleines Haus erfüllte.

Ohne nachzudenken, fanden ihre Finger und die Hand, die den Bogen führte, in das Muster und die Magie eines Liedes. *Down by the salley gardens.*

Fiona lächelte mit geschlossenen Augen. Es war das Lieblingslied ihres Vaters gewesen und sie unendlich stolz, als sie es das erste Mal spielen konnte.

Auf ein Lied folgte das nächste, doch sie hielt inne, als ihre Tränen auf das Holz der Geige tropften. Schweigend blieb sie sitzen und spürte der Musik nach, die ihre Seele berührt hatte.

Erst Eanáir, die während des Geigenspiels ruhig zu Fionas Füßen gesessen hatte, holte sie in die Gegenwart zurück, indem sie an ihrem Bein hochsprang und winselte.

»Du willst raus? Dann lass uns rüber zum Haus gehen.«

Sie legte die Geige zurück in den Koffer und schloss sanft den Deckel. Sie wusste nun, dass er hier nicht mehr lange verschlossen bliebe.

Vorsichtshalber nahm sie die Hündin an die Leine. Rund um das Gartentor musste noch Blut zu riechen sein, und sie wollte nicht, dass Eanáir dorthin rannte.

Doch als sie ankam, sah sie Millie, die, bewaffnet mit einer Bürste und einem Eimer, das Tor schrubbte. Das heiße Wasser dampfte in der kalten Luft, und Fiona nahm den Geruch von grüner Seife wahr.

»Millie! Das musstest du nicht tun. Lass mich das zu Ende machen.«

Millie sah sie kurz an und schüttelte nur den Kopf.

»Nicht deine Aufgabe.«

Fiona kannte den Ton und wusste, dass jeder Widerspruch vergeblich wäre. Trotzdem machte sie einen letzten Versuch.

»Aber …«

»Die Polizei hat auch das Zimmer wieder freigegeben. Da kannst du Ordnung schaffen. Ich komme nachher dazu, wenn ich hier fertig bin.«

Fiona sah, wie das Wasser sich auf den Stufen vor dem Tor mit den Resten von Blut vermischte. Sie schluckte.

»Danke. Ich danke dir sehr.«

»Lass den Hund hier. Er kann im Gemüsegarten spielen. Ich habe ein Auge auf sie.«

Auf dem Weg zum Zimmer hielt Fiona im Erdgeschoss an und holte aus der kleinen Kammer unter der Treppe den Korb mit den Putzsachen.

Sie würde aufräumen, den Raum gründlich reinigen und alle bösen Geister verjagen. Vielleicht mochte man früher dafür Salbei oder Rosmarin genommen haben, Weihrauch oder Beschwörungen. Ihre Methode, ein Zimmer wieder von allem zu befreien, was ein Gast dort an schlechten Energien zurückgelassen hatte, waren Scheuermittel, Möbelpolitur und der Bodenreiniger, den sie immer mit einigen Tropfen Zitronenöl vermischte. Sie erinnerte sich, wie erstaunt einige der Mitarbeiter in Orlas Hotels gewesen waren, wenn sie ihre Chefin auf Knien in einem der Gästezimmer vorfanden, einen Lappen in der Hand und einen entschlossenen Ausdruck im Gesicht. Doch ab und an, besonders, wenn ein Gast unangenehm gewesen war, hatte sie das gebraucht. Außerdem war es die perfekte Tätigkeit, um eine Menge Wut und Frust loszuwerden.

Sie zog vorsichtig das Siegel vom Holz der Tür und freute sich, dass es spurlos abging. Sie drückte die Tür auf und hielt auf der Schwelle des Zimmers inne.

Beim letzten Mal war der Garda dabei gewesen. Jetzt, da sie alleine war, fluchte sie laut beim Anblick des verwüsteten Zimmers. Aber das hatte noch nie jemanden weitergebracht, also machte sie einen Schritt ins Zimmer hinein und legte los.

Nach einer Stunde hatte sie das Bettzeug in einen großen Wäschesack gestopft. Normalerweise wurde die Wäsche von Millie mit nach Hause genommen und dort gewaschen, getrocknet und in einer herrlich altmodischen Wäschemangel geplättet. Aber diesmal wollte Fiona die Sachen zur Reinigung bringen.

Danach hatte sie die Fußleisten sorgfältig wieder an Ort und Stelle gelegt. Sie würde nachher einen Hammer holen, die kleinen Nägel auswechseln und einschlagen. Die Bücher hatte sie zurück in das Regal gestellt. Das Glas zweier Bilderrahmen war beim Versuch, sie zu öffnen, zerbrochen, und vorsichtig hatte sie die Scherben zusammengekehrt und in den Abfalleimer geworfen. Sie würde die Rahmen nach Ennis bringen, um neues Glas einsetzen zu lassen.

Was hatte der Eindringling bloß gesucht? Geld? Drogen? Eine Waffe? Fiona dachte an die schwarze Pistole, die gestern plötzlich in ihrem Haus aufgetaucht war. Zum Glück hatte der Garda ihr geglaubt, auch wenn sie seinem Sergeanten angesehen hatte, dass der sie am liebsten sofort verhaftet hätte.

Aber eine Pistole würde ja nicht hinter einen Bilderrahmen passen oder hinter die Fußleisten oder in ein Buch. Hier musste es um etwas anderes gegangen sein.

Nachdenklich sah sie sich im Zimmer um. Wo würde sie etwas verstecken? Wo hätte Mr Miller, oder besser Paddy The Saint, etwas verstecken können?

Hatte der Eindringling es gefunden? Aber die Zerstörung des Raums hatte nirgendwo aufgehört. Jede Ecke des Zimmers schien auf den Kopf gestellt. Der Spülkasten war geöffnet, sogar der Spiegel im Bad hing nicht mehr an seinem Platz. Müsste nicht, falls die Suche erfolgreich gewesen wäre, die Verwüstung irgendwo aufgehört haben? Hier schien dagegen jemand alles abgesucht und dann aufgegeben zu haben.

Sie ging zum Fenster und öffnete es weit, um kalte Luft in den Raum zu lassen. Eanáir fröhliches Bellen klang aus dem Garten zu ihr hoch, und neugierig lehnte sie sich weiter aus dem Fenster. Mr Walsh stand neben Millie, und seine Frau hatte sich zu Eanáir gebeugt, die ihr einen Stock vor die Füße legte. Mrs Walsh griff danach und warf ihn wenige Meter, Eanáir rannte hinterher.

Doch statt den Stock zurückzubringen, schleppte sie ihn an eine Ecke der Gartenmauer und fing an zu buddeln. Fiona hatte schon die Erfahrung gemacht, dass der junge Hund Stöcke lieber sicher vergrub, als sie ihr zurückzubringen.

Sie stimmte in Mrs Walsh Lachen ein, die aufblickte und ihr zuwinkte. Als sie sich zurück ins Zimmer drehte, blieb ihr Blick an den Schindeln hängen, die links und rechts neben den Fenstern das Dach bedeckten. Die Erneuerung des alten Daches hatte ein riesiges Loch in ihr Budget gerissen, aber die Architektin hatte ihr sehr deutlich gemacht, dass kein Weg darum herum führte. Die neuen Schindeln kamen aus einem Steinbruch im Nordosten und waren mit viel Erfahrung und Liebe zum Handwerk auf das Dach gebracht worden.

Eine der Schindeln neben dem Fenster saß aber nun schief. Neugierig beugte Fiona sich vor und versuchte, sie wieder zurechtzurücken, als sie in ihrer Bewegung innehielt. Was, wenn …?

Vorsichtig bewegte sie die Schindel, die sich fast völlig zur Seite schieben ließ. Darunter blitzte ein heller Umschlag auf. Fiona holte ihn heraus und öffnete ihn vorsichtig. Ein Foto fiel ihr in die Hände. Vielmehr ein halbes Foto, es war zur Hälfte durchgerissen. Verwundert schaute sie auf das Bild. Ein Junge, vielleicht vier oder fünf Jahr alt, die blonden Haare verstrubbelt, stand auf einem Gehweg. Im Hintergrund war ein Teil eines Hauses erkennbar, eine bunte Tür. Zumindest in Ballinwroe hatte sie so eine Tür noch nicht gesehen. Die Hand des Jungen wurde von jemandem gehalten, dessen Hälfte auf dem Foto aber abgerissen worden war. Sie drehte das Bild um, doch die Rückseite war leer. Sie musste den Garda anrufen.

Während sie die Treppe zu ihrem Büro hinunterging und noch nachdachte, was ihr Fund wohl bedeuten mochte, kam ihr Mrs Walsh im Erdgeschoss entgegen und begrüßte sie fröhlich.

»Hallo Miss O'Connor. Was für ein schöner Tag, oder?«

»Ja. Der Regen wird wohl einige Tage Pause machen.«

Mrs Walshs Gesicht strahlte und war von der frischen Luft und dem Herumtollen mit dem Hund gerötet.

»Ich habe gerade mit Ihrem Hund gespielt. Was für ein schönes Tier.«

»Ja, das ist sie. Wahrscheinlich wird sie … Oh nein!«

Fionas Blick war über den hellen Mantel der Frau gewandert, der von oben bis unten mit erdigen Pfotenabdrücken bedeckt war.

»Es tut mir so leid! Ich werde auf jeden Fall …«

Doch Mrs Walsh unterbrach sie und lächelte.

»Fiona, machen Sie sich doch keine Sorgen. Ich weiß, dass es ein gewisses Risiko ist, mit einem jungen Hund zu spielen. Und ich muss zugeben, ich habe mich ganz schön in Ihre Eanáir verliebt. Und so ein bisschen Dreck macht doch nichts.«

Sie sah Fiona neugierig an.

»Ich habe gehört, Sie werden am St. Patrick's Day im Pub auftreten?«

»Ja, aber es ist lange her, dass ich gespielt habe.«

»So etwas verlernt man nicht. Ich freue mich schon, Ihnen zuzuhören. Aber jetzt gehe ich mich erst einmal umziehen.«

Fiona trat in ihr kleines Büro und schloss die Tür. Dann legte sie den Umschlag auf den Tisch und holte die Karte aus ihrer Tasche, die der Garda ihr gegeben hatte.

»Inspector Connolly? Ich glaube, ich habe etwas gefunden, dass Sie interessieren wird.«

31

»Gemma!«

Aidan stand an der Tür zu seinem Büro und wartete angespannt, dass sein Sergeant die wenigen Meter aus ihrem Büro, das sie sich mit Scott teilte, zu ihm kam.

»Ja, Sir?«

»Ich schicke Ihnen gleich das Bild von einem Foto zu. Miss O'Connor hat es im Zimmer des Opfers gefunden. Ich will eine Vergrößerung, so schnell wie möglich. Und ich will, dass jemand den Hintergrund des Fotos freistellt und ebenfalls durch irgendeines dieser Programme laufen lässt.«

Er starrte auf das Foto und schüttelte den Kopf.

»Ich will verdammt nochmal wissen, warum unser Opfer ein Foto von einem kleinen Jungen in seinem Zimmer versteckt hat.«

Innerhalb weniger Minuten hatte Gemma seine Anweisungen ausgeführt und saß nun vor ihm, einen Abzug des Bildes in der Hand, die Stirn in Falten gelegt. Dann blickte sie ihn mit einem vorsichtigen Lächeln an.

»Ich würde gerne eine Quelle anrufen.«

Aidan sah sie verwundert an.

»Welche Quelle denn?«

»Einen ehemaligen Garda mit einem guten Gedächtnis und einer Menge Kontakten. Vielleicht findet er etwas heraus. Er hat ein gewisses Interesse an dem Fall gezeigt.«

Aidan stöhnte und starrte wieder auf das Bild. Wenn es so wichtig war, dass Paddy es versteckte und jemand anderes unter einigem Risiko danach suchte … Verdammt.

»Gehen Sie schon. Und wenn Sie ihm gegenüber auch nur andeuten, dass Sie mit meinem Einverständnis arbeiten, dann sorge ich dafür, dass Sie in Zukunft nur noch Akten im Archiv stapeln, verstanden?«

Gemma verließ das Büro, und Aidan drehte seinen Sessel so, dass er aus dem Fenster blicken konnte.

Eine Viertelstunde später saß Gemma wieder vor ihm.

»Es gibt Gerüchte, dass Paddy eine junge Frau geschwängert hat. Sie soll untergetaucht sein, während er in Untersuchungshaft saß.«

Aidan merkte, wie sich einige Informationen in seinem Kopf in eine neue Ordnung brachten. Er liebte dieses Gefühl und stellte sich dabei immer eine altmodische Maschine vor, in der die Zahnräder langsam anfingen ineinanderzugreifen. Endlich bewegte sich etwas.

»Paddy hat im Dorfladen von Ballinwroe viele Fragen gestellt. Danach, wie es für Kinder ist, dort zu leben. Und er war nach Aussagen der Leute im ganzen Dorf mit seiner Kamera unterwegs und hat alles und jeden abgelichtet.«

Jetzt ergab Paddys Besuch bei Edna McCarthy Sinn. Er hatte jemanden gesucht. Gemma schien zu demselben Schluss gekommen zu sein.

»Wenn das Bild vor zehn Jahren aufgenommen wurde, dann ist der Junge jetzt vielleicht fünfzehn Jahre alt.«

»Und?«

»Es gibt in Ballinwroe kein Kind, das vom Alter her passen würde.«

Aidan dachte an die Schüsse, die Paddys Unterleib getroffen hatten.

»Vielleicht hat er ja auch die Frau gesucht?«

»Und sie hat ihn dann erschossen?«

»Das wäre möglich. Wusste Ihre Quelle mehr über die Frau oder die Umstände damals?«

Gemma schüttelte den Kopf.

»Nein. Aber meine Quelle hat gesagt, dass ein weiterer Ex-garda, Detective Thomas, an der Verhaftung von Paddy beteiligt war und mehr wissen könnte. Detective Thomas wird heute Mittag wie jeden Tag im ›C and M‹ essen. Meine Quelle sagt, es wäre gut, wenn ein höhergestellter Beamter mit ihm sprechen würde. Vor allem, wenn der höhergestellte Beamte das Patenkind des Mannes wäre.«

Aidan sah Gemma genervt an.

»Sie wissen, dass Sie und Ihre Quelle mir gerade wirklich, wirklich auf die Nerven gehen?«

Gemma hatte so viel Anstand, kurz schuldbewusst auf den Boden zu sehen. Aidan seufzte.

»Eine Frau als Schützin also?«

»Oder ein Mann, der eine Frau beschützen wollte.«

Aidan sah Gemma nachdenklich an.

»Wie kommen Sie darauf?«

»Laut Statistik sind Frauen viel seltener Täterinnen von Gewalttaten.«

»Frauen sind also per se weniger gewalttätig?«

Gemma schüttelte den Kopf.

»Das sagt die Statistik nicht. Die Zahlen zeigen uns ja nur, wer wie oft mordet. Beziehungsweise dabei erwischt wird.«

»Frauen sind also nur besser darin, nicht überführt zu werden?«

Gemma lachte auf.

»Das glauben Sie wohl wirklich nicht, oder?«

Aidan schüttelte den Kopf.

»Nein. Wir klären fünfundneunzig Prozent aller als verdächtig eingestuften Todesfälle auf. Würden Frauen genauso oft morden wie Männer, dann hätten wir viel mehr ungelöste Fälle.«

»Aber es gibt keine Statistik, wie oft ein Mann wegen einer Frau mordet.«

Aidan lehnte sich zurück.

»Das ist mal eine spannende Frage.«

»Aber wenn unser Opfer wirklich nach Ballinwroe gekommen ist, um nach dieser Frau zu suchen, dann sollten wir das auch tun. Wer kommt infrage?«

Aidan senkte den Blick, da er als Erstes Fionas Bild vor Augen hatte. Konnte es sein, dass ihr Leben in Dublin doch nicht so einfach gewesen war, wie sie es ihn hatte glauben machen?

»Erstellen Sie eine Liste aller Frauen, die vom Alter her infrage kommen. Und sprechen Sie mit der Chefin – sie soll Druck machen, dass wir die Freigabe für die umfassenden Hintergrundchecks bekommen. Zumindest für die Frauen sollte das doch jetzt mit einer ausreichenden Begründung möglich sein.«

»Und Sie?«

Aidan griff nach seiner Jacke.

»Ich gehe jetzt ins ›C and M‹ und statte meinem Paten einen Besuch ab.«

32

Das »C and M« – oder wie das Schild über der Tür verriet: das »Cockles and Mussels« – war ein kleiner, gemütlicher Pub am Ufer des Liffey. Benannt nach den Muscheln, die Molly Malone in dem gleichnamigen Lied auf Dublins Straßen verkauft, es war über die Jahre zu einem beliebten Treffpunkt der oberen Ränge der Garda geworden. Die Atmosphäre war entspannt, das Essen gut und die Auswahl an Getränken klein, aber fein. Die Besitzerin des Pubs, die schon vom ersten Tag an von allen Molly genannt wurde, hatte selbst über Jahre bei der Polizei gearbeitet und begrüßte jeden ihrer Gäste mit der gleichen Herzlichkeit. Aidan vermutete, dass man mit den Geschichten, die an der breiten, dunklen Theke und den Tischen schon erzählt worden waren, Bücher über Bücher füllen könnte. Auch sein Vater kam regelmäßig ins »C and M«, den inoffiziellen Seniorenclub der Garda.

»Hallo Onkel Tom.«

»Aidan! Wie schön, dich zu sehen. Setz dich, setz dich.«

Aidan setzte sich auf den freien Stuhl in der kleinen Nische neben der Eingangstür.

Inspector Pierce Thomas, mittlerweile im Ruhestand, hatte seine breiten Schultern und seinen mittlerweile ebenso ausladenden Bauch auf die Bank an der Wand gequetscht, vor sich einen Teller mit einem Steak und gebackenen Kartoffeln. Die grünbraunen Augen in dem markanten Gesicht mit dem dicken Schnurrbart und den roten Wangen blickten ihn neugierig an.

»Was führt dich denn hierher?«

»Ich habe gerade einen Fall an der Westküste. Ein Mord in einem kleinen Dorf namens Ballinwroe«

»Mhm. Dann bist du aber schnell wieder zurück in die Zivilisation gekommen.«

»Die Leiche, ein Mann Mitte vierzig, hatte gefälschte Papiere auf den Namen Steve Miller.«

»Tsss, nicht sonderlich einfallsreich.«

»Es hat uns etwas Zeit gekostet, aber wir haben herausgefunden, wer er in Wirklichkeit war.«

Aidan verschwieg besser, dass sie das ohne die Hilfe seines Vaters sicherlich nie geschafft hätten.

»Und?«

»Vor vier Tagen wurde Ian Patrick in der Mühle des Dorfes erschossen.«

Sein Onkel legte sein Besteck am Tellerrand ab und sah nachdenklich auf.

»Tja. Die Welt ist dadurch sicherlich ein Stück besser geworden.«

Er griff wieder zu Messer und Gabel und schnitt sich sorgfältig ein weiteres Stück aus seinem Steak. Aidan seufzte leise. Das würde nicht einfach werden.

»Ein Schuss traf ihn in die Brust, zwei weitere zerfetzten seinen Unterleib.«

Nun blickte Tom bedauernd auf sein blutiges Steak und tupfte sich den Mund ab.

»Und du bist hier, weil …?«

»… du damals bei der Verhaftung von Paddy dabei warst?«

»O ja. Paddy hatte spitzbekommen, dass eine Anklage gegen ihn vorbereitet wurde, und war gerade dabei, die Fliege zu machen.«

»Aber ihr habt ihn noch erwischt?«

»Ja, wir haben kurz vor knapp noch einen Tipp bekommen.«

Aidan sah ihn neugierig an.

»Von einer Frau?«

»Möglich.«

»Ich muss wissen, wer die Frau war. Und ob sie von ihm schwanger war.«

Tom sah Aidan ruhig an. Aber das Pochen seiner Halsschlagader verriet, dass ihn das, was er soeben erfahren hatte, alles andere als kaltließ. Er wusste etwas.

»Nein.«

»Komm schon. Du kannst dich doch immer an alle Einzelheiten erinnern. Hilf mir.«

»Um denjenigen, der Paddy The Saint endlich von dieser Welt entfernt hat, zu finden?«

»Ja.«

»Nein.«

»Es geht um Mord.«

»An Paddy The Saint. Mir fällt es schwer, Betroffenheit zu zeigen.«

»Egal, an wem. Mord. Jemand hat ihn erschossen.«

Sein Patenonkel dachte nach. Dann strich er sich mit einer für ihn typischen Geste über den Schnurrbart und lehnte sich in seinem Stuhl zurück, die Arme verschränkt, Bedauern in der Stimme.

»Du musst das natürlich so sehen, und es ist auch richtig so. Ein Garda sollte Verbrechen aufklären. Mord ist Mord. Aber ich bin nicht mehr im Dienst, ich muss das nicht mehr. Ich darf Unterschiede machen zwischen einem unschuldigen Opfer und einem erschossenen Kriminellen. Und ich bleibe dabei. Ich bin da raus.«

Aidan nickte und trank sein Glas aus. Er wusste, dass viele Exgarda die Meinung seines Onkels teilen würden. Es war eine Art, mit dem, was sie alles gesehen hatten, umzugehen.

»In Ordnung.«

»Einfach so. Kein Druck?«

»Ich kenne dich. Was soll ich mir den Mund fusselig reden, wenn du dich schon längst entschieden hast?«

Sein Onkel blickte nachdenklich auf den Tisch und hob dann die breiten Schultern.

»Sie war jung, verdammt jung. Paddy hatte sie irgendwo aufgegriffen, und es dauerte etwas, bis sie erkannte, wer er war und was er tat. Als sie gehen wollte, hat er ihr sehr deutlich gemacht, dass sie zu bleiben hatte.«

Aidan konnte sich vorstellen, was das für die Frau bedeutet hatte.

»Und sie war schwanger von ihm?«

»Ja. Er hat sie über Monate in einer Wohnung eingesperrt und regelmäßig vergewaltigt.«

Die Schüsse in den Unterleib.

»Wir sind im Zuge der Ermittlungen auf die Wohnung in Paddys Besitz gestoßen und haben uns gewundert. Ich war unter den Ersten, die sie da gefunden haben.«

Aidan sah, wie sich die Augen seines Paten verdunkelten. Und er wusste, auch er würde, wenn er irgendwann in Pension war, die Bilder einiger Fälle als schweres Gepäck mit sich herumschleppen. So ging es Tom, so ging es seinem Vater, und so würde es auch ihm gehen. Die Kunst bestand darin, ausreichend Dinge im Leben zu haben, die man liebte und die man der Dunkelheit entgegensetzen konnte.

»Wir boten ihr Schutz, aber sie lachte nur. Sie wusste, dass Paddy zu viele Leute innerhalb der Garda in der Hand hatte. Und sie hatte ja recht.«

Aidan hörte den Schmerz und die Wut in der Stimme seines Onkels. Aidan senkte den Kopf. Paddys Flucht aus dem Gefangenentransporter war nur gelungen, weil jemand innerhalb der Garda die Informationen an die Nathairs weitergegeben hatte. Sein Magen zog sich zusammen bei der Vorstellung, dass die Garda, seine Garda, kein Ort der Sicherheit mehr sein könnte.

Er zwang sich, sich wieder auf den Fall zu konzentrieren.

»Einen Namen? Eine Beschreibung?«

Aidan bekam nur ein Kopfschütteln. Tom würde nicht mehr erzählen.

»Hast du ihr geholfen zu verschwinden?«

»Hättest du?«

Aidan nickte, und sein Onkel lächelte zum ersten Mal wieder.

»Ja. Du warst schon immer einer von den Guten.«

Er nahm einen Schluck aus seinem Glas und blickte aus dem Fenster.

»Wir haben ihr Geld gegeben und dafür gesorgt, dass ihr Name und die Schwangerschaft aus allen Unterlagen verschwanden. Mehr konnten wir nicht tun.«

Er sah Aidan fragend an.

»Warum ist es dir so wichtig?«

»Das Übliche. Unschuldige, die unter Verdächtigungen leiden.«

»Für ›das Übliche‹ bist du allerdings ziemlich wütend.«

Aidan schwieg. Polizisten waren gute Beobachter. Auch Expolizisten.

»Wie heißt sie?«

Und nicht dumm.

»Fiona O'Connor. Und jemand versucht wohl, ihr die Sache anzuhängen.«

»Ich bin überzeugt, dass du sie schützen kannst.«

»Warum glaubst du das, wenn sogar ich meine Zweifel habe? Wir haben die Tatwaffe bei ihr gefunden. Sie hat kein Alibi. Und sie kommt vom Alter her infrage, die junge Frau von damals gewesen zu sein. Würdest du sie wiedererkennen?«

Tom sah ihn ruhig an.

»Unter keinen Umständen. Ich habe vergessen, wie sie aussah. Und wenn du irgendetwas hiervon offiziell machst, habe ich auch vergessen, dass es sie überhaupt gibt. Ich kann dir nicht helfen. Es tut mir leid. Ich habe mein Wort gegeben.«

Aidan nickte.

»Es war einen Versuch wert. Aber ich bin froh, dass du immer noch der gleiche unbestechliche Garda von früher bist.«

Sie saßen einen Moment ruhig da und lauschten der leisen Musik im Hintergrund.

»Aidan? Wie lange kennen wir uns nun schon?«

»Ich war sechs Jahre alt, und mein Vater hat mich mitgenommen, weil meine Mutter krank war und zum Arzt musste. Ich habe im Präsidium gesessen und so getan, als läse ich ein Buch. Aber in Wirklichkeit hatte ich fürchterliche Angst. Du bist gekommen und hast mich mit Keksen und Tee bestochen. Ich durfte bei dir im Büro unter dem Schreibtisch spielen, bis mein Vater mich abgeholt hat.«

Aidan erinnerte sich gut an diesen Tag. Seine Mutter war damals öfter krank gewesen. Eine verschleppte Grippe. Ihr Hausarzt hatte sie zu einem Spezialisten geschickt. Am selben Abend hatte Aidan an der Küchentür gelauscht und gehört, wie seine Mutter seinem Vater erzählte, dass sie sterben werde. Krebs.

Aidan hielt inne und spürte erneut den Schmerz und die Angst, die ihn damals ergriffen hatten. So würde es immer sein, wenn er sich an den Tag erinnerte, der sein Leben, das Leben seiner Familie, für immer verändert hatte. Toms Stimme holte hin sanft zurück.

»Du warst ein schlaues Kerlchen.«

Er blickte auf sein Glas, dann wieder in Aidans Gesicht.

»Es gibt Gerüchte, du hättest, wie sagt man, Dreck am Stecken? Ich konnte es nicht glauben. Sie sagen …«

Aidan schloss die Augen. So weit war es also schon. Er hatte gehofft, mehr Zeit zu haben. Verdammt. Seine Gegner arbeiteten schnell.

Sein Patenonkel musterte ihn und suchte in seinen Augen nach einer Antwort. Und Aidan schuldete ihm eine. Hoffentlich machte er keinen Fehler. Hoffentlich machte er nicht schon jetzt, am Anfang der ganzen Geschichte, einen Fehler.

Er sah sich im Pub um und senkte seine Stimme.

»Ich muss dich um einen Gefallen bitten.«

Tom nickte.

»Wenn es hart auf hart kommt – glaube bitte den Gerüchten. Sei entsetzt und angewidert, meide mich. Ich bitte dich inständig, halte nicht zu mir.«

Aidan konnte sehen, wie Tom innerhalb von Sekunden alle Puzzleteile zusammensetzte.

»Du hast dich in die Schusslinie gebracht? In die der bösen Jungs innerhalb der Garda?«

Aidan nickte. Sein Onkel war anscheinend noch besser vernetzt, als er gedacht hatte.

»Sie sollen glauben, ich wäre allein.«

»Bist du dir sicher? Ich könnte dir helfen.«

Aidan zögerte. Er könnte jede Hilfe gebrauchen, aber er wollte niemanden in Gefahr bringen.

»Ich bin mir sicher. Es ist alles schon auf den Weg gebracht.«

»Geht es um den Dylan-Fall?«

Aidan nickte.

»Ich hatte befürchtet, dass dahinter mehr steckt, weit mehr.«

Er legte ihm kurz seine warme, große Hand auf die Wange.

»Gott sei mit dir, Aidan.«

Als Aidan aus dem dunklen Pub ins Freie trat, musste er blinzeln. Die Wolkendecke über Dublin war aufgerissen, und die regennassen Mauern und Straßen blitzten im Sonnenlicht. Er sollte die Regenpause nutzen und zu Fuß zurück ins Revier laufen. Vielleicht würde sein Kopf auf dem Weg etwas klarer werden.

Der Dylan-Fall. Deputy Dylan, ein Garda, der seinen Dienst bis dahin vorbildlich geleistet hatte, hatte am Morgen des ersten Septembers des letzten Jahres eine Waffe aus der Asservatenkammer gestohlen, war mit ihr in den Besprechungsraum gegangen und hatte seinen Vorgesetzten und dessen Stellvertreterin vor den Augen seiner Kollegen erschossen. Mit der dritten Kugel hatte er sich selbst gerichtet.

Der Fall hatte die Garda erschüttert. Zum einen wegen der Leichtigkeit, mit der jemand Zugang zu den Waffen bekommen hatte. Innerhalb der Garda waren nur die Mitglieder der Special Unit standardmäßig bewaffnet. Selbst Aidan trug im Normalfall keine Waffe mit sich.

In Dylans Leben fand man keine Motivation für seine Handlung, er hatte als still, aber zuverlässig gegolten, hatte eine saubere

Akte und keinerlei bekannten Groll gegen seine Vorgesetzten. Die internen Ermittlungen führten ins Leere – und schließlich ging man davon aus, dass der junge Garda im Wahn gehandelt hatte, und stufte das Ganze als Amoklauf ein.

Aidan wusste nicht, ob er der Einzige war, der diese Version wenig glaubhaft fand. Dylan hatte allen Aussagen nach gezielt auf zwei der Anwesenden geschossen und nicht blind um sich gefeuert.

Und als sein Superintendent ihm, während einer Mittagspause auf einer Bank am Ufer des Liffey, ihre Version der Ereignisse darlegte, war es, als breche seine Welt zusammen. Sie erzählte von einem gut organisierten, mit Erpressung und Bestechung arbeitenden kriminellen Netzwerk innerhalb der Garda. Mächtig, über Jahre gewachsen, gefährlich und nahezu unsichtbar. Die beiden Beamten, die Dylan erschossen hatte, waren Teil einer kleinen und äußerst vorsichtigen Gruppe gewesen, die versuchte, gegen dieses Netz vorzugehen. Auch Superintendent Daly gehörte dazu. Und Aidan nun auch. In den letzten Monaten hatte er sehr vorsichtig Informationen gesammelt und seine Fühler ausgestreckt. Seine Aufgabe war es, eine Verbindung zwischen Dylan und anderen Garda zu finden. Und herauszufinden, warum die beiden ermordeten Garda dem Netzwerk gefährlich geworden waren.

Aber trotz aller Vorsicht schien man auf ihn aufmerksam geworden zu sein. Die Gerüchte, in die Welt gesetzt, um seinen Ruf zu untergraben, waren sicherlich nur der Anfang.

Er lächelte. Alles lief nach Plan.

Aidan trat auf die Straße, um auf den breiten Weg am Ufer des Liffey zu gelangen, als er aus dem Augenwinkel etwas Weißes auf der falschen Straßenseite auf sich zukommen sah. Instinktiv warf er sich nach hinten, versuchte, im Sturz seine Arme zu heben, um sich abzufangen, und kam dann mit dem Kopf auf dem Kantstein auf.

33

Es war ein merkwürdiges Gefühl, wieder mit ihrem alten Geigenkasten durch das Dorf zum Pub zu laufen. Nur hinter wenigen Fenstern brannte Licht, und die Straßen waren in kalte Dunkelheit getaucht. Würde es im Sommer auch so sein? Würden die Straßen auch dann, wenn der Tag noch spät in den Abend ragte, so verlassen und einsam sein? Wo waren die offenen Türen, das Lachen, die Stimmen der Familien geblieben? Was auch immer geschah, sie würde mit aller Macht versuchen, das Dorf wieder ins Leben zurückzuholen. Und vielleicht war dieser Abend ja der Anfang.

Ihr Vater hatte selbst die Geige gespielt, hatte es wiederum von seinem Vater gelernt. All die alten Lieder und Melodien hatte er an sie weitergegeben.

Das »Gallaghers« war früher, als noch jedes Wochenende eine Session im Pub stattfand und die Musiker aus dem Dorf und der Umgebung zusammenkamen, um zu spielen und zu singen, einer ihrer Lieblingsorte gewesen. Für ihre erste Kindergeige, die sie gerade so halten konnte, hatte ihr Vater einen Sommer lang Extraschichten im Sägewerk eingelegt. Ein großes Geschenk. Ihr wortkarger Vater, zufrieden mit seiner Arbeit im Werk, seinen Tieren zu Hause und seiner Musik. Er hatte das große Cottage sorgfältig erhalten, hatte gestrichen und gehämmert, wann immer es notwendig war. Damals war die Dorfgemeinschaft noch eine andere gewesen, das gegenseitige Helfen eine Selbstverständlichkeit. War es nötig, bei einem der Nachbarn zu helfen, tat man es, deckte Dächer neu ein, brachte gemeinsam das Heu ein. Und im Gegenzug wusste man, dass man auch selbst Hilfe bekommen würde, jederzeit. Das System hatte funktioniert. Bis das Sägewerk immer weniger Arbeiter brauchte, bis die Torfstecherei schloss, bis immer mehr der kleinen Höfe nicht mehr mit Gewinn bewirtschaftet werden konnten, bis es irgendwann gar nicht mehr zum Überleben reichte. Die Kinder suchten sich Arbeit in den Städten, pendelten oder verließen das Dorf. Die neu

Hinzugezogenen kannten oft das Prinzip der Gemeinschaft nicht und zogen sich in ihre Gärten und Häuser zurück. Auch der Pub fiel in eine Art Winterschlaf und war schon zu Fionas Jugend kein Ort mehr, an dem fröhlich getanzt wurde.

Doch Evan schien das wieder ändern zu wollen, und als sie die letzten Meter auf die hell erleuchteten Fenster des Pubs zuging, hörte sie die lauten Stimmen und das Lachen der Gäste. Irgendjemand spielte schon auf einem Akkordeon ein Lied, das sich mit den anderen Geräuschen vermischte und zu einem Ganzen wurde.

Fiona lag ein Lächeln auf den Lippen, und ihre Hände begannen zu schwitzen. Dennoch hatte sie Angst, dass die Musik bei ihrem Eintreten verstummte, dass Leah ihre Flöte zur Seite legte und man ihr unmissverständlich zu verstehen gab, dass sie nicht dazugehörte. Würde das geschehen, dann wäre sie nicht mehr bereit, einen weiteren Versuch zu unternehmen. Sie straffte ihre Schultern und öffnete die schwere Tür.

Der Raum war mit lautem Lachen und den leisen Tönen des Akkordeons erfüllt. Früher hätte Rauch in der Luft gehangen, heute konnte man den herben Geruch des Guinness und den würzigen Duft von Anna Gallaghers Essen riechen. Die Menschen saßen dicht gedrängt an den Tischen und am Tresen. Anscheinend hatte Evan dafür gesorgt, dass sich die geplante Session herumsprach. Fiona sah das Ehepaar Walsh an einem der Tische sitzen, die Nolans standen am Tresen und redeten begeistert auf Evan ein, der sich zu amüsieren schien. Ob über das Erzählte oder die Erzähler, konnte Fiona nicht genau erkennen.

Leah saß neben Dylan, dessen Gesicht keinerlei Regung zeigte, an einem der Tische neben der Bühne, ein Glas Wein vor sich und mit einen äußerst schlecht gelaunten Ausdruck im Gesicht.

Fiona wäre beinahe umgedreht, als sie eine Hand auf ihrem Rücken spürte und dann Pater Morans weiche Stimme an ihrem Ohr hörte.

»Kneifen gilt nicht.«

Sie drehte sich zu ihm um und war nicht überrascht, Katelyn neben ihm zu sehen.

»Los, geh nach vorn. Du schaffst das schon.«

Fiona lief ein kalter Schauder den Rücken herunter, und sie zitterte trotz der Wärme im Pub.

»Mir ist kalt.«

»Du bist einfach nervös. Stell dir vor, du spielst für dich alleine.«

Fiona dachte an die Gefühle, die sie am Morgen überrannt hatten, und schluckte.

»Hier, der wird dir Glück bringen.«

Katelyn zog aus ihrer Tasche einen wunderschönen roten Schal.

»Katelyn, ich kann nicht …«

»O doch. Wenn dich jemand nach dem Schal fragt, mach Werbung für mich! Und jetzt brauche ich ein Bier. Pater?«

»Ich trinke immer Tee. Evan weiß Bescheid.«

Fiona kletterte auf die Bühne und holte ihre Geige aus dem Koffer. Leah trat neben sie, ihre Flöte in der Hand. Tim Murphy, der das Akkordeon aufnahm, sah die beiden lächelnd an.

»Wollen wir?«

Fiona nickte, und Tim stimmte die ersten Töne an. Leah fiel ein, übernahm die Melodie und Fiona setzte mit einem letzten tiefen Atemzug die Geige an und hob den Bogen. Es ging los.

Es war erstaunlich, wie mühelos sie wieder in die Lieder fand. Tim war ein guter Anführer. Er legte die Lieder und das Tempo fest und beobachtete aus den Augenwinkeln aufmerksam, ob Fiona einstieg. Nach und nach erhöhte er das Tempo und die Komplexität der Melodien, und Fionas Herz machte einen Sprung. Pure Freude ergriff sie.

Nach fünf Liedern gab Evan ihnen ein Zeichen, und sie setzten die Instrumente ab. Es war kurz still im Raum, dann begannen die Zurufe. Evan reichte ihr ein Glas mit Wasser, sie trank einen tiefen Schluck, und dann sah er sie fragend an.

»The Fields …?«

Sie hatten schon früher zusammen musiziert. Evan hatte eine schöne, etwas raue Singstimme, die perfekt zu der Ballade passte.

Fiona setzte die Geige wieder an und begann zu spielen. Bei den ersten Tönen verstummten die Gespräche im Pub, und alle Augen richteten sich auf sie und Evan.

Als das Lied zu Ende war, senkte Fiona den Blick und atmete tief durch. Wie sehr sie es vermisst hatte, so mit Freunden zusammen Musik zu machen. Evan lächelte ihr zu, die Gespräche setzten nach und nach wieder ein, und sie lehnte sich auf ihrem Stuhl zurück. Der Seitenblick, den ihr Leah zuwarf, war schwer zu deuten, aber sie meinte, darin so etwas wie Trauer zu erkennen. Bevor sie sich wieder auf Tim und die leise Melodie, die er auf seinem Akkordeon angestimmt hatte, konzentrieren konnte, hörte sie eine laute Stimme aus dem hinteren Teil des Pubs.

»Herzallerliebst. Die verlorene Tochter kehrt zurück! Oder sollte ich besser die gefallene Tochter sagen? Man könnte glatt vergessen, was passiert ist, oder?«

Nathan Flynn, ein Glas mit Bier in der Hand und mit schon unsicherem Schritt, kam auf die Bühne zu und sah sich beifallheischend um. Dylan stand auf, warf dabei seinen Stuhl mit einem Krachen um und verließ mit einem eisigen Blick auf seinen Schwiegervater den Pub.

Fiona wollte gerade etwas sagen, als Leah ihr zuvorkam und sich vor ihren Vater stellte.

»Daddy, du hast mir versprochen …«

Ihre Stimme war leise, aber eindringlich und verfehlte ihre Wirkung nicht.

Nathan Flynn sah sich um und trat dann mit einem wütenden Schulterzucken einige Schritte zurück. Fiona atmete auf und sah Leah dankbar an, die ihrem Blick auswich. Auch die Gespräche im Pub setzten wieder ein, und Tim Murphy hob grinsend sein Akkordeon und stimmte die ersten Töne eines schnellen Tanzliedes an.

Fiona machte sich bereit, ebenfalls einzustimmen, als sie aus den Augenwinkeln sah, wie Flynn, das leere Glas in seiner Hand, an den Tresen trat und dabei mit voller Wucht seine Schulter in Michael Morans Rücken knallte.

Der Pater schrie auf, als sich der heiße Tee aus seiner Tasse über sein Hemd ergoss, und sprang auf.

»Ziehen Sie es aus!«

Anna Gallagher war an Michael herangetreten und begann schon, ihm das Hemd aus der Hose zu ziehen, als dieser mit schmerzverzerrtem Gesicht ihre Hände festhielt und den Kopf schüttelte.

»Lassen Sie mich einmal sehen.«

Michael trat einen Schritt zurück. Ein tiefer Schatten legte sich über sein Gesicht.

Evan Gallagher trat hinter dem Tresen hervor, und der Pater schüttelte erneut den Kopf, griff zu seiner Jacke und stürmte aus der Tür.

Flynn stand am Tresen und blickte in die Gesichter der Menschen, die ihn entsetzt anstarrten.

»Das wollte ich nicht, bei Gott. Ich schwöre, das wollte ich nicht.«

34

»Ich sollte fahren.«

Aidan saß auf dem Beifahrersitz eines der zivilen Bereitschaftsfahrzeuge, diesmal zum Glück in einem Mittelklassewagen mit mehr Fußraum. Am Steuer saß Sergeant Gemma O'Neill und fuhr mit der typischen Unbeschwertheit und mindestens zwanzig Meilen zu viel auf dem Tacho in Richtung Westen.

»Nein, Sir. Sie sind nur knapp an einer Gehirnerschütterung

vorbeigekommen. Dass der Arzt Sie überhaupt hat gehen lassen …«

Aidan hatte keine Lust, Gemma zu erklären, dass der Arzt ihn nur nach einer ellenlangen Predigt und der Androhung einer Zwangspause hatte gehen lassen.

»Es ist nur eine Beule.«

Von dem angeknacksten Schlüsselbein hatte er Gemma erst gar nicht erzählt. Der Arzt hatte gesagt, das sei keine untypische Verletzung bei Männern seines Alters, und dann hatte er völlig unbeeindruckt Aidans wütenden Blick an sich abprallen lassen.

»Sir? Das war wirklich eng. Wenn Sie nur eine Sekunde langsamer gewesen wären … Die Kollegen haben noch keinen Hinweis auf das Auto gefunden.«

»Touristen. Auf der falschen Seite gefahren.«

Er konnte Gemmas skeptischen Blick fühlen und beeilte sich, das Thema zu wechseln.

»Waren Sie schon mal in der Gegend?«

Doch sie schüttelte den Kopf.

»Nein, wir müssen darüber sprechen. Wenn es nun kein Unfall war?«

Aidan stöhnte auf.

»Sie haben zu lange mit meinem Vater gesprochen.«

Der hatte ihm auch schon in allen Einzelheiten auseinandergesetzt, warum er das Ganze nicht für einen Unfall hielt. Aidan hatte große Schwierigkeiten gehabt, ihn von eigenen Ermittlungen abzuhalten.

»Und er hat recht. Keinerlei Bremsspuren. Der Wagen ist einfach mit gleichem Tempo weitergefahren. Und die Zeugen sagen, er hat erst kurz vor dem Pub die Straßenseite gewechselt.«

Aidan schüttelte den Kopf.

»Touristen, vielleicht betrunken.«

»Kann es etwas mit dem Fall in Ballinwroe zu tun haben? Waren das vielleicht Paddy The Saints Leute?«

Gemma hatte über die letzten Jahre die irritierende Angewohnheit entwickelt, seine Einwände einfach zu übergehen und so lange nachzufragen, bis sie zufrieden war. Er fragte sich, ob das für oder gegen ihn als Vorgesetzten und Ausbilder sprach. Eigentlich für ihn, er wollte ja Mitarbeiter, die eigenständig arbeiteten. Nur dass er diesmal gute Gründe hatte, sein Team da rauszuhalten.

»Gemma, lassen Sie es einfach, ja? Es bleibt bei einem Unfall mit Fahrerflucht. Vielleicht war ich ja auch unaufmerksam, habe nicht richtig geguckt. Wir lassen die Kollegen nach dem Wagen suchen, und das war es vorerst.«

Er versuchte, sich bequemer hinzusetzen, und zuckte zusammen, als er seinen linken Arm dabei zu heftig bewegte.

»Aber …«

»Gemma. Ich habe Sie zweimal gebeten, die Sache ruhen zu lassen. Wenn Sie weiterhin meine Zeit damit verschwenden, muss ich es zu einem Befehl machen, verstanden?«

Er sah, dass er einen Fehler gemacht hatte, als Gemma, anstatt wütend zu werden, erstaunt zu ihm sah und dann leise durch die Zähne pfiff. Er hatte ihre Neugierde nur angefacht. Er musste vorsichtiger werden.

»Verstanden, Sir.«

»Fassen Sie noch mal zusammen, was wir mittlerweile über Paddy und das Foto wissen.«

Während Gemma, wie so oft in den letzten Jahren, alles zusammenfasste, blickte Aidan aus dem Fenster und fragte sich, ob er richtig handelte.

»Also vermuten wir im Moment, gestützt auf unsere Quellen und den Fund des Fotos, dass Paddy vor fünfzehn Jahren eine Frau schwängerte, die kurz vor seiner Verhaftung vor ihm floh, nicht ohne der Polizei einen Hinweis auf seinen Unterschlupf zu geben.«

Aidan nickte. Er hatte beschlossen, es nicht offiziell zu machen, dass die Flucht der jungen Frau mit Unterstützung einiger Polizeibeamter stattgefunden hatte.

»Wir haben keine Beschreibung der Frau. Keinen Namen oder irgendwelche anderen Anhaltspunkte.«

»Wie viele Frauen kommen infrage?«

»Ich habe mit Scott gesprochen. Wenn die Frau zum Zeitpunkt der Verhaftung jünger als fünfundzwanzig Jahre alt war, gar nicht mehr so viele. Ballinwroe ist ein altes Dorf, es gibt nur wenige junge Menschen dort. Außerdem hat die Frau zur fraglichen Zeit wohl nicht im Dorf selbst gelebt. Dort eine Schwangerschaft und einen Säugling zu verstecken, ist wahrscheinlich unmöglich, oder?«

Aidan dachte an die McCarthy-Schwestern und den Bürgermeister, an Evan Gallagher und die Geschwindigkeit, mit der sich alle Neuigkeiten im Dorf verbreitet hatten.

»Ja, sie muss woanders gewesen sein. Zumindest die letzten Monate vor der Geburt.«

»Dann bleiben auf unserer Liste fünf Dorfbewohner und zwei Pensionsgäste, die wir uns genauer ansehen sollten. Und wenn keiner von ihnen infrage kommt, sollten wir die Suche ausdehnen.«

»Wer?«

»Leah McGowan, damals noch Leah Flynn. Sie war in der Zeit der Verhaftung zur Ausbildung in Dublin, sie ist Konditorin. Ich konnte nur kurz mit ihrem damaligen Chef telefonieren. Sie war unauffällig, hatte nicht viele Freunde, eher still. Aber sie war oft krank. Im fraglichen Jahr war sie für einige Monate in Paris wegen eines Praktikums. Dort habe ich noch niemanden erreicht.«

Aidan schaute nachdenklich aus dem Fenster.

»Das würde zeitlich passen, oder? Die Überprüfung des Alibis hat Priorität. Die Kollegen sollen Amtshilfe erbitten.«

»Das ist schon in die Wege geleitet. Morgen früh sollten wir etwas haben. So oder so.«

Aidan sah Leah McGowan vor seinem inneren Auge, die aufgeregt und angespannt neben ihrem Mann im Pub gesessen hatte. Es könnte passen. Gemma, die nie Notizen brauchte, sondern immer alle Informationen im Kopf hatte, fuhr fort.

»Über Anna Gallagher wissen wir kaum etwas. Sie ist vor zehn Jahren als Urlauberin ins Dorf gekommen. Sie und Evan Gallagher haben sich verliebt, und sie ist geblieben. Laut Scott weiß keiner genau, was sie vorher gemacht hat. Wir konnten in unseren Datenbanken nichts zu ihr finden.«

Gemma blickte kurz zu ihm herüber.

»Ich habe Scott gesagt, dass ich mit ihr sprechen werde, Sir. Nach ihrer Beschreibung dachte ich mir, das wäre vielleicht besser.«

Aidan stimmte zu.

»Sie war mir und Scott gegenüber extrem schüchtern. Aber das sind viele Menschen der Garda gegenüber. Mal sehen, ob sie Ihnen freiwillig etwas über ihr Leben vor Ballinwroe erzählt. Wer weiß, was sie in den Westen getrieben hat. Wer noch?«

»Millie Brennan. Hat zu der fraglichen Zeit ebenfalls in Dublin gelebt. Ihr Mann war den Kollegen vor Ort gut bekannt.«

»Sie ist verheiratet?«

Davon war nie die Rede gewesen. Auch Fiona hatte ihm nichts davon erzählt.

»Ja. Oder besser gesagt: Sie war es. Scheidung. Ein Jahr später zog sie nach Ballinwroe. Interessant ist die Frage, woher sie das Geld für den kleinen Hof hatte. Ich habe die Beamten vor Ort gebeten, sich umzuhören. Wobei ihr altes Wohnviertel in den letzten Jahren so schick geworden ist, dass ich meine Zweifel habe, ob es überhaupt noch jemanden gibt, der damals schon dort gewohnt hat. Allerdings ist sie Mitte vierzig. Sie sagten jedoch, Ihre Quelle beschrieb die Frau als sehr, sehr jung.«

Aidan dachte nach.

»Sie wirkt auf mich nicht so, als wäre sie jemandem wie Paddy begegnet und hätte nicht sofort gewusst, wen sie da vor sich hat. Aber vielleicht irre ich mich, und sie war früher anders. Sie soll unbedingt auch überprüft werden. Was ist mit ihrem Exmann?«

»Gefängnis. Noch für die nächsten sieben Jahre.«

Aidan sah auf.

»Warum?«

»Raub, Körperverletzung. Er hat eine Spielhalle überfallen und dabei einen Gast angeschossen.«

»Schicken Sie Ihre Fragen an das Gefängnis. Ich will wissen, wie er seine Frau beschreibt und ob es Bezüge zu den Nathairs und dem Opfer gibt.«

Aus dem Autofenster heraus konnte Aidan nun die Landschaft nur noch erahnen. Gemma hatte die Fahrbahn mittlerweile fast für sich und beschleunigte wieder.

»Dann ist da noch die Künstlerin. Die, die webt.«

»Katelyn Bell?«

»Ja. Sie war damals in Dublin und ist dann nach London gegangen. Hat dort eine Künstlerkooperative gegründet, in der sie auch ihre Lebensgefährtin kennengelernt hat. Ebenfalls eine Künstlerin, Nora Brennan. Sie ist vor fünf Jahren an Krebs gestorben. Über Katelyn Bell findet man viel im Netz. Sie versucht auf jeden Fall nicht, sich zu verstecken. Ich würde sie erst einmal ganz nach unten auf die Liste setzen, habe aber die Analysten gebeten, trotzdem ihre Flugdaten zu ermitteln und mit den bekannten Daten zu vergleichen.«

Aidan nickte.

»Von den Gästen sind Mrs Kavanagh und Mrs Nolan im richtigen Alter. Zu ihnen konnte ich noch keine Informationen sammeln.«

»Ich habe beide kennengelernt. Mrs Kavanagh ist abgereist, aber die Kollegen an ihrem Wohnort sollen sie überprüfen und rausfinden, wo sie vorletzte Nacht war.«

»Die Jungs der Kavanaghs? Könnte einer der beiden Paddys Sohn sein?«

Er sah Gemma belustigt an und dachte an Seamus und Samuel.

»Nein, zu jung. Das Kind von Paddy wäre heute fünfzehn Jahre alt. Das funktioniert nicht.«

»Das wäre ja auch zu einfach gewesen. Trotzdem könnte sie

noch ein drittes Kind haben, von dem niemand etwas weiß. Mrs Nolan wird ebenfalls überprüft. Laut ihrer offiziellen Biographie auf ihrer Webseite war sie zur Zeit der Verhaftung auf Reisen quer durch die Welt, um sich selbst zu finden. Allerdings haben die Kollegen dafür noch keine Belege gefunden. Ihren Pass hat sie vor Jahren als gestohlen gemeldet. Wir sind da dran.«

Aidan dachte an die elegante Frau, deren ganzes Auftreten so perfekt in die Dubliner Gesellschaft passte. Aber er hatte schon ganz andere Verwandlungen gesehen.

»Ich werde sie befragen.«

Er sah, wie Gemma nervös auf ihre Unterlippe biss, bevor sie weitersprach.

»Und schließlich Fiona O'Connor.«

Aidan schwieg und blickte aus dem Fenster.

»Allerdings hat sie uns das Foto geschickt. Sie hätte es auch einfach vernichten können.«

Aidan runzelte die Stirn.

»Es spricht für sie, ja.«

Er wollte mit Gemma nicht über seine Bedenken reden. Fiona O'Connor war intelligent und konnte sich gut in Menschen hineinversetzen. Perfekte Voraussetzungen, um andere zu manipulieren. Und er mochte sie. Was ihr die Sache erleichtern würde. Ein Teil von ihm wollte ihr glauben.

Manchmal wünschte er seinen Job, die Zweifel und das ständige Misstrauen wirklich zum Teufel.

Gemma war unterdessen den Straßenschildern nach Ballinwroe gefolgt und fuhr über die alte Brücke.

»Da vorne rechts ist der Pub. Ich schlage vor, wir tauchen erst einmal dort auf. Das Essen ist gut, und Sie bekommen einen Eindruck von den Bewohnern und der Atmosphäre. Morgen früh starten wir mit den Befragungen.«

Sie hielten an, und Aidan sah verwundert auf die vielen Wagen, die rechts und links am Straßenrand standen.

»Wir scheinen etwas verpasst zu haben.«

Gerade, als er zusammen mit Gemma den Pub betreten wollte, wurde die Tür aufgerissen, und Pater Moran stürmte mit gehetzter Miene und einem völlig durchnässten Hemd heraus in die Kälte.

»Das war Pater Moran. Gehen Sie rein und finden Sie heraus, was passiert ist. Ich komme nach.«

Gemma zog die Augenbrauen hoch. Er hatte ihr vom Gespräch mit dem Bischof erzählt, aber er würde den Teufel tun und den Pater einfach so in Ruhe lassen.

35

Verdammt. Michael stand in seiner Küche und knöpfte mit zusammengebissenen Zähnen sein Hemd auf. Zum Glück war der Tee zwar heiß, aber nicht mehr kochend gewesen. Trotzdem war die Haut an seiner Brust und seinem Bauch rot und brannte, und er konnte nur hoffen, dass sich keine Blasen bildeten. Vorsichtig öffnete er den Schrank über der Spule und wollte nach der Kiste mit dem Verbandszeug greifen, als er hinter sich die Küchentür aufgehen hörte.

»Gehen Sie.«

»Ich glaube nicht.«

Der Inspector. Natürlich. Michael lehnte seinen Kopf gegen die Schranktür und schloss die Augen.

»Bitte gehen Sie.«

»Sie sind verletzt. Lassen Sie mich das einmal ansehen.«

Ihm war klar, dass er den Mann nicht loswerden würde.

Langsam drehte er sich um und starrte dem Inspector in die Augen.

Dessen Blick wanderte über das offene Hemd. Schockiert schnappte er nach Luft.

Michael wusste, was er sah. Sah er selbst es doch jeden Tag, jeden Morgen im Spiegel, spürte es bei jedem Atemzug.

Die Narben überzogen seine Brust und seinen Rücken wie ein feines Muster. Ein Schuppenpanzer aus Schnitten und Verbrennungen.

Er registrierte, wie der Polizist sein Entsetzen hinunterschluckte. Dann sah er ihm wieder in die Augen.

»Ziehen Sie das verdammte Hemd ganz aus. Haben Sie irgendwo eine Salbe?«

Michael zögerte, dann zuckte er mit den Schultern und ließ sein Hemd auf den Tisch fallen.

»Oben im Schrank in der Kiste, da muss etwas sein.«

Aidan holte die Kiste hervor und stellte sie auf den Tisch.

»Wie schlimm ist die Verbrennung?«

»Ich hatte Glück.«

Der Polizist zog skeptisch eine Augenbraue hoch und wühlte weiter in der Kiste. Michael setzte sich vorsichtig auf einen Küchenstuhl und stöhnte. Aidan sah auf.

»Wahrscheinlich sagen Sie sowieso Nein, wenn ich vorschlage, einen Arzt zu rufen?«

Michael grinste schief.

»Da haben Sie verdammt recht.«

Der Inspector hielt eine kleine Sprühflasche mit Wunddesinfektion hoch und lachte leise. »Ich fürchte, das wird wehtun.«

»Im Schrank steht eine Flasche Whiskey.«

Der Inspector stellte die Flasche und ein Glas auf den Tisch, schenkte ein, und Michael stürzte den Inhalt hinunter, als es an der Tür klopfte.

»Pater Moran?«

Er seufzte. Das war Fionas Stimme. Immerhin hatte sie geklopft.

»Ja. Kommen Sie.«

Sie kam herein, und auch ihr Blick glitt über seinen Oberkörper. Er bemerkte ihr Entsetzen, als sie die Narben sah, und wie sie zögernd einen Schritt auf ihn zu machte und dann kurz vor ihm stehen blieb. Gleich würde sie fragen, gleich würden ihre Augen vor Mitleid ganz dunkel werden, und ihr Gesicht würde diesen einen bestimmten Ausdruck annehmen, den er so hasste. Gleich würde er für sie und den Garda wieder das Opfer sein, das …

Doch dann legte sie ihre Hand sacht an seine Wange, blickte ihm mit einem Lächeln in die Augen und ging vor ihm in die Hocke. Ihre Stimme war warm und ruhig, während sie seinen Brustkorb untersuchte.

Michael trank einen Schluck aus seinem Glas.

»Einen Arzt wollen Sie wahrscheinlich nicht sehen?«

Der Inspector schnaubte. »Das habe ich ihn auch schon gefragt. Er will keinen Arzt.«

Fiona sah Moran an, und der junge Pater nickte.

»Keinen Arzt. Es ist nicht so schlimm.«

Auch Fiona konnte ihre Skepsis nicht verbergen, aber willigte schließlich schulterzuckend ein.

»Dann sollten wir alles gut desinfizieren. Ich sehe keine offenen Stellen oder Brandblasen, das ist gut. Wahrscheinlich hatten Sie wirklich Glück. Aber sicher ist sicher.«

Der Polizist reichte ihr die Flasche, und er trank sein Glas schnell aus.

Doch das Spray war erstaunlich kühl auf seiner Haut.

»Salbe, und dann ein Hemd aus Baumwolle. Und wenn es anfängt zu schmerzen, wenn Ihnen warm wird, Sie Fieber bekommen oder was auch immer, dann bringe ich Sie so oder so ins nächste Krankenhaus.«

Er spürte, wie ihre Hände vorsichtig die Salbe auf seiner Brust verteilten. Niemand hatte ihn seit Jahren dort berührt oder seine Narben gesehen. Zum Glück erwartete auch niemand von einem Pater, dass er im Sommer ohne T-Shirt herumlief oder im Meer schwamm. Er schloss die Augen.

Der Polizist hatte in der Zwischenzeit anscheinend sein Schlafzimmer gefunden, da er mit einem seiner Hemden zurückkam und es ihm reichte. Er zog es vorsichtig an und atmete auf.

Sein Blick fiel auf die Whiskeyflasche, die mittlerweile zur Hälfte geleert war.

»Ich sollte schlafen gehen.«

Zu seinem Erstaunen stimmte der Inspector sofort zu.

»Ja, das sollten wir alle.«

36

Fiona trat aus der warmen Küche des Pfarrhauses in die kalte Nachtluft und merkte, wie sie zitterte.

»Sie frieren.«

Aidan war neben sie getreten, und sie nahm den Duft seines Aftershaves wahr.

»Nein. Also ja, es ist kalt. Aber das hier …«

Sie hob ihre zitternden Hände. Tränen liefen ihr über die Wangen.

»Das hier ist Wut. Ich möchte Flynn am liebsten in sein hässliches Gesicht schlagen. Ich will demjenigen, der für Pater Morans Narben verantwortlich ist, wehtun. Ich will zwei Meter groß sein und zuschlagen können, bis derjenige vor mir im Dreck liegt und …«

Fiona hielt atemlos inne.

»Schockiert Sie das?«

Nachdenklich musterte er sie und schüttelte dann den Kopf.

»Nein. Aber es würde Sie denen gleich machen, die so etwas tun. Und das wollen Sie nicht.«

Fiona schwieg. Er hatte ja recht. Aber wohin bloß mit ihrer Wut und dem Gefühl der Hilflosigkeit?

Sie gingen nebeneinander auf der schmalen Straße in Richtung Pub.

»Wer tut so etwas?«

Fiona sah immer noch Pater Morans blasse Haut und die roten Narben, die ihm jemand beigebracht hatte.

»Menschen tun so etwas.«

Aidans Stimme war leise, doch sie hörte darin die gleiche Wut und das gleiche Entsetzen, das in ihr tobte.

»Was können wir tun?«

Er seufzte.

»Wegen heute Abend? Pater Moran könnte den Bürgermeister anzeigen. Aber das wird er nicht, oder?«

Fiona schüttelte den Kopf.

»Nein. Flynn wird sich entschuldigen. Das wollte er wohl tatsächlich nicht.«

Sie blieben vor dem Pub stehen, aus dem nur noch wenige Stimmen zu hören waren.

»Und wegen der Narben?«

»Pater Moran ist erwachsen. Es sind seine Narben.«

Damit öffnete er die Tür, und sie traten ein.

Am Tresen standen nur noch wenige Besucher, die Musiker hatten ihre Instrumente eingepackt.

Die Kollegin des Inspectors hatte mit Anna Gallagher am Tisch gesessen und sprang auf, als sie ihren Chef eintreten sah.

»Sir? Alles in Ordnung?«

Fiona merkte, wie sie genauestens gemustert wurde.

»Miss O'Connor, das ist Sergeant Gemma O'Neill. Sie wird mich hier vor Ort unterstützen.«

Fiona nickte der Polizistin zu. Dann sah sie, wie Leah von einem der Tische aufstand und auf sie zukam.

»Entschuldigen Sie mich.«

Fiona ging Leah entgegen.

»Es geht ihm gut. Der Tee war nicht mehr kochend heiß, und es gab keine größere Verbrennung.«

Leah blieb unschlüssig vor Fiona stehen.

»Danke. Ich weiß nicht, was in meinen Vater gefahren ist. Er ist völlig fertig, Mary hat ihn nach Hause gebracht. Er sagt, es tut ihm fürchterlich leid.«

Leah sah sie nachdenklich an.

»Wir müssen reden.«

»Morgen, ja?«

Leahs Gesicht war grau vor Erschöpfung, und sie nickte.

»Morgen.«

Fiona ging zur Bühne und hob vorsichtig den offenen Geigenkoffer auf. Der Abend hatte so wunderbar begonnen und so grauenvoll geendet. Ein Teil von ihr spürte noch die Musik und wollte weiterspielen. Müde drehte sie sich um und wäre fast mit dem Inspector zusammengestoßen, der lautlos hinter sie getreten war.

»Mein Sergeant wird in Flynns Hotel ein Zimmer nehmen, ich begleite Sie nach Hause.«

Zu erschöpft, um zu protestieren, drückte Fiona ihm ihren Geigenkoffer in die Hand und ging zur Tür.

Der Wind hatte aufgefrischt und die Wolken vertrieben. Der Mond stand im letzten Drittel und erhellte die Wege, die Bäume und die grauen Steine der Mauern. Es war kalt, und Fiona schlang sich das rote Tuch von Katelyn fester um die Schultern. Der weiche Stoff wärmte innerhalb von Sekunden. Wahrscheinlich hatte Katelyn mit ihren Händen auch so etwas wie Magie hineingewebt. Zuzutrauen wäre es ihr. Und Wärme war etwas, was sie gerade mehr als alles andere gebrauchen konnte.

Der Inspector schwieg, und sie war dankbar dafür. Seine Hand, die ihren Geigenkoffer hielt, war groß und kräftig, die Finger hatte er locker um den Griff geschlossen. Statt seiner alten Lederjacke trug er heute einen halblangen Mantel und darunter einen dunkelgrauen Wollpullover. Er hatte sich angepasst, dem Wetter und vielleicht auch dem Ort.

Wahrscheinlich hatte er warme Hände. Fiona blieb kurz stehen, da sie fast am Tor von Greenhill angekommen waren. Sie wusste, wenn sie begann, auf diese Art und Weise über die Hände eines Mannes nachzudenken, wollte sie sie auch spüren.

Er hatte sich zu ihr umgedreht und streckte ihr den Geigenkoffer entgegen. Sie zögerte. Sie wusste, es gab einige Gründe, die gegen das sprachen, was gleich geschehen würde. Aber ihr fiel gerade keiner mehr ein. Jedenfalls keiner, der stärker war als ihre Sehnsucht danach, die Nacht mit ihm zu verbringen.

Neugierig, wie er reagieren werde, trat sie einen Schritt näher an ihn heran, stellte sich auf Zehenspitzen und gab ihm einen leichten Kuss auf den Mund. Dann löste sie sich von ihm, trat wieder zurück und sah ihn ruhig an. Sie spürte förmlich, wie er mit sich rang und dann seinerseits einen Schritt auf sie zu machte.

Heute Nacht würde sie nicht alleine sein.

37

Aidan sah aus der Tür der Küche hinaus zu Fiona, die zusammen mit dem Ehepaar Walsh am Gartentor stand und ihnen einen Weg auf einer Karte erklärte.

Er und Gemma saßen in der warmen Küche des Cottage und tranken Tee aus den dicken, handgefertigten Tassen, die er nun schon so oft gehalten hatte.

Gemma hatte die Nacht in einem Zimmer in Nathan Flynns Hotel verbracht und war am Morgen für eine erste Einsatzbesprechung zu ihm gekommen. Scott war damit beschäftigt, die unterschiedlichen Nachforschungen zu koordinieren und den notwendigen Papierkram zu erledigen. Sie würden sich später zum Mittagessen im Pub treffen.

Aidan hatte nur wenig Schlaf bekommen, und bei dem Gedanken an die letzte Nacht stritten Glück und Schuldgefühle in ihm. Es war falsch und im höchsten Maße unprofessionell, sich mit einer Verdächtigen einzulassen. Aber gleichzeitig hatten die letzten Stunden dafür gesorgt, dass sich der schwere Klumpen, der seit so langer Zeit auf seinem Herzen gelegen hatte, angehoben hatte. Fionas Kuss, ihr fragendes Angebot hatten ihn überrascht und auf seltsame Art auch hilflos gemacht. Er hatte seit Ellas Mutter nur wenige Frauen in sein Bett oder gar in sein

Leben gelassen – und oft war ihm der Weg dorthin schal vorgekommen, verbunden mit vielen Missverständnissen und Fallstricken, die sich während der Dates und der mühsamen Versuche, mit zu vielen Erwartungen klarzukommen, ergaben. Leichtigkeit hatte er dabei nie gespürt. Und nie hatte er so ein unverstelltes, offenes Angebot bekommen. Er lächelte leise. Es war schön gewesen, einander nichts beweisen zu müssen. Er merkte Gemmas forschenden Blick und setzte schnell eine möglichst nüchterne Miene auf.

»Sir? Ich habe heute Morgen einen Bericht von den Kollegen von der Verkehrssicherung bekommen. Der weiße Geländewagen. Sie sagen, sie konnten auf einer Aufnahme einer weiteren Verkehrskamera die Kennzeichen erkennen. Es waren Duplikate. Das waren Profis.«

Aidan unterdrückte ein Stöhnen. Damit hatte er gerechnet. Nur hatte er gehofft, dass der Wagen auf keiner Kamera auftauchen würde. Für Duplikate mussten die Täter ein dem eigenen Fahrzeugtyp gleiches Auto suchen und dann dessen Nummernschild kopieren. So würden bei einer flüchtigen Kontrolle und Abfrage der Daten Nummernschild und Fahrzeugtyp zusammenpassen. Es war eine elegante Lösung, aber auch eine, die mehr Arbeit und Organisation erforderte. Und die mit einem Zugriff auf einen Rechner der Polizei um einiges leichter zu bewerkstelligen war. Alles passte zusammen. Nur durfte er Gemma da unter keinen Umständen mit hineinziehen.

Er schüttelte den Kopf.

»Darum kümmere ich mich später.«

Er sah, dass ihr das nicht gefiel. Ihr sonst so fröhliches Gesicht wirkte ernst.

»Was?«

»Sie sind im letzten Jahr einigen unserer eigenen Leute ganz schön auf die Füße getreten.«

»Wollen Sie damit sagen, der Angriff steht in irgendeinem Zusammenhang mit der Garda selbst? Das ist lächerlich.«

Und ein Treffer ins Schwarze. Er sollte sich dümmere Mitarbeiter aussuchen.

»Sie haben es also auch schon gedacht.«

Aidan musste widerwillig lächeln. Gemma war gut. Und sie setzte nach, auch das hatte er ihr beigebracht.

»Was glauben Sie, warum wir seit dem Dylan-Fall immerzu die Morde zugewiesen bekommen, die so weit wie möglich von Dublin entfernt geschehen sind?«

»Schlechtes Karma?«

»Chef! Das ist mein Ernst. Es werden Fragen gestellt, die ganze Garda summt wie ein Bienenkorb, in den eine Wespe eingedrungen ist. Irgendjemand versucht, hinter Ihrem Rücken Wind gegen Sie zu machen.«

»Ah, also geht es los.«

»Und Sir? Ich glaube, Thomas Scott ist einer derjenigen, die das Ganze auch noch anheizen. Sie müssen ihn loswerden.«

Er sah sie lange über seine Teetasse hinweg an. Wie weit konnte er gehen? Wem konnte er vertrauen?

»Gemma. Sie haben in wenigen Wochen ihre Prüfungen. Ich habe mit Superintendent Daly gesprochen und Sie für das Trainingsprogramm von Interpol vorgeschlagen. Ich wollte es Ihnen noch nicht sagen, aber Sie haben gute Chancen, angenommen zu werden.«

»Interpol?«

Gemmas Augen leuchteten, dann zog sie ihre Nase kraus.

»Sie schicken mich weg. Sie schützen mich, richtig? Mackenzie haben Sie vor vier Monaten einen Job in Cork verschafft. Er war der schlauste Kopf im Team. Etwas naiv vielleicht, aber auch verdammt schlau. Alle dachten, dass er Ihre zweite Hand wird. Dann loben Sie ihn weg. Mich schicken Sie ebenfalls weg.«

Sie legte ihre Stirn in Falten und sah ihn wütend an.

»Sie räumen uns aus der Schusslinie. Nur aus wessen Schusslinie?«

»Gemma, Sie sollten wirklich nicht …«

»Der Dylan-Fall. Sie glauben gar nicht, dass Dylan durchgeknallt ist, oder? Sie gehen davon aus, dass er nur eine Marionette war. Dass jemand anderes die Fäden gezogen hat, jemand innerhalb der Garda. Aber wenn das stimmt, dann reicht die ganze Sache viel weiter. Und auch viel weiter nach oben.«

Verdammt. Sie war zu gut. Und er konnte ihrer Stimme die gleiche Verzweiflung anhören, die auch ihn ergriffen hatte, als er zum ersten Mal das ganze Ausmaß begriffen hatte.

»Gemma!«

Sie sah auf.

»Deswegen haben Sie zugelassen, dass Thomas Scott zu uns ins Team kommt. Sie wissen, dass er ein kleines opportunistisches Arschloch ist. Sie wollen ihn benutzen …«

»Ich warne sie. Hören Sie mir ganz genau zu: Nichts davon entspricht den Tatsachen. Es gibt keine interne Ermittlung, ich bin nur ein Mordermittler. Dylan hat damals im Wahn gehandelt. Es gibt keine Verbindungen zur Garda, kein Netzwerk von kriminellen Beamten. Das und nur das dürfen Sie sagen, wenn irgendetwas passiert. Ich schicke Sie weg, weil Sie verdammt gut sind und es eine riesige Chance ist. Und der weiße Geländewagen …«

Er zögerte kurz, da die Nummernschildduplikate eine andere Erklärung forderten.

»Der weiße Geländewagen gehörte vielleicht wirklich zu einem von Paddys ehemaligen Leuten. Wer weiß.«

Gemma nickte langsam, wenn auch widerwillig.

»Was ist mit Ihrem Vater und Ella?«

»Mein Vater ist in Rente, und jeder weiß, wie sehr ich versuche, ihn von meinen Fällen fernzuhalten. Er weiß von nichts.«

»Und wenn jemand das nicht glaubt? Oder wenn jemand über ihn an Sie heranwill? Oder über …«

Aidan schloss kurz die Augen. Gemma hatte ihm in Sekunden aufgezeigt, wo seine Gegner seine Schwächen suchen würden.

»Falls es wirklich so weit kommt, wird mein Vater leider einen Herzinfarkt bekommen und zusammen mit meiner Tochter für einige Monate in ein ruhiges Haus weit weg von Dublin ziehen müssen. Ein Haus, dessen Adresse niemand kennt.«

»Da wird er niemals mitspielen!«

Aidan seufzte und berührte kurz Gemmas Hand.

»Doch, wird er. Denn er wird auf Ella aufpassen müssen. Einer von uns beiden muss in Sicherheit bleiben. Aber so weit wird es gar nicht erst kommen. Ich brauche nur noch etwas Zeit, einige Monate vielleicht, und ich werde es schaffen. Ich muss.«

Gemma sah ihn mit großen Augen an.

»Das ist ein verdammt gefährliches Spiel. Es gibt keine offizielle Ermittlung?«

»Nein. Wir wissen nicht, wie weite Kreise das Ganze zieht.«

»›Wir‹ heißt in diesem Fall Sie und …?«

»Ich und Superintendent Daly.«

»Sie müssen mir versprechen, mich zu holen, wenn es hart auf hart kommt.«

»Sie riskieren Ihre gesamte Karriere, Gemma.«

»Vielleicht. Aber Sie riskieren Ihr Leben. Dylan hat zwei Polizisten ermordet. Wenn er nicht alleine war, dann …«

Aidan sah aus dem Fenster und dann wieder zu seiner jungen Mitarbeiterin.

»Genug davon. Wir haben einen Mord aufzuklären.«

»Ja, Sir.«

Als Fiona die Küche mit einem entschuldigenden Lächeln betrat, beschleunigte sich sein Herzschlag. Sie trug eine dunkle Jeans und einen schmal geschnittenen Rollkragenpullover. Ihre Haare waren zu einem Zopf zusammengebunden, und in ihren Augen lag ein verschmitztes Lächeln.

»Die Walshs wollen heute in die Burren zum Wandern. Und ich befürchte, beide sind nicht sonderlich talentiert darin, eine Wanderkarte zu lesen. Er hat sie verkehrt herum gehalten.«

Sie lachte und goss sich eine Tasse Tee ein, setzte sich dann völlig unbefangen auf den Stuhl ihm gegenüber, den Gemma gerade verlassen hatte.

»Ich hoffe, sie halten sich an die beschilderten Wege. Sonst muss ich heute Abend einen Suchtrupp losschicken.«

Aidan dachte an die unwirkliche Steinlandschaft der Burren.

»Ich war mit meinem Vater vor Jahren dort. Ich war fünfzehn, und die gesamte Fahrt von Dublin bis dorthin hatte ich Kopfhörer auf dem Kopf und schmollte. Ich wollte nicht wandern, ich wollte nicht mit meinem Vater in einem kalten und engen Zelt schlafen, während meine Freunde nach Frankreich oder Spanien reisten.«

Er lächelte.

»Und als wir dann da waren, regnete es, die Sicht war mies, und wir hatten einen bösen Streit am Auto. Irgendwann ging mein Vater los, ich lief zwanzig Meter hinter ihm her und stöhnte und jammerte, wie es nur ein Teenager machen konnte. Und dann brachen die Wolken auf, der Regen hörte auf, und das Licht tauchte die Landschaft in reines Gold. Es war wie Zauberei – und ich vergaß völlig, dass ich nicht da sein wollte, dass ich sauer auf meinen Dad war. Ich stand da und merkte, wie Stück für Stück der ganze Druck, die ganze Anstrengung, ein cooler Junge sein zu müssen, von mir abfiel.«

Er hatte seit Jahren nicht an diese Wanderung gedacht. Und erst während er sprach, wurde ihm bewusst, wie wichtig sie für ihn gewesen war.

»Mein Vater – und das rechne ich ihm hoch an – hat nie etwas dazu gesagt. Er hat nie gesagt, dass er recht behalten hatte oder so. Er stand einfach nur neben mir, und gemeinsam sahen wir uns um. Danach wanderten wir einige Tage in einem großen Bogen durch die Landschaft. Am letzten Tag kamen wir an den Cliffs an – und ich war glücklich.«

Er lachte leise und sah Fiona an, die aufmerksam zugehört hatte.

»Was hast du heute vor?«

»Kontrollierst du mich?«

»Natürlich. Das ist mein Job.«

»Ich werde im Büro sein, ich muss Rechnungen begleichen, Einkäufe planen, die Internetseite aktualisieren, ganz zu schweigen von der Buchhaltung.«

Er sah eine kleine Falte zwischen ihren Augen. Er hatte sie verärgert.

»Und du, Inspector? Was hast du heute vor?«

»Ich werde Pater Moran einen Besuch abstatten.«

»Aus Sorge oder weil du ihn befragen willst wegen des Mordes?«

Jetzt hatte sie es wiederum geschafft, ihn zu verärgern. Die ironische Anrede, ihr skeptischer Blick.

»Verdammt noch mal, das ist mein Job!«

Wütend stand er auf.

»Und sieh mich nicht so an, als würde ich deinen Pater gleich auffressen wollen!«

Sie musterte ihn mit einem kühlen Blick.

»Warte kurz. Ich bin gleich wieder da.«

Als sie zurückkam, hatte sie den Hund an der Leine.

»Ich werde fast den ganzen Tag am Schreibtisch sitzen. Eanáir freut sich, wenn sie Bewegung bekommt, und sie mag Pater Moran. Nimm sie mit.«

Aidan wollte schon protestieren, hielt aber bei dem Anblick von Fionas entschlossener Miene den Mund und nahm die Leine entgegen. Manchmal war es besser, seine Niederlage einzugestehen, bevor man überhaupt erst in eine aussichtslose Schlacht zog.

38

Fiona sah Aidan und dem übermütig an der Leine hüpfenden Hund nachdenklich hinterher, dann lächelte sie. Kein schlechtes Paar.

Sie hatte die Nacht genossen und war erstaunt darüber, wie schnell sie beide zueinander gefunden hatten. Sie wusste, dass er nach Abschluss des Falles wieder nach Dublin ging. Aber bis dahin vergingen ja sicherlich noch einige Tage, und die sollten sie genießen. Auch wenn sie nicht sicher war, ob Aidan dazu in der Lage war. Gestern Nacht hatte er sie und wahrscheinlich auch sich selbst überrascht. Aber sein Kopf würde sich einschalten und Probleme sehen, bevor sie überhaupt da waren. Aber auch das war in Ordnung.

Sie würde ihn vermissen. Ein Gedanke, der sie erstaunte.

Energisch drehte sie sich um. Sie hatte Aidan nicht ganz die Wahrheit gesagt. Sie musste heute zwar tatsächlich in ihr kleines Büro, der Berg an Papierkram wurde bedenklich hoch. Aber sie musste außerdem mit Leah sprechen. Also griff sie nach einer warmen Jacke und ging los. Das Cottage war für die nächsten zwei Stunden bei Millie in guten Händen.

Sie hoffte, dass Leah zu Hause war und nicht im Sägewerk oder im Hotel ihres Vaters. Doch sie hatte Glück. Als sie das Ende des Dorfes erreichte, wo Dylan und Leah wohnten, sah sie schon von Weitem, wie jemand im Garten arbeitete.

Dylan hatte das Haus selbst gebaut, Fiona war schon mehrmals daran vorbeispaziert und hatte den Entwurf bewundert. Das zweigeschossige Haus war schlicht gehalten, die Fenster groß und die gesamte Fassade mit Holz verkleidet, das in seinen ausgeblichenen Grautönen die Farben der Steinmauern rings um das Dorf aufnahm. Es gab nichts Verspieltes oder Romantisches an dem Haus, aber der Blick über die Felder und Wiesen musste großartig sein. Es ähnelte in vielen Details dem Anbau, den sie selbst für ihr Cottage ausgesucht hatte. Sie fragte sich, ob dahinter Dylans oder Leahs Geschmack steckte oder ob die beiden sich ergänzten. Der Garten war ebenfalls eher schlicht gehalten. Ein Rasen, einige Steinplatten, die zu einem kleinen Tor führten, das sich auf die Wiesen öffnete. Zur Straße hin konnte Fiona noch niedrige Büsche von Heckenrosen erkennen. In einigen Jahren wäre das Haus von ihnen umgeben. Leah stand, in einen alten Wollpullover gekleidet, der ihr mehrere Nummern zu groß war, neben dem überdachten Stellplatz und hackte Holz. Neben ihr saß eine dicke, rotbraune Katze und leckte sich versonnen das Fell. Fiona blieb vor dem Tor zur Einfahrt stehen und straffte ihre Schultern.

»Hallo Leah.«

Mit einem kleinen Schrei drehte sie sich um, das Beil in der Hand wie zur Abwehr erhoben.

»Mein Gott, Fiona. Du hast mich fast zu Tode erschreckt.«

Sie ließ das Beil sinken, blieb aber an Ort und Stelle stehen.

»Was willst du hier?«

»Ich würde gerne mit dir reden. In Ruhe.«

»Ich habe es mir anders überlegt. Wir haben nichts zu bereden. Gar nichts.«

Fiona bleib stehen. Immerhin hatte Leah ein Beil in der Hand, und ihr Gesichtsausdruck verhieß nichts Gutes.

Die dicke Katze ging langsam auf die Mauer zu. Mit einem erstaunlich eleganten Sprung erklomm sie die Steine und balancierte über das breite Holztor, um sich Fiona neugierig anzusehen.

»Aber ich habe dir etwas zu erzählen.«

Fiona hörte selbst, wie ihre Stimme lauter und fordernder geworden war. So würde das nicht funktionieren.

»Entschuldige. Ich bin nervös.«

Leah sah erstaunt auf.

»Würdest du ein paar Schritte mit mir gehen? Bitte.«

Fiona bat nicht oft um etwas. Ehrlich gesagt würde sie in den meisten Fällen lieber ihre Zunge verschlucken, als sich jemandes Wohlwollen auszuliefern. Sie löste ihre Probleme alleine. Aber ohne Leah, ohne ihr Entgegenkommen, würde sie nie im Dorf Fuß fassen. Die Bewohner wären vielleicht noch bereit, sich mit Nathan Flynn zu überwerfen, wahrscheinlich gab es genügend, die nur darauf warteten, ihm seine Unfreundlichkeiten heimzuzahlen. Aber Dylan und Leah waren ein verwurzelter Teil des Ortes, so sehr eingebunden in alles, was hier geschah.

Leah zögerte und knallte dann das Beil mit einem letzten Schnauben in den Holzblock.

»Ich habe eine halbe Stunde, mehr nicht.«

Fiona lächelte und hob den Kater vom Tor.

»Dann sollten wir losgehen.«

Die ersten Meter gingen sie schweigend nebeneinanderher. Fiona wusste nicht, wie sie beginnen sollte, obwohl sie das Ganze doch schon so oft im Kopf durchgegangen war.

»Hast du die Frau gesehen, die mich vorletzte Woche besucht hat?«

Leah lachte verächtlich.

»Jeder hat sie und ihren Wagen mit dem Chauffeur gesehen.«

»Wir sollten alle heilfroh sein, dass Orla nicht selbst fährt.«

Sie bemühte sich, die Angst zu vertreiben.

»Als mein Baby geboren wurde, war sie als Einzige bei mir.«

Sie spürte, wie Leah neben ihr stehen blieb, ging aber selbst weiter, den Blick auf den Boden gerichtet.

»Sie war klein, aber gesund, und ihre Hände …«

Fiona musste all ihre Kraft zusammennehmen, um weitersprechen zu können.

»Ich durfte sie halten, ich weiß nicht mehr, wie lange. Und dann habe ich mich von ihr verabschiedet und sie in gute Hände gegeben. Es hat mir das Herz zerrissen, aber ich war so jung und konnte nicht so für sie sorgen, wie ich es gewollt hätte.«

Der Weg verschwamm vor ihren Augen, und der Schmerz durchfuhr sie mit der gleichen Kälte, die sie auch an jenem Tag gespürt hatte.

Sie spürte eine Hand auf ihrer Schulter. Leah.

»Aber …«

Fiona blieb stehen und blickte auf. In Leahs Gesicht kämpften der Schock, Mitleid und immer noch ein Rest Zweifel miteinander.

»Aber alle haben gesagt, du hättest das Baby abgetrieben.«
Fiona wurde wütend.

»Alle? Wer denn zum Teufel? Wer sollte das denn wissen? Meine Eltern, die mich ohne ein Wort haben gehen lassen? Die jeden meiner Briefe ungeöffnet zurückgeschickt haben? Oder Dylan? Der zuerst tapfer den Helden spielte, der mich heiraten wollte, ohne einen Funken von Liebe? Und der so erleichtert war, als ich zu allem Nein sagte? Wie konntet ihr das alles glauben?«

Leah ließ ihre Hand wieder sinken. Fiona wollte keinen Trost.

»Und wenn es so gewesen wäre? Hat irgendjemand überhaupt einmal darüber nachgedacht, was in mir vorging? Wie einsam ich war? Hätte ich nicht das Recht gehabt, auch diese Entscheidung zu treffen?«

Leah sah sie einfach nur an.

»Du hättest auch hierbleiben können. Dylan hätte für euch gesorgt.«

Fiona schloss die Augen, plötzlich müde und erschöpft.

»Ohne Liebe? Ohne Vertrauen? Ich war sechzehn, Leah.«

Sie schwiegen. Ihr Weg hatte sie in einem Bogen über die Wiesen zurück zum Fluss und ans alte Wehr geführt.

»Vielleicht verstehe ich dich. Und auch wenn du es mir vielleicht nicht glaubst, ich kann mir vorstellen, wie schwer es für dich gewesen ist.«

Leahs Stimme war leise, aber bestimmt.

»Trotzdem war es ein Fehler, hierherzukommen. Du hattest in Dublin doch alles. Es war ein Fehler, Greenhills zu eröffnen. Du brichst so viele alte Wunden wieder auf. Seitdem du da bist, ist Dylan nicht mehr er selbst. Er …«

Sie sah Fiona direkt in die Augen.

»Er sagt, er habe dir damals Schlimmes angetan. Er sagt, dass er sich das niemals verzeihen könne. Und dass er jedes Mal, wenn er dich im Dorf sieht oder Menschen über dich sprechen hört, an seine Schuld erinnert wird. Gestern Nacht, nachdem wir zu Hause waren, hat er sich an den Küchentisch gesetzt und aus dem Fenster gestarrt. Bis die Sonne aufging. Er hat nicht gesprochen, er hat einfach nur dagesessen. Ich will meinen Mann zurück. Daher musst du gehen. Ich weiß, ich kann dich nicht daran hindern, es Dylan zu erzählen. Aber ich bitte dich inständig, es nicht zu tun. Wenn er wüsste …«

Sie brach ab, und Fiona registrierte, dass sie mit den Tränen rang und sie nur mühsam zurückhalten konnte.

»Wenn er wüsste, dass irgendwo da draußen ein Kind von ihm lebt … seine Tochter … Er würde alles tun, um sie zu finden.«

»Das darf er nicht!«

Leahs Stimme wurde eiskalt.

»Er dürfte, Fiona. Er dürfte es mit dem gleichen gottverdammten Recht wie du. Aber es würde ihn umbringen. Also schweig und lass uns endlich in Ruhe!«

Als Leah sich umdrehte und ohne ein weiteres Wort den Weg zurück ging, sah Fiona ihr noch lange nach.

39

Fiona sah erst wieder auf, als sie Schritte auf dem Weg hörte, und blickte in das sorgfältig geschminkte Gesicht von Mary Flynn.

»Hier.«

Sie reichte ihr ein Taschentuch. Vorsichtig setzte sich die Frau neben sie.

»Es tut mir leid. Ihr wart so laut, und ich habe alles gehört.«

Mist! So ein verdammter Mist. Fiona stöhnte leise auf.

»Keine Sorge, ich kann ein Geheimnis gut bewahren.«

»Du erzählst es nicht deinem Mann?«

»Nein. Zum einen geht es ihn nichts an, auch wenn er das immer noch nicht glaubt. Und zum anderen sprechen wir gerade nicht miteinander. Er wird sich sehr anstrengen müssen, meine Achtung wiederzuerlangen. Sein Verhalten gestern im Pub ist unentschuldbar.«

Sie schwiegen, und Fiona blickte auf das dunkle Wasser.

Schließlich unterbrach Mary Flynn die Stille.

»Was willst du jetzt tun?«

»Ich weiß es nicht. Ich sollte schweigen, Leah hat recht. Aber dann werden alle weiterhin denken, ich hätte mein Baby …«

Ihre Stimme brach.

»Sie wegzugeben, war das Schwerste, was ich jemals tun musste. Sie wurde im April geboren. Ich weiß nicht, wo sie gerade ist. Ich hoffe so sehr, dass ich keinen Fehler gemacht habe.«

Ein Zittern lag in Fionas Stimme, ihre Augen schienen in weite Ferne gerichtet.

»Aber du hast ihn doch in gute Hände gegeben und ein Leben ermöglicht, das er so niemals bekommen hätte.«

Fiona sah auf – und Mary schien im gleichen Moment bemerkt zu haben, was sie gesagt hatte.

Ein dunkler Schatten glitt über ihr Gesicht, und Fiona suchte in ihren Augen nach einer Antwort.

»Mein Kind ist ein Mädchen. Aber du meinst gar nicht meine Tochter, oder?«

»Fiona, ich …« Sie hatte das Gefühl, dass sie Mary Flynn heute zum ersten Mal richtig wahrnahm. Wer war die Frau, die sie nun so erschrocken ansah? Was wusste sie überhaupt über sie? Doch bevor sie länger darüber nachdenken konnte, hatte Mary eine kleine, silberne Waffe aus ihrer Tasche gezogen und auf sie gerichtet.

»Das ist kein Spielzeug. Und ich kann damit umgehen. Es tut mir leid.«

Fiona starrte wie gebannt auf die Waffe, dann wieder in Marys Gesicht.

»Nathan hat einfach zu viele von diesen Dingern. Wahrscheinlich schwitzt er seit Tagen, weil er weiß, dass einige fehlen. Aber er kann ja schlecht zur Polizei gehen, wenn er die Waffen nie offiziell besessen hat. Und schon gar nicht, wenn er seine eigene Tochter verdächtigt, sie genommen zu haben.«

»Nathan verdächtigt Leah? Wieso in aller Welt?«

»Weil Leah, die ach so brave Leah, vor Jahren aus Papas sicherem Zuhause abgehauen und nach Dublin gegangen ist. Wenige Monate später kam sie zurück, um einige schlechte Erfahrungen reicher – und nicht bereit, mit ihrem geliebten Papa darüber zu reden.«

»Nathan denkt, seine Tochter habe den Mann erschossen?«

»Ja. Deswegen hat er dann auch dich ins Spiel gebracht. Als die Waffe nach der Tat wieder in seinem Waffenschrank auftauchte, noch nach Pulver riechend, hat er sie dir unters Kopfkissen gelegt.«

Also war Nathan in der Nacht in ihrem Haus gewesen.

»Und du hast ihn das weiterhin glauben lassen? Dass seine eigene Tochter eine Mörderin sei?«

»Nun ja. Mich hat er ja nie in Betracht gezogen. So alt und harmlos, wie ich bin. Immer bereit, mich seinen Wünschen zu fügen.«

Fiona betrachtete Mary genauer. Irgendetwas hatte sich an ihr verändert, ihre Haltung war aufrechter, die Stimme klarer. Sie wirkte gefährlich ruhig. Wie hatte sie das nicht sehen können? Wie hatte niemand das sehen können?

»Wie alt bist du wirklich?«

»Du denkst schnell. Niemand rechnet damit, dass sich eine Frau freiwillig älter macht, oder? Aber es ist so viel einfacher, als sich künstlich jung zu halten. Die Kleidung konservativ, eine Perlenkette hier, ein unmodisches Brillengestell dort, das Make-up dicker, das Puder zu hell. Die ersten grauen Haare nicht überfärbt, die Frisur bieder, die Schuhe nicht zu hoch. Den Rock immer eine Handbreit über dem Knie. Und schwups – halten dich alle für deine eigene Mutter.«

Fiona musterte das Gesicht und versuchte, sich Mary ohne Schminke vorzustellen. Wie hatten sie alle so blind sein können?

»Wer bist du?«

»Ich bin Mary Flynn. Treusorgende zweite Ehefrau von Nathan Flynn, Stütze des Dorfes, Vorsitzende des Landfrauenverbandes. Integer und vielleicht etwas spröde. Und ich war, vor vielen Jahren, jemand anderes. Ich war jung, schön und bereit, die Welt zu erobern. Doch dieses Mädchen gibt es nicht mehr.«

Ihre Stimme wurde leiser.

»Dieses Mädchen war so dumm, an Paddy zu geraten. Hat ihn sogar geliebt. Bevor ihr die Augen geöffnet wurden, aber da war es schon zu spät.«

»Du hast ein Kind von ihm?«

»Er weiß nicht, wer sein Vater ist, und mich kennt er auch nicht. Er ist in Sicherheit. Und niemand wird mich dazu bringen, ihn zu verraten.«

»Das wollte Paddy hier, oder? Herausfinden, wo sein Kind ist?«

»Als er hier auftauchte, so feist, in seinem Anzug … ich konnte es nicht glauben. Ich hatte gehofft, dass er tot ist. Gebetet habe ich dafür, jeden Tag.«

»Er hat dich erkannt?«

»Ja. Er kam zu uns ins Hotel und lächelte mich an. Trug diesen lächerlichen Fotoapparat und machte von allem Bilder. Nathan fand ihn unterhaltsam und hoffte auf Werbung fürs Hotel. Er lud ihn zum Abendessen ein.«

Mary Flynn bebte vor Abscheu.

»Ich musste neben ihm am Tisch sitzen und lächeln. Er wusste, wie viel Angst ich hatte, und genoss es. Er hat es schon immer genossen, wenn andere Angst vor ihm hatten.«

Fiona sah, wie Marys Hand, in der sie die Waffe hielt, zitterte.

»Er verabredete sich mit mir bei der Mühle und drohte mir. Er sagte, er werde unseren Sohn finden. Da habe ich geschossen. Es ging ganz leicht. Zuerst ins Herz, wie Nathan es mir beigebracht hatte. ›Du musst deine Beute immer mit dem ersten Schuss töten.‹ Und dann zielte ich noch mal.«

»Und jetzt? Wirst du mich auch töten?«

Allein es auszusprechen, sorgte dafür, dass Fiona der Atem

wegblieb und ihr schwarz vor Augen wurde. Sie wollte nicht sterben. Sie würde nicht sterben. Nicht so und nicht hier.

Doch bevor sie überhaupt irgendetwas tun konnte, hob Mary die Waffe und ließ sie mit aller Kraft hinabsausen. In Fionas Kopf explodierte der Schmerz, und ihr wurde schwarz vor Augen. Keuchend sank sie auf die Knie, stützte sich mit den Händen ab und wollte gerade schreien, als die Schwärze sie endgültig überflutete und sie das Bewusstsein verlor.

40

Der Hund hatte den gesamten Weg über erfolglos versucht, die Leine abzustreifen, und war an jedem Baum und jedem Stein stehen geblieben, um neugierig zu schnüffeln. Aidan fluchte leise, weil er so für den kurzen Weg ins Dorf hinunter fast die doppelte Zeit gebraucht hatte.

Als er am Pfarrhaus ankam, sah er den jungen Pater gerade aus der Tür kommen.

»Pater Moran?«

»Inspector. Womit kann ich Ihnen heute helfen?«

»Ist Ihr Garten eingezäunt?«

»Ja, mit einem Zaun und einer Mauer. Aber warum …?«

Aidan konnte spüren, dass der Pater ihn möglichst schnell loswerden wollte. Also öffnete er schnell das Tor zum Garten und ließ den Hund von der Leine. Das würde ihm hoffentlich genügend Zeit verschaffen.

Pater Moran blickte Eanáir nach, die freudig um das Haus herumrannte, und sah Aidan wütend an.

»Das war ein unfairer Zug von Ihnen.«

Aidan lächelte und betrat ebenfalls das Grundstück.

»Ich darf offiziell nicht mehr mit Ihnen sprechen. Verbot von meiner Chefin, nachdem sie mit Ihrem Bischof gesprochen hat.«

»Ah. Das tut mir leid.«

»Tut es nicht.«

»Sie haben recht, tut es nicht.«

»Aber ich muss den Hund wieder einfangen.«

Sie gingen gemeinsam in den Garten, wo Eanáir schon dabei war, jeden einzelnen Busch genauestens zu erkunden.

»Sie werden sich nicht an die Anweisungen Ihrer Chefin halten, richtig?«

Michael sah in das unbewegliche Gesicht des Polizisten und wusste, dass er recht hatte.

»Sie werden trotzdem nicht lockerlassen.«

Der Garda schüttelte den Kopf.

»Ich habe mit dem Mord bei der Mühle nichts zu tun. Wenn Sie mir endlich glauben würden, könnte ich hier weiterhin meine Arbeit machen, und Sie könnten den Mörder suchen.«

»Ich bin Polizist. Meine Aufgabe ist es, nicht zu glauben, was mir die Menschen erzählen. Egal, ob es Priester oder sogar Bischöfe sind.«

Seine Stimme hatte einen nachdenklichen Unterton angenommen.

»Oder vielleicht sogar gerade, wenn es Priester oder Bischöfe sind.«

Michael seufzte.

»Das ist vermutlich richtig. Ich kann es Ihnen nicht verdenken. Sie wollen also wissen, was mich hierhergebracht hat?«

Im Garten war es bis auf das Hecheln des Hundes still, und Michael schloss die Augen. Ihm war kalt, und er war in Gedanken schon längst an den Ort zurückgekehrt, den er um alles in der Welt vergessen wollte.

»Ich werde Ihnen eine Geschichte erzählen über einen jungen Priester und die Dinge, die er gesehen und getan hat. Es ist nur eine schlimme Geschichte. Ich werde nie behaupten, dass es mehr ist. Aber ich bitte Sie, nicht um meinetwillen, sondern um der Menschen willen, die Teil der Geschichte sind, darüber zu schweigen.« Aidan schwieg.

»Wir gehen zum Fluss. Nehmen Sie den Hund an die Leine. Hier ist nicht der richtige Ort für so etwas.«

Er hoffte, dass der Fluss vielleicht die Dinge, die er gleich wieder hervorholen müsste, mit sich fortspülen würde. Ins Meer. Weit weg von Ballinwroe und den Menschen dort. Gemeinsam gingen sie über die Wiese hinter dem Pfarrhaus. Michael war in Gedanken schon längst in der Vergangenheit. Mit leiser Stimme begann er zu erzählen.

»Mit fünfzehn wurde ich Schüler an einer Schule in Dublin. Ich wollte Priester werden. Es war das St. Paul's College.«

Er hörte, wie der Polizist die Luft anhielt. Der Name seiner alten Schule war damals durch alle Zeitungen gegangen. Michael blickte über den Fluss und stellte sich vor, wie er selbst von ihm ins Meer getragen werden würde.

»Nach drei Monaten wurde ich das erste Mal von einem der Lehrer in sein Zimmer gebeten. Er lobte mich, schmeichelte mir und gab mir ein Glas Wein. In dem Wein waren Drogen. Ich wachte erst Stunden später wieder auf. Er hatte mich unter Drogen gesetzt und missbraucht.«

Michael schloss die Augen.

»Ich ging zum Direktor. Er sagte, ich würde lügen, und drohte mir, mich von der Schule zu werfen, wenn ich nicht schwieg.« Der Garda gab ein wütendes Zischen von sich.

»In der nächsten Nacht kamen einige der älteren Schüler zu mir ins Zimmer und sorgten dafür, dass ich auch wirklich verstand, dass ich schweigen sollte.«

Michaels Hand zuckte zu den Narben auf seiner Brust und hielt dann inne.

»Ich – schwieg. Und einige Wochen später kletterte ich nachts aus dem Fenster und rannte los. Ich schaffte es bis in die Stadt und stand morgens um vier vor dem Haus des Bischofs. Ich klopfte und tobte vor dem Haus. Jeder andere hätte mich weggeschickt. Aber sein Sekretär sah meine zerrissene Schuluniform, schien etwas zu ahnen und ließ mich ein. Als der Bischof hörte, dass ihn ein Schüler aus St. Paul's sprechen wollte, kam er sofort zu mir und hörte mir zu. Er glaubte mir. Und er war der Erste, der nicht mehr schweigen wollte. Er holte alles ans Licht – und ich war sein Hauptzeuge.«

Michael sah den Polizisten an.

»Den Rest kennen Sie, oder?«

Aidan nickte. Der Skandal an der Schule war durch die Presse gegangen und hatte eine Welle an Ermittlungen gegen Lehrer und Priester im ganzen Land ausgelöst.

»Ich ging danach unter einem anderen Namen auf eine Schule in New York, begann mein Studium in Amerika und wurde schließlich zum Priester geweiht. Aber ich wollte zurück nach Irland, zu meiner Familie. Also betreute ich als Hilfspastor eine kleine Gemeinde in Dublin. Bis der Bischof eines Tages vor meiner Tür stand.«

Michael konnte sich noch genau an den Morgen erinnern.

»Er erzählte mir von dem Selbstmord eines jungen Schülers an einer anderen Schule, in Cork. Und er fragte mich, ob ich noch mal bereit sei, Informationen für ihn zu beschaffen, diesmal in der Rolle eines jungen Referendars. Ich tat es. Es war das gleiche wie damals in Dublin – und doch so viel mehr. Mir wurde schnell klar, dass ich mitten in der Hölle gelandet war. Doch ich hatte einen Auftrag. Ich fügte mich ein, sammelte über Monate Beweise, und der Bischof brachte die Schuldigen vor Gericht.«

Michael schloss die Augen. Er hatte damals den Anfang gemacht, und in der darauffolgenden Untersuchung war nach und nach erst das ganze Ausmaß des Systems aus Missbrauch und Angst zutage getreten.

»Danach brauchte ich Monate, um ohne Alpträume schlafen zu können. Ich kehrte zurück, nahm meine Arbeit in der Gemeinde wieder auf. Versuchte, ein guter Priester zu sein.«

Michaels Stimme wurde zu einem Flüstern.

»Aber es klappte nicht. Ich hatte gesehen, wozu Menschen fähig sind. Ich hatte keine Kraft mehr. Ich hatte keinen Glauben mehr. Ich konnte meiner Familie nicht mehr in die Augen blicken. Ich bat den Bischof um einen Platz, an dem ich weit weg von allem sein konnte. Also schickte er mich hierher.«

Er sah auf das Wasser, das in einem breiten Strom stetig und unbeirrt dahinfloss.

»Ich brauche Ruhe. Ich muss versuchen, meinen Frieden mit den Menschen zu machen. Mit Gott. Mit mir.«

Er spürte das bedrückte Schweigen des Polizisten. Er rechnete es ihm hoch an, dass er mit ihm gemeinsam schwieg. Sogar der Hund schien gespürt zu haben, dass gerade nicht die Zeit für wilde Sprünge war, und hatte sich zwischen die beiden Männer gesetzt, den Kopf wachsam erhoben.

Michaels Blick verfolgte die kleinen Wirbel, die das Wasser im Fluss machte, als er darin etwas Rotes bemerkte. Auf dem Wasser trieb etwas, und Michael erkannte es sofort.

»Inspector!«

Auch der Garda lenkte seinen Blick aufs Wasser und erkannte den roten Schal, der noch am Abend zuvor über Fionas Schultern gelegen hatte.

»Da stimmt etwas nicht.«

Michael wartete nicht ab, bis der Garda sein Mobiltelefon aus der Tasche gezogen hatte, sondern lief los. Flussaufwärts.

41

Es war eiskalt. Fiona schnappte erschrocken nach Luft – und schluckte Wasser. Hektisch schlug sie mit Armen und Beinen um sich. Der Fluss. Mary musste sie in den Fluss gestoßen haben.

Einige Sekunden lang kämpfte sie mit aller Macht dagegen an, wieder das Bewusstsein zu verlieren. Das Wasser war nicht tief, sie musste nur Ruhe bewahren, Halt auf den glitschigen Steinen finden, den Kopf oben behalten. Atmen.

Die Strömung zog an ihrer Kleidung und der vom Wasser so schweren Jacke, und Fiona hätte sich gerne einfach treiben lassen. Sie biss sich auf die Zunge, bis der Schmerz sie wach machte.

Ihre Füße fanden etwas Halt, und sie streckte die Arme aus, um die Uferpflanzen zu erreichen. Sie musste nur zupacken, dann wäre sie …

Das kurze Ufergras riss unter ihren Fingern, und Fiona wurde erneut von der Strömung erfasst. Ihre Beine und Arme fühlten sich an, als würden sie von Blei nach unten gezogen, und sie wusste, sie hatte nicht mehr viel Zeit, ehe ihr die Kraft schwand.

Eine leise Stimme sagte ihr, dass sie das nicht schaffen werde, dass ihre Arme zu schwach, ihre Finger zu kalt waren.

Vorsichtig hob sie die Füße an und ließ sich mit einigen kleinen Schwimmbewegungen am Ufer entlangtreiben. Ihre Jacke zog sie nach unten, und eine weitere Welle der Panik erfasste sie.

Das Wehr kam näher, und sie strampelte mit allerletzter Kraft mit den Beinen, um das Ufer zu erreichen. Geschafft! Millimeter um Millimeter zog sie sich an Land, kroch und krabbelte die Uferböschung hinauf und lehnte sich schließlich an einen Baum.

Nur kurz die Augen schließen. Nur kurz. Sie richtete sich mühsam auf. Sie musste wach bleiben, Hilfe holen. Mit klammen Fingern nestelte sie an dem Reißverschluss ihrer Jacke. Sie musste die nassen Sachen loswerden und aufstehen. Aufstehen …

Wenige Sekunden später hörte sie ein Auto den schmalen Weg herabfahren, und Nathan Flynns Geländewagen hielt dicht am Ufer. Flynn rutschte vom Fahrersitz und rannte auf sie zu.

»Bist du in Ordnung?«

Er beugte sich über sie und sah dann über den Fluss.

»Mary?«

Fiona zögerte. Konnte sie ihm trauen? Doch sie hatte keine andere Wahl.

»Sie hat eine Waffe.«

Sie sah den Schmerz in Nathans Gesicht aufflackern, bevor er sich aufrichtete.

»Dann war sie es?«

Fiona nickte und zuckte zusammen. Vorsichtig fasste sie mit ihren Fingern an ihren Kopf.

»Du blutest.«

Fiona sah erstaunt auf ihre roten Finger und dann zu Flynn.

»Sie hat mich niedergeschlagen.«

Er hatte sein Telefon schon in der Hand.

»Ich rufe einen Krankenwagen.«

Während er durchgab, wo sie waren und was passiert war, lehnte Fiona sich wieder an den Baum und schloss die Augen.

»He. Nicht! Mach deine Augen auf. Du musst wach bleiben.«

Flynn hatte eine Notfalldecke und den Verbandskasten aus dem Auto geholt.

»Sie sind in zwanzig Minuten hier. Lass mich einmal sehen.«

Seine Finger schoben vorsichtig ihre Haare zur Seite.

»Es blutet kaum noch. Ich lasse es lieber so.«

Fiona lehnte sich zurück. Nun zitterte sie am ganzen Körper, das Wasser war eisig gewesen. Aber sie hatte keine Kraft, sich auszuziehen. Flynn hüllte sie in die Decken ein und hockte sich neben sie. Während er ihre kalten Hände rieb, starrte er den Fluss hinab.

»Woher wusstest du, dass ich hier bin?«

Ihre Lippen bebten, und Flynn zog seine Jacke aus und legte sie zusätzlich über die Decke.

»Ich habe gehört, wie der junge Garda mit seinem Chef telefonierte. Er klang aufgeregt.«

Fiona schüttelte den Kopf.

»Aber wir hätten überall sein können.«

»Ja, aber ich habe Marys Handy überwacht. Das wusste sie nicht. Das letzte Signal kam von hier.«

»Du hast ihr Handy überwacht? Warum? Oder wusstest du, dass …?«

Er schwieg lange, und als er dann sprach, war seine Stimme kaum zu hören.

»Ich habe es befürchtet.«

»Aber …«

Fiona kam nicht dazu, mehr zu sagen, da vom Weg her das aufgeregte Bellen eines Hundes zu hören war.

»Aidan!«

Aidan fluchte und versuchte, den jungen Pater einzuholen, der vor ihm den Uferweg entlanglief. Gestern Nacht noch hatte der rote Schal auf Fionas Schultern gelegen, als er sie geküsst hatte. Sie würde ihn nie achtlos in den Fluss fallen lassen.

Sein Instinkt sagte ihm, dass er sich beeilen sollte.

Als er um die nächste Biegung lief, blieb er plötzlich wie angewurzelt stehen.

Vor ihm stand der Pater, nach Luft ringend und die Hände erhoben. Zwei Meter vor ihm stand eine Frau. Etwas Kleines, Metallisches blitzte in der Sonne.

Mary Flynn. Die Frau des Bürgermeisters.

Sie hatte ihn gesehen.

»Stehen bleiben!«

Michael sah in die Mündung der kleinen Waffe und in das angespannte Gesicht von Mary Flynn. Er versuchte, seinen Atem zu beruhigen.

Merkwürdigerweise hatte er keine Angst. So ein Schuss wäre wahrscheinlich gnädiger als so manch andere Art, zu sterben.

»Mary, ich …«

Doch sie hob die Waffe und schüttelte den Kopf.

»Ich habe keine Zeit für tiefgreifende Gespräche. Treten Sie beide zurück an den Fluss.«

Michael tat, wie ihm geheißen, und sah aus den Augenwinkeln, dass auch der Garda einen Schritt zur Seite machte.

»Sie werden mich hier durchlassen, sonst bin ich leider gezwungen zu schießen.«

»Fiona?«

Michael hörte die unterdrückte Wut in der leisen Stimme des Garda. Mary Flynn musste es wohl auch gehört haben, denn sie richtete die Waffe nun auf ihn.

»Auf dem Weg nach Hause. Ich habe sie gehen lassen.«

Michael spürte, dass sie log. Und auch Aidan musste es ahnen, da sich seine Augen verdunkelten. Doch bevor einer von ihnen etwas sagen konnte, stürmte aus dem Gebüsch neben dem Weg ein grauer Schatten hervor und sprang bellend an Mary Flynns Beinen empor.

Ohne nachzudenken, stürzte Michael vor und erreichte Mary, die die Waffe nicht schnell genug von Aidan zu ihm schwenken konnte. Ohne abzubremsen, rammte er sie mit seiner Schulter und stieß sie zu Boden.

Schon im Fall griff er nach der Hand mit der Waffe und betete inständig, dass sich kein Schuss löse.

Fiona erreichte den Pfad und blieb keuchend stehen. Ihr Kopf dröhnte, und sie merkte, dass sie erneut am Rande einer Ohnmacht war. Doch bevor sie umfallen konnte, stützte Nathan sie, der neben ihr schwer atmete und mit weit aufgerissenen Augen auf die Szene vor sich blickte.

»Nein!«

Fiona griff seine Hand und hielt sie fest.

42

Im »Gallaghers« war die letzte Runde schon längst über die Theke gegangen, und Evan hatte alle neugierigen Dorfbewohner rausgeworfen und sich dann zu seiner Frau in die Küche zurückgezogen. Aus den Boxen über der Bühne klang leise Musik, und vor Fiona stand ein Glas mit Whiskey. Sie ließ sich erschöpft gegen die Holzlehne ihres Stuhles sinken und schloss für einen kurzen Moment die Augen.

Sie hatte sich geweigert, mit den Sanitätern ins Krankenhaus zu fahren, die die Platzwunde am Kopf mit einigen Stichen genäht hatten. Zurück in Greenhills hatten dort schon Millie und Katelyn auf sie gewartet und sie unter die heiße Dusche gescheucht und umsorgt. Katelyn hatte ihre Kopfwunde noch mit einer streng riechenden grünen Salbe bedeckt und sie mit einer dicken Decke und zwei Wärmflaschen auf das Sofa geschickt. Millie hatte ihr einen Teller mit Hühnersuppe gebracht und so lange mit finsterer Miene vor ihr gesessen, bis sie ihn schließlich geleert hatte. Dann war Sergeant Gemma O'Neill gekommen und hatte ihre Aussage aufgenommen, bis Fiona völlig erschöpft mit Eanáir neben sich eingeschlafen war.

Erst der Anruf von Aidan, der sie in den Pub einlud, hatte sie Stunden später wieder geweckt.

»Warum sind wir hier?«

Mit ihr am Tisch saßen Aidan und Pater Moran – und beide sahen so aus, als sollten auch sie besser im Bett sein.

Aidan griff nach seinem Glas.

»Zum einen wollte ich euch sagen, dass Mary immer noch nicht ausgesagt hat.«

Fiona schüttelte den Kopf.

»Aber sie hat mir doch alles erzählt!«

Aidan nippte an seinem Glas.

»Sie behauptet, du habest das alles erfunden, um ihr die Schuld zuzuschieben. Dann habest du sie mit der Waffe bedroht, und sie habe sich in allerletzter Sekunde retten können.«

Fiona wusste nicht, ob sie lachen oder weinen sollte.

»Und wie erklärt sie, dass sie uns bedroht hat?«

Pater Morans Stimme klang eher neugierig als schockiert. Fiona wünschte sich, sie könnte das Ganze auch so gelassen nehmen.

»Sie sagt, du habest sie ohne Vorwarnung angegriffen, als sie nach Fionas Angriff den Weg hinabgekommen war. Und mich habe sie erst gar nicht gesehen.«

Aidan lächelte leicht.

»Sie ist gut. An den richtigen Stellen verwirrt und unsicher, den Schock nimmt man ihr sofort ab.«

»Und Nathan?«

Fiona erinnerte sich, wie lange Nathan neben ihr gezögert hatte, bevor er auf dem schmalen Weg zu seiner Frau gegangen war, die mit völlig ausdrucksloser Miene neben Aidan gekniet hatte, der einen ihrer Arme mit festem Griff auf ihrem Rücken hielt.

»Ihr Mann hat jede Aussage verweigert. Als mein Sergeant ihn vorhin verlassen hat, saß er an seiner Hotelbar und war dabei, sich zu betrinken.«

»Wird ihr jemand glauben?«

Fiona konnte es immer noch nicht fassen.

»Nein. Aber wir müssen hart arbeiten, um ohne ihre Aussage dem Gericht ausreichend Beweise vorzulegen.«

Fiona merkte, wie Aidans Ruhe sie nur noch wütender machte.

»Aber das ist doch alles Unsinn! Mary hat mir erzählt, dass sie Mr Miller, oder besser Paddy, in der Mühle erschossen hat. Sie wollte ihr Kind schützen.«

Ein Teil von Fiona bewunderte sie sogar dafür.

»Und sie hat dafür einen Mord begangen, nicht davor zurückgescheut, ihn dir anzulasten, und hätte dich dann ebenfalls fast getötet. Sie konnte nicht wissen, ob du im Wasser rechtzeitig das Bewusstsein wiedererlangen würdest.«

Pater Moran nickte Aidan zu.

»Und ich bin mir immer noch nicht sicher, ob sie, wenn wir sie vorbeigelassen hätten, nicht doch noch abgedrückt hätte. Sie hatte den Punkt überschritten, an dem ihr ein weiteres Menschenleben noch etwas bedeutete, oder?«

»Ich glaube schon. Ich war sehr froh, dass du gehandelt hast.«

Fiona bemerkte, dass die beiden Männer eine neue Art gefunden hatten, miteinander umzugehen. In Aidans Stimme lag Respekt, und Michael schien viel weniger angespannt in der Nähe des Garda zu sein. Sie holte tief Luft und griff dann zu ihrem Glas. Wahrscheinlich hatte Pater Moran recht.

»Also geht es darum, das junge Mädchen von damals, das Opfer, nicht mit der heutigen Frau, der Täterin, zu verwechseln, richtig?«

Sie sah die beiden Männer an und hob dann ihr Glas.

»Auf die Gegenwart. Dass sie immer etwas heller sein möge als unsere Vergangenheit.«

Sie tranken und stellten die Gläser ab. Fiona hörte eine leise Männerstimme aus den Boxen. Der Sänger erzählte davon, wie ihn das Heimweh an seine Liebste und sein kleines Dorf am Ende der Welt überkam, sobald er das Meer rauschen hörte.

Sie sah sich im leeren Pub um und ließ ihre Gedanken aus dem Dorf hinaus über die Wiesen und Felder, die flachen, grauen Mauern bis hin zu den majestätischen Klippen wandern. Als Kind hatte sie immer geglaubt, dort sei das Ende der Welt.

»Wie hat Paddy Mary Flynn eigentlich gefunden, hier in Ballinwroe, am Ende der Welt?«

Sie wurde von zwei Augenpaaren angestarrt, dann richtete sich Aidan auf und griff nach seinem Telefon.

»Verdammt!«

43

Wie hatte er bloß so nachlässig sein können, sich nicht die Frage zu stellen, die Fiona gerade im Pub gestellt hatte? Wie in Teufels Namen hatte Paddy Mary Flynn hier gefunden? Die Frau wirkte nicht so, als sei sie unvorsichtig gewesen, sie hatte sicherlich keine Spuren hinterlassen. Wer zehn Jahre lang eine Tarnung so perfekt aufrechterhalten hatte, erlaubte sich keine Fehler.

Aidan stand vor dem Pub in der kalten Luft und versuchte, sein Team in Dublin zu erreichen. Wahrscheinlich waren alle schon in den verdienten Feierabend gegangen, hatten die Rechner heruntergefahren und die Akten geschlossen. Gemma, die die Vernehmungen von Mary Flynn leitete, ging schließlich ans Telefon.

»Gemma!«

»Sir?«

Mit keiner Silbe erwähnte sie die späte Uhrzeit oder die siebzehn Stunden, die sie mittlerweile auf den Beinen war.

»Ich muss wissen, wie Paddy nach Ballinwroe gekommen ist. Sind Sie noch in der Nähe von Mary Flynn?«

»Ja. Ich bin gerade aus dem Vernehmungszimmer raus. Sie schweigt. Bis auf die Aussage, dass Fiona sie angeblich angegriffen hat.«

Aidan seufzte.

»Können Sie mich auf Freisprecher stellen und mit zu ihr hineinnehmen? Ich würde sie gerne selbst etwas fragen.«

Er hörte, wie Gemma kurz mit jemandem sprach, dann das Geräusch der Tür und schließlich, wie sein Sergeant sich setzte.

»Mrs Flynn? Hier am Telefon ist Inspector Connolly. Er hat einige Fragen an Sie.«

»Ich habe nichts mehr zu sagen.«

Durchs Telefon klang ihre Stimme erschöpft.

»Mrs Flynn? Ich möchte Sie nur fragen, wie Paddy Sie gefunden hat. Warum ist er nach Ballinwroe gekommen?«

»Ich weiß nicht, wovon Sie sprechen.«

Er unterdrückte einen Fluch und versuchte es anders.

»Sie müssen mir nicht antworten, hören Sie mir einfach zu. Paddy hat Sie hier gefunden, in Ballinwroe. Am Ende der Welt. Das kann kein Zufall sein. Jemand muss Sie erkannt oder ihm von Ihnen erzählt haben. Er hatte ein Foto von Ihnen und Ihrem Sohn und …«

»Was?«

Aidan runzelte die Stirn.

»Er hatte ein Foto, auf dem Sie und Ihr Sohn zu sehen sind. Es war in seinem Zimmer im Bed and Breakfast versteckt.«

»Niemals! Das kann nicht sein.«

Er hörte die Panik in ihrer Stimme durch das Telefon hindurch. Echte Panik. Sie spielte nichts vor, da war er sich sicher.

»Gemma. Können Sie Mrs Flynn bitte einmal das Foto zeigen?«

Er hörte, wie Gemma in der Akte blätterte, Papier raschelte und dann sagte sie fürs Protokoll:

»Mrs Flynn wird gerade das Foto vorgelegt, das im Zimmer des Opfers gefunden wurde.«

Es war kurz still, dann hörte Aidan unterdrücktes Schluchzen und die verzweifelte Stimme von Mary Flynn.

»Verdammt. Verdammte Scheiße!«

»Mrs Flynn? Können Sie uns sagen, wie er an das Bild gekommen ist? Wer kann ihm das Bild gegeben haben?«

Er schwieg. Die Verbindung rauschte. Wind war aufgekommen und brachte warme, feuchte Luft von der See mit sich.

»Mary?«

»Ich weiß, wer ihm das Bild gegeben hat. Und ich glaube, ich weiß nun, wie er mich gefunden hat.«

Er hörte sie ausatmen. Sie würde nun reden, er hatte diesen Moment schon oft erlebt.

»Ich erzähle Ihnen alles. Aber Sie müssen unbedingt meinen Sohn schützen. Sie wird nicht lockerlassen, bis sie ihn gefunden hat.«

Aidan drückte das Telefon fester an sein Ohr.

»Sie?«

44

Fiona war aus dem Pub getreten und sah gerade noch, wie Aidan sein Mobiltelefon in seine Jackentasche stopfte und sich zum Gehen wandte.

»Aidan!«

»Bleib hier. Ich muss zu Nathan.«

»Warum?«

Sie sah aus den Augenwinkeln, dass auch Pater Moran nach draußen gekommen war.

»Weil er in Gefahr ist. Ich weiß jetzt, wer Paddy erzählt hat, wo er Mary finden kann. Ihr bleibt hier. Ich habe schon Verstärkung angefordert.«

Er lief los, und Fiona sah ihm nach.

Pater Moran trat zu ihr.

»Wie viel Vorsprung geben wir ihm?«

Als sie am Hotel ankamen, war von Aidan nichts zu sehen. Das Haus ragte dunkel und ohne die übliche Beleuchtung vor ihnen auf.

»Evan hat mir erzählt, dass Nathan heute alle seine verbliebenen Gäste hinausgeworfen hat.«

Michael sah zu den dunklen Fenstern auf.

»Ich habe ihn vorhin besucht. Er saß in seiner Bar und betrank sich. Er wollte keine Gesellschaft.«

»Gehen wir rein?«

Fiona nickte und zeigte auf eine kleine Tür an der Seite des Hauses.

»Wir gehen durch die Küche. Ich wette, die Tür ist offen.«

Es war unheimlich, sich durch die verlassene Küche zu tasten. Es roch nach altem Fett, und der Boden war klebrig unter ihren Füßen.

Niemand schien da zu sein, doch dann sahen sie einen Lichtschein, der unter der Tür hindurchdrang.

»Die Bar.«

Fiona flüsterte. Sie konnte Stimmen hören und schob sich langsam weiter. Hinter ihr hörte sie den leisen Atem des Paters.

Vorsichtig trat sie an die Schwingtür und drückte sie einen Spalt auf.

Vor ihr erstreckte sich der Bartresen, an der Nathan Flynn saß, ein Glas und eine halbleere Flasche Whiskey vor sich.

»Wo ist er?«

Eine Frauenstimme, bei deren Klang Fiona zusammenzuckte. Sie konnte die Frau nicht sehen, da sie im Halbdunkel des Raumes stand. Die Stimme hatte sie aber sofort erkannt.

»Wo?«

Nathan wirkte so betrunken, dass er Mühe hatte, nicht von seinem Stuhl zu fallen, und schien gar nicht zu begreifen, was um ihn herum vorging.

»Was wollen Sie?«

Er stammelte mehr, als dass er sprach.

Plötzlich flammte ein helles Licht im Raum auf, und den Bruchteil einer Sekunde später war ein lauter Knall zu hören.

Nathan griff sich an seinen Arm und heulte auf.

»Wo er ist, habe ich gefragt!«

Fiona war bei dem Schuss gegen Pater Moran gestolpert, der sie festhielt und zurück in die Küche zog.

»Raus!«

»Sie wird ihn erschießen!«

Fiona schüttelte den Pater ab und schlich sich wieder zur Tür. Wo war bloß Aidan?

Da hörte sie seine Stimme.

»Polizei! Waffe runter.«

Sie schob die Tür weiter auf und sah, wie die Frau aus dem Schatten getreten war, die Waffe jetzt direkt auf Nathans Brust gerichtet.

»Wenn Sie näher kommen, erschieße ich ihn.«

Aidans Stimme kam von der Eingangstür.

»Nehmen Sie die Waffe runter. Sie werden damit nicht durchkommen.«

»Wenn Sie mich verhaften wollen, dann müssen Sie schon näher kommen.«

Fiona hielt erschrocken die Luft an, als Aidan in ihr Blickfeld kam, die Hände nach vorne ausgestreckt. Ohne Waffe. Sie spürte, wie sich auch Pater Moran neben ihr versteifte.

Die Frau lachte.

»Die gute alte Garda. Unbewaffnet für Irland und den Frieden. Das ist ganz schön dumm von Ihnen.«

Aidan zuckte mit den Schultern.

»Lassen Sie ihn gehen. Seine Frau hat ihm nichts erzählt. Er weiß gar nichts.«

Die Frau blickte von Aidan zu Nathan Flynn, der sich den Arm hielt und leise stöhnte.

»Wissen Sie, wo der Junge ist?«

Aidan schüttelte den Kopf.

»Nein. Sie hat es niemandem erzählt. Und sie wird weiterhin schweigen.«

Die Frau ließ die Waffe um wenige Zentimeter sinken, richtete sie dann aber auf Aidan.

»Aber Sie können es herausfinden. Es muss Spuren geben. Hinweise. Sie können sie zwingen, es Ihnen zu erzählen.«

»Mary wird es niemandem erzählen. Und sie hat keine Spuren hinterlassen. Warum wollen Sie den Jungen überhaupt finden?«

Fiona wusste, dass Aidan auf Zeit spielte. Von Nathans Arm tropfte Blut auf den Boden. Sie musste etwas tun. Ihr Blick fiel auf den großen Herd. Die Stimme der Frau war kaum zu verstehen, so leise sprach sie jetzt.

»Paddy hat es sich so gewünscht. So sehr! Seinen Sohn zu finden. Und diese Schlampe hat ihn ihm weggenommen!«

Pater Moran schob sich leise neben Fiona, die ihm etwas ins Ohr flüsterte. Er nickte und trat neben den Herd. Fiona griff zu einem der schweren Tabletts, die neben der Schwingtür standen.

»Aber was haben Sie damit zu tun?«

Aidans Stimme war noch immer ruhig.

»Ein Mann hat ein Recht darauf, sein Kind kennenzulernen.«

Fiona zuckte bei der Wut in ihrer Stimme zusammen.

»Und genauso hat eine Großmutter das Recht, ihren Enkel zu sehen.«

Fiona gab Pater Moran ein Zeichen, der sofort auf den roten Notfallschalter neben dem Herd drückte. Plötzlich gingen alle Lichter aus, und Fiona trat mit hoch erhobenem Tablett hinter die Frau.

45

»Du hast Mrs Walsh mit einem Tablett außer Gefecht gesetzt!«

Fiona, Aidan und Michael standen draußen vor dem Hotel und beobachteten, wie Nathan Flynn auf einer Trage in einen Krankenwagen geschoben wurde.

Mrs Walsh war schon zuvor in einem Streifenwagen abtransportiert worden. Fiona hatte ihr eine ordentliche Beule verpasst, aber keinen größeren Schaden angerichtet.

»Ich wollte kein Küchenbeil nehmen.«

Sie sah, wie Aidan sein Gesicht kurz zu einem Lächeln verzog, aber schnell wieder ernst wurde.

»Wie habt ihr die Lichter aus bekommen?«

»In vielen Küchen gibt es einen Notschalter. Falls es brennt, werden damit die Sicherungen ausgeschaltet.«

Sie lehnte sich gegen Pater Moran, der ihr den Arm um die Schulter gelegt hatte. Sie würde alles dafür geben, jetzt sofort in ein warmes Bett fallen zu können.

»Das war ganz schön riskant.«

Sie sah Aidan müde an.

»Ja, aber es hat geklappt.«

Der Krankenwagen fuhr davon. Der Schuss hatte Nathan am Oberarm getroffen, aber augenscheinlich keine wichtigen Gefäße verletzt.

Pater Moran sah dem Wagen hinterher und schüttelte den Kopf.

»Sie ist also Paddys Mutter?«

Aidan nickte.

»Wir haben die Verbindung nicht gesehen, da Paddy bei einem Onkel aufwuchs und auch dessen Namen annahm. Hätten wir weiter geforscht, wären wir sicherlich irgendwann auf die Geburtsurkunde gestoßen. Wenn es denn eine gibt. Sie muss noch ziemlich jung gewesen sein, als sie Paddy geboren hat.«

Fiona sah hinüber zum Fluss und zur Ruine, wo alles seinen Anfang genommen hatte, und seufzte. So viel Leid.

»Wir haben mittlerweile eine Aussage von Mary Flynn. Sie hatte vor zehn Jahren das letzte Mal Kontakt zu ihrem Sohn. Da ist auch das Foto entstanden. Wenig später besuchte sie Mrs Walsh und zeigte ihr das Foto von ihrem Enkel, in der Hoffnung, dort vielleicht Unterstützung für ihn zu bekommen. Paddy hatte ihr erzählt, dass er keinen Kontakt zu seiner Mutter habe. Aber anstatt zu helfen, beschimpfte Mrs Walsh sie und unterstellte ihr, ihren Sohn zu verleugnen. Anscheinend hatte sie Paddy mittlerweile zu einer Art Heiligen und Widerstandskämpfer hochstilisiert. Eine absurde Idee. Mary flüchtete erneut und kam nach Ballinwroe. Sie hat Nathan im Hotel kennengelernt und sich nach und nach in Mary Flynn verwandelt. Als Mr Walsh seiner Frau die Reise schenkte, wusste er nicht, was er damit alles lostreten würde. Mrs Walsh erkannte Mary und verriet sie an ihren Sohn. Sie war es, die ihm das Foto gegeben hatte. Und sie hat nach seiner Ermordung das Zimmer durchsucht, um es wiederzubekommen.«

Fiona schüttelte den Kopf.

»Also fing doch alles mit einem Zufall an, oder?«

Sie konnte das Geräusch, das Aidan von sich gab, nicht ganz einordnen, aber es war nicht gerade ein Lachen.

Pater Moran drückte ihre Schulter und wandte sich an Aidan.

»Können wir gehen? Es war ein langer Tag.«

»Ja. Wir werden morgen die Aussagen aufnehmen. Bringst du Fiona nach Hause?«

»Natürlich.«

Zu müde, um zu protestieren, wollte Fiona gerade losgehen, als ihr noch etwas einfiel.

»Aidan?«

»Ja?«

»Und der Fuchs? Wer hat das getan?«

Im Licht der Autoscheinwerfer sah sie, wie er in seiner Jackentasche wühlte.

»Ich glaube, da habe ich etwas für dich. Sergeant Scott hat es mir vorhin gegeben.«

Er zögerte kurz, zuckte dann mit den Schultern und überreichte ihr ein eng bedrucktes Blatt Papier.

»Das sind die Informationen, die meine Kollegen aus Dublin über Nathan Flynns finanziellen Hintergrund gesammelt haben, als sie nach einer Verbindung zu Paddy suchten.«

Fiona blickte auf die Zahlen.

»Nathan ist hoch verschuldet.«

»Ja, aber Scott ist etwas aufgefallen. Sieh dir den unteren Teil an.«

Sie fand in einer der Zeilen einen Namen und sah Aidan mit großen Augen an.

»Nathan ist nicht mehr der alleinige Eigentümer des Hotels. Er musste vor Jahren einen großen Anteil verkaufen – und ich denke, du solltest einmal mit der neuen Anteilseignerin sprechen.«

Pater Moran blickte neugierig auf das Blatt, und Fiona zeigte ihm, was Aidans Leute entdeckt hatten.

»Oh! Das ist ja …«

Aidan unterbrach ihn.

»Wenn du natürlich erst einmal eine Anzeige erstatten willst, wird es zu einer offiziellen Ermittlung kommen. Der Fuchs war zum Glück schon tot, bevor er so zugerichtet wurde. Meine Gerichtsmedizinerin geht davon aus, dass ihn ein Auto erwischt hat.«

Fiona atmete aus. Der Gedanke, dass jemand das schöne Tier getötet hatte, um ihr zu schaden, hatte sie ziemlich belastet.

»Doch egal, ob der Fuchs schon vorher tot war oder nicht: Wenn ich das Ganze zur Anzeige bringe, wird es gehörigen Wirbel verursachen. Und die falsche Schlange hätte es verdient.«

Fiona dachte an all das, was ihr und Greenhills angetan worden war. Wut kochte in ihr auf.

»Aber vielleicht findest du ja einen anderen Weg, damit umzugehen? Nicht, dass ich dir jemals vorschlagen würde, jemanden mit deinem Wissen zu erpressen.«

Fiona sah in Aidans Gesicht, auf dem ein unschuldiges Lächeln lag. Auch Pater Moran grinste.

Sie schaute auf das Blatt Papier in ihrer Hand. Wer hätte das gedacht. Marge McCarthy, stille Teilhaberin an Nathan Flynns Hotel. Und zufällig Gast in Greenhills. Auf Fionas Gesicht breitete sich ein kleines und äußerst gefährliches Lächeln aus.

»O nein. Keine Anzeige. Das werde ich auf jeden Fall anders zu regeln wissen.«

46

Fiona stand auf der steinernen Türschwelle ihres Hauses und blickte, eine Tasse Tee in der Hand, in den frühen Märzmorgen. Die ersten Sonnenstrahlen fielen auf den langsam grüner werdenden Garten und die von flachen Steinmauern umgebenen Felder. Der heutige siebzehnte März würde ein sonniger und milder Tag werden – perfekt für die Paraden, die im ganzen Land in weniger als zwei Stunden nach den Gottesdiensten zu Ehren des heiligen Patrick starten würden.

Auch Fiona würde gleich zum Gottesdienst gehen, das erste Mal seit vielen Jahren. Aidan hatte sie gebeten, auf Pater Moran achtzugeben. Mit einer Ernsthaftigkeit und Intensität im Blick, die sie gerührt hatte. Was immer die beiden Männer miteinander geteilt hatten, es hatte zu einem starken Band geführt.

Nach dem Gottesdienst würde sie mit ihrer Geige das Gemeindehaus betreten und zusammen mit ihren Nachbarn Musik machen. Leah und Dylan würden dort sein – und auch, wenn Fiona noch keine Idee hatte, wie und ob sie jemals wieder zu Freunden werden sollten – dies war auch ihr Zuhause, und sie würde bleiben. Es war nun Dylans Aufgabe, einen Weg zu finden und den nächsten Schritt zu machen. Vielleicht fände er ja den Mut, sich seiner Vergangenheit zu stellen. Fiona würde ihr Zuhause jedenfalls nicht noch einmal verlassen.

Fiona dachte auch an ihre Tochter, die heute irgendwo in Irland zu einer Parade gehen würde. Vielleicht mit grünen Bändern in den Haaren. Und an den Sohn von Mary und Paddy, der hoffentlich ebenfalls in Sicherheit und ohne Wissen um die Sünden seiner Eltern feiern und singen würde. Sie hoffte es aus ganzem Herzen.

Auch Aidan hatte Ballinwroe schon früh verlassen, um rechtzeitig in Dublin bei seiner Tochter zu sein. Der Ausdruck in seinen Augen war wehmütig gewesen. Sein Duft würde noch einige Tage in ihrem Bett haften – und dann langsam verblassen und zu einer schönen Erinnerung werden.

Fiona bedauerte, dass ihre gemeinsame Zeit so kurz gewesen war, und hatte ihn trotzdem mit einem Lächeln und guten Wünschen verabschiedet. Ihr Platz war hier – und sie würde dafür sorgen, dass Ballinwroe wieder zu einem guten Ort werden würde.

»Slán leat! Go n-éirí do bhóthar leat!«

Auf ein Wiedersehen! Möge deine Reise gesegnet sein!